CARÈNE PONTE

ET QUE QUELQU'UN VOUS TENDE LA MAIN

fleuve ÉDITIONS

Publié avec l'accord de Librinova

ISBN : 978-2-266-33230-9
Dépôt légal : avril 2023

Pour Marie-Laure,
parce que tu es une *warrior* de la vie
et que tu as toute mon admiration.

VALÉRIE

C'était un mardi. Il était à peine 7 heures du matin. C'est étrange comme l'expression « point de rupture » prend tout son sens quand on la vit.

Nous étions dans la cuisine, Zoé, Carla, Arnaud et moi. Il m'a fallu moins d'une minute pour perdre le contrôle. Pour laisser échapper tout ce que je tenais à bout de bras depuis des semaines. Comme lorsqu'on transporte un objet beaucoup trop lourd et volumineux et qu'on le sent glisser un peu plus à chaque pas.

En moins d'une minute, tout a volé en éclats.

Ce matin-là, j'ai perdu pied.

Arnaud, le regard lourd de reproches, s'est approché de Carla qui se tenait la joue comme si ce geste avait le pouvoir de faire disparaître la marque rouge vif laissée par ma main.

Ce matin-là, je suis devenue celle à laquelle je m'étais juré de ne jamais ressembler.

J'ai eu envie de disparaître. Pas seulement pour quelques jours, non, pour toujours. Parce qu'ils seraient bien plus heureux sans moi. Dans cette cuisine étouffante, j'ai passé en revue les méthodes possibles pour en finir avant de prendre conscience, terrifiée, de ce à quoi je pensais. J'ai eu peur de moi, de ce que j'étais capable de faire.

Alors, je suis partie. Parce que c'était le seul moyen de ne pas me foutre en l'air.

1

Je n'ai pas eu une enfance heureuse. À vrai dire, je crois que je n'ai pas eu d'enfance du tout. À l'heure où toutes les filles de ma classe usaient de stratagèmes pour grappiller quelques minutes supplémentaires devant la télé, je regagnais mon lit toute seule, dans le silence de notre appartement, après m'être fait réchauffer un plat industriel.

Avec un peu de chance, j'avais croisé ma mère au moment de rentrer de l'école, juste avant qu'elle sorte pour passer la soirée et une partie de la nuit avec ses amis, ses collègues, ses je-ne-sais-qui. Mais la plupart du temps, je trouvais un petit mot griffonné sur le réfrigérateur : « Il y a un plat de tagliatelles à la carbonara à mettre au micro-ondes pour le dîner, ne te couche pas trop tard, j'essaierai de ne pas faire de bruit en rentrant. Sabine. » Elle signait rarement « Maman ». Elle se considérait trop jeune pour ça, disait-elle. Après son départ, je prenais bien soin de fermer la porte à clé. À dix ans, on croit encore aux monstres tapis dans l'ombre.

Mes copines pensaient que j'avais de la chance, elles trouvaient que c'était trop cool de pouvoir faire tout ce que je voulais, à commencer par ne pas terminer mon assiette de petits pois. La vérité, c'est que je les enviais. Oui, j'enviais jusqu'aux punitions, privations de sortie et autres termine-tes-épinards-ou-je-te-les-ressers-demain-au-petit-déjeuner dont elles se plaignaient si souvent. Elles avaient un père et une mère, une famille, quoi. Moi, j'avais une Sabine, les clés de notre appartement accrochées à une chaîne autour de mon cou et un diplôme en passage de plats au micro-ondes.

Ça n'avait pas toujours été comme ça. Mais je n'ai, hélas, que peu de souvenirs de cette époque, seulement de vagues odeurs familières et quelques dizaines de photographies.

Ma mère n'avait que dix-sept ans lorsqu'elle a rencontré mon père, et à peine dix-neuf quand je suis née. Je n'ai jamais su si j'avais été désirée. Par peur de la réponse, je n'ai pas posé la question. Ma seule certitude, c'est qu'elle l'aimait, lui. D'un amour fou, passionné, comme ceux que l'on connaît quand on a vingt ans. Même des années après son départ, son regard brillait encore lorsqu'elle parlait de lui.

Les cinq premières années de ma vie, je les ai passées chez ma grand-mère. Avec mes parents. Nous vivions à la campagne, dans une immense ferme, pleine de cachettes et de trésors conservés dans des malles, entourés d'animaux aussi gentils que gros et effrayants. Je ne conserve que peu de choses de cette période. L'amour des ballots de paille, une peur bleue des vipères, et l'odeur des fruits que l'on fait cuire dans du sucre à la saison des confitures. Ma grand-mère aimait tellement cuisiner qu'elle avait fini par en faire son métier.

Elle adorait faire mijoter des plats qui embaumaient la maison des heures durant.

Il paraît que je réclamais tout le temps qu'elle m'apprenne, que je traînais jusqu'aux fourneaux un petit marchepied en bois sur lequel je grimpais pour mieux l'observer éplucher les oignons ou tailler les légumes.

Je me demande souvent ce que serait ma vie si elle en avait fait partie un peu plus longtemps.

Une nuit, alors qu'elle rentrait du restaurant, elle s'est endormie au volant de sa voiture. Là aussi, il n'a fallu qu'une minute pour que tout bascule.

Avec sa part d'héritage, ma mère a acheté un appartement en ville. Aussi loin que possible de ce « trou paumé où il n'y a même pas un bar ou une boîte de nuit », comme elle le répétait souvent. Fini les champs et les ballots de paille. Nous devions donner l'image d'une famille heureuse. Et sans doute que nous l'étions. Mais ça n'a pas duré. À peine six mois après notre emménagement, mon père a quitté le nid. Comme ça, du jour au lendemain. Alors qu'elle pleurait son départ, ma mère m'a annoncé d'un ton lourd de reproches qu'il avait rencontré une autre femme, qui n'avait pas d'enfant, elle, et avec laquelle il allait vivre. C'est mon premier souvenir marquant. Ma mère effondrée sur le canapé de notre petit salon, et moi, me tenant debout face à elle, mon lapin Bunny à la main.

Il m'a fallu des années pour comprendre qu'elle me reprocherait éternellement son départ, dont elle me tenait pour seule responsable. Moi, cette enfant qui était arrivée trop tôt et qui avait gâché leur vie de couple. Moi qui l'avais privée de son insouciance et de ses plus belles années. Lorsqu'elle a estimé que je n'avais plus besoin d'elle, que j'étais assez grande pour me préparer avant de partir à l'école, pour en revenir, expédier mes devoirs et me faire à manger, elle a décidé de rattraper le temps perdu. J'avais dix ans, une grand-mère décédée, un père qui avait foutu le camp et une mère qui me demandait de l'appeler « Sabine » plutôt que « Maman ».

* * *

— Quelles sont vos relations avec votre mère, aujourd'hui ? me demande Catherine, la psychologue du Jardin des Cybèles.

Je me doutais bien qu'en venant ici, il me faudrait raconter, me replonger dans ces années auxquelles je m'efforce de ne plus penser depuis si longtemps. Heureusement, Catherine est plutôt sympa. Loin de l'image que je me faisais d'une psychologue mutique se contentant d'opiner en face de son patient, les yeux rivés à l'horloge pour vérifier que la consultation ne dépasse pas le temps imparti. Je la vois tous les jours, pendant une heure, dans son bureau – une pièce décorée de tableaux, de plantes vertes, et aux murs peints d'un jaune lumineux. Le fauteuil est confortable, suffisamment large pour que je sois à l'aise, que je puisse replier mes jambes si j'en ressens le besoin. J'ai toujours aimé m'asseoir en tailleur sur les sièges.

Catherine me pose des questions, tantôt anodines, tantôt beaucoup moins. Elle a un grand sens de l'humour et nous avons déjà partagé quelques beaux fous rires à l'occasion de nos séances. Nous n'avons pas encore commencé à travailler sur l'événement qui m'a conduite ici, ce mardi matin dont chaque seconde est gravée en moi.

— Inexistantes. Mes relations avec Sabine sont inexistantes. Cela fait des années que je ne lui ai pas parlé.

— Et quand cette dernière discussion a-t-elle eu lieu, exactement ?

— Je crois que c'était le lendemain de mon emménagement dans mon studio. J'étais repassée chercher quelques affaires chez elle. Elle était là, avec l'une de ses amies, elles buvaient un café. Elle m'a dit de ne pas oublier de déposer le double des clés sur la table de la cuisine en partant. Elle n'a même pas jugé utile de me présenter…

— Quel âge aviez-vous ?

— Tout juste dix-huit ans. Je travaillais comme caissière dans un supermarché, l'été. Ce qui est plutôt ironique quand on y pense, vu que Sabine m'a répété toute mon enfance que je finirais sûrement caissière… Enfin, bref. J'avais raté mon bac, alors quand ils m'ont proposé un contrat à temps plein, j'ai accepté. C'était un moyen de démarrer une nouvelle vie, de m'éloigner d'elle. Non pas que Sabine était très envahissante, mais j'avais la sensation de manquer d'air, de manquer de lumière en sa présence. Sa manière de me regarder… on aurait dit qu'elle posait les yeux sur un meuble. Un meuble encombrant, d'aucune utilité, mais dont elle ne réussissait pas à se débarrasser.

— C'est comme ça que vous vous voyez ? Comme un meuble encombrant ?

— Oui… Non… Je ne sais pas trop. Je gâche la vie de ceux qui m'entourent, alors la comparaison est peut-être justifiée. Si je n'étais pas née, ma mère n'aurait pas perdu le grand amour de sa vie.

— Personne ne peut le dire. Si ça se trouve, il serait quand même parti avec une dame pipi.

Je ris malgré moi.

— Pourquoi une dame pipi ?

— Je ne sais pas. J'ai toujours eu une affection particulière pour ces femmes que l'on a affublées de ce drôle de qualificatif. Imaginez leur malaise lorsqu'elles rencontrent leur belle-famille pour la première fois, et que la question « Que faites-vous dans la vie ? » surgit tout à coup dans la conversation alors qu'elles tiennent un petit-four dans une main et une coupe de champagne dans l'autre.

— Je ne me suis pas sentie très à l'aise non plus lorsque j'ai répondu « caissière » aux parents d'Arnaud lors de la présentation officielle…

— Il n'y a pas de honte à être caissière. Ni dame pipi, d'ailleurs.

— Oui, je sais. Mais… Ma m… Sabine m'a toujours jugée inférieure aux autres. Je n'étais pas assez intelligente, pas assez dégourdie, et même pas assez jolie pour compenser tout ça par un beau mariage. C'est pour ça qu'elle concluait nos conversations en me lançant d'un ton méprisant : « Tu finiras caissière, si tu continues comme ça, Valérie. » Je crois que j'avais honte de ne pas avoir été capable de faire mieux que ce qu'elle envisageait pour moi.

— Parlez-moi de votre mari, Arnaud. Comment l'avez-vous rencontré ?

Comme chaque fois que je pense à lui depuis que je suis ici, mon cœur se serre. Il me manque tellement.

— C'était un client du supermarché. Il était étudiant et faisait ses courses tous les lundis soir. Je le trouvais incroyablement beau et me plaisais à croire qu'il faisait exprès de choisir ma caisse. Chaque semaine, je guettais les rayons en espérant le voir apparaître. Ça faisait bien rire mes collègues. Et puis, un lundi, il m'a attendue sur le parking. Je me souviendrai toujours de ce qu'il m'a dit : « Si je ne me décide pas à vous inviter à boire un café, je vais devoir louer un autre appartement pour entreposer toute la nourriture que je continue à acheter alors que mes placards sont pleins. » Je m'étais toujours demandé si le coup de foudre existait, Arnaud m'a fourni la réponse. Lui et moi, c'était comme une évidence. Il était gentil, drôle, attentionné, passionné. Jamais je n'aurais espéré rencontrer un homme comme lui. Très vite, j'ai quitté mon studio pour emménager chez lui. Et peu de temps après, il a voulu qu'on fonde une famille…

Carla. Zoé. Quand je pense à mes filles, les larmes me montent aussitôt aux yeux.

— Vous ne vouliez pas d'enfants ? me demande Catherine après quelques instants.

— À vrai dire… non. J'étais jeune, à peine vingt-deux ans. Je ne me sentais pas prête. Et puis, j'avais tellement peur de ne pas savoir m'y prendre, d'être comme Sabine… Arnaud avait vingt-sept ans lorsque nous nous sommes rencontrés, et il rêvait de devenir père. Son instinct parental était déjà plus développé que le mien. Il m'a bien sûr dit que nous avions tout notre temps, qu'il attendrait que je sois prête. Pourtant je n'arrêtais pas de repenser au fait que ma venue au monde avait fait voler en éclats le couple de mes parents.

Je me sentais déjà incapable d'élever un enfant à deux, alors toute seule… Et j'avais une peur panique de perdre Arnaud. Sans me forcer la main, il a continué à évoquer cette question, cherché à me rassurer. Il n'était pas mon père, je n'étais pas ma mère. J'ai fini par me laisser convaincre. Il était fou de joie quand je lui ai montré mon test positif. Et moi, j'étais morte de trouille. J'ai vécu toute ma grossesse dans l'angoisse de ne rien éprouver en voyant mon enfant pour la première fois. Je ne croyais pas à cet amour inconditionnel qu'on est censé ressentir à ce moment-là. Mais Carla est née… et j'ai été submergée par l'émotion. Elle était si belle. Je n'en revenais pas d'avoir conçu un être aussi parfait…

Ma voix se brise. Les larmes que je retiens depuis trop longtemps se mettent à couler.

— Je sens qu'il y a un « mais » ?

— Mais l'amour ne suffit pas.

2

Le Jardin des Cybèles. C'est un joli nom pour une structure qui accueille des gens au bout du rouleau, que la vie a abîmés et qui ne parviennent pas à remonter la pente.

Je n'ai pas vu les choses venir. Ou peut-être que j'ai détourné les yeux, je ne sais pas trop…

Il y a douze ans, j'ai été promue cheffe de rayon. Puis, sept ans plus tard, l'enseigne m'a proposé la direction du supermarché. Cette promotion pour moi, la petite caissière sans diplôme, était tellement inattendue que j'ai d'abord cru à une mauvaise blague. Mais ça n'en était pas une. Mes responsables étaient très satisfaits du travail que je fournissais, ils souhaitaient me permettre d'évoluer. C'était une belle revanche sur la vie. Bien sûr, j'ai accepté sur-le-champ. Carla avait dix ans et Zoé sept.

Arnaud m'a soutenue. Il avait la possibilité de moduler ses horaires et de travailler une partie de la semaine en télétravail. L'idéal pour aller chercher les filles à l'école, gérer les devoirs…

Je me suis investie comme jamais dans ma vie professionnelle, n'épargnant ni mon temps ni mon énergie. Au début, j'étais dopée à l'adrénaline : j'apprenais tant de choses, c'était grisant. Peut-être pour la première fois de ma vie, je me sentais importante. Je manageais une équipe de plusieurs dizaines de personnes qui respectaient mes décisions. Je pouvais dire à voix haute ce que j'avais pensé à voix basse durant des années. Je lançais des chantiers, montais des projets. Ça me nourrissait, tant et si bien que je ne ressentais pas la moindre fatigue. Le soir, quand Arnaud me rejoignait dans notre lit, je peinais à trouver le sommeil, mon cerveau refusant de se mettre sur pause, ne serait-ce que pour quelques heures.

Je ne saurais pas vraiment dire à quel moment les choses ont commencé à changer. Certains aspects du travail avaient entamé ma motivation. La découverte des objectifs à atteindre, toujours plus hauts que les précédents ; les conflits avec le personnel ; les déconvenues avec les fournisseurs… Mon enthousiasme s'est effrité petit à petit. L'adrénaline a disparu, laissant le champ libre au stress, à l'inquiétude, à la crainte de ne pas être à la hauteur.

Sans vraiment m'en rendre compte, j'ai puisé dans mes réserves, tiré sur la corde. Certaines nuits, je ne parvenais même pas à dormir deux heures d'affilée. J'étais irritable, à fleur de peau. Je ne supportais rien ou presque. Lorsque je rentrais à la maison, je n'avais plus d'énergie pour quoi que ce soit. J'ai relégué ma vie de famille au second plan. D'une certaine façon, ça m'arrangeait, car je n'étais pas douée pour cette partie-là, contrairement à Arnaud qui avait l'air d'être né pour ça. Je n'aimais pas les jeux de société, j'avais du mal à rester assise pendant une heure et demie à regarder un dessin animé, je ne savais pas faire de vélo… Et même si j'avais su, je redoutais tellement que les filles chutent ou se blessent qu'il m'était impossible de les accompagner en balade.

En revanche, je suivais leur scolarité de près. Sur ce point, je n'ai jamais failli. Je leur répétais qu'elles devaient beaucoup travailler si elles voulaient se donner toutes les chances d'exercer le métier de leur rêve plus tard. Je les poussais à se dépasser. Elles étaient toutes les deux d'excellentes élèves, j'étais très fière d'elles. Mais j'étais incapable de le leur dire. Je me sentais gauche et dépassée par toutes ces émotions pour lesquelles on ne m'avait pas fourni de mode d'emploi.

J'avais surtout peur de ne pas trouver les mots justes et de finir par leur faire du mal, comme Sabine m'en avait fait. Alors je gardais le silence, ça me paraissait préférable.

Ça ne l'était pas. Évidemment. Carla est entrée dans l'adolescence à la vitesse d'un boulet de canon, sans jamais m'avoir entendue dire que je l'aimais. Alors que je l'aimais plus que tout. À en avoir mal parfois.

Aujourd'hui, je me demande comment j'ai pu penser que cela suffirait.

* * *

— Avez-vous déjà entendu parler de la théorie des petites cuillères ?

— La théorie des petites cuillères ? Euh, non… Je ne crois pas. C'est l'une de vos inventions ?

— J'aimerais bien, mais non. C'est Christine Misérandino, une femme atteinte d'un lupus, qui a développé cette allégorie. Alors qu'elle dînait avec une amie, celle-ci lui a demandé ce que ça faisait de vivre avec cette maladie. Christine a commencé par lui parler des douleurs, des médicaments, de la fatigue, mais ce n'était pas assez concret. C'est alors qu'une idée lui est venue. Elle a ramassé leurs petites cuillères ainsi que celles des tables voisines, puis les a tendues à son amie. « Tu as douze cuillères, a-t-elle commencé. Chaque tâche que tu dois effectuer dans la journée va t'en coûter au minimum une. Liste tout ce que tu as à faire et, pour chaque activité, ôte une cuillère de ton stock. Tu comprendras alors ce que c'est de vivre avec un nombre limité de cuillères. »

Je dois la regarder avec un tel degré d'incompréhension qu'elle rit.

— Les personnes qui sont en bonne santé démarrent leur journée avec un stock quasi illimité de cuillères. Elles peuvent enchaîner les tâches sans se poser de questions. Bien sûr, la fatigue se fera ressentir si elles dépensent trop d'énergie, mais une bonne nuit de sommeil suffira à recharger leurs batteries. Et le lendemain matin, leurs réserves de cuillères seront de nouveau pleines.

— Les veinardes, je commente, faisant mine d'avoir saisi là où Catherine veut en venir.

— Les personnes malades – ça vaut pour les affections chroniques, mais également pour les troubles psychiques comme la dépression – se réveillent quant à elles avec un nombre limité de cuillères. C'est l'une des conséquences de la maladie. Un peu comme une double peine, hélas. Chacune de leurs tâches quotidiennes – se lever, se doucher, choisir ses vêtements, s'habiller – leur coûte une cuillère. La matinée est à peine entamée qu'elles en ont déjà consommé quatre. Comme elles n'ont pas la chance d'avoir un stock illimité, elles devront probablement renoncer à certaines activités si elles veulent tenir jusqu'au soir sans être en déficit.

— En déficit ?

— En théorie, rien n'empêche de consommer plus de cuillères que le stock initial. Une grosse journée, des imprévus… C'est comme tout, on peut tirer sur la corde, puiser dans ses réserves. Mais à la différence des individus en bonne santé, le stock d'une personne malade ne se recharge pas durant la nuit. Le lendemain, elle se réveille donc avec un nombre de cuillères encore plus réduit que la veille. Et un matin, elle n'en aura même plus assez pour réussir à sortir de son lit.

Elle n'ajoute rien d'autre. Je la connais suffisamment à présent pour savoir qu'elle laisse ses paroles cheminer en moi. C'est la partie la plus douloureuse de la séance, celle où plus personne ne dit rien.

— Et… comment fait-on pour avoir de nouveau un stock illimité ? je lui demande, après un silence bien trop long à mon goût.

— C'est justement pour découvrir ça que vous êtes ici, Valérie, n'est-ce pas ?

3

Quand Carla et Zoé étaient petites, être mère me paraissait facile. Il me suffisait de veiller à ce qu'il ne leur arrive rien. Je les couchais sur le dos dans leur berceau, en prenant garde qu'elles n'aient pas trop chaud et qu'il n'y ait aucun objet dangereux à proximité. Je vérifiais la température de l'eau du bain, celle du lait en en versant quelques gouttes à l'intérieur de mon poignet. J'introduisais un aliment après l'autre dans leurs repas pour m'assurer qu'elles n'avaient pas d'allergies, le tout en respectant scrupuleusement le calendrier de diversification alimentaire que j'avais affiché sur la porte du frigo.

Il y avait des systèmes de sécurité sur les placards ; les produits d'entretien étaient inaccessibles, rangés en hauteur ; Arnaud avait posé une barrière en haut et en bas de notre escalier. Chaque prise de courant était pourvue d'un capot de protection.

Tout était sous contrôle. La vie était simple. Lorsque les filles avaient envie d'un câlin, elles venaient se blottir contre moi. J'enfouissais mon nez dans leurs cheveux pour m'enivrer de leur odeur. C'était doux, je parvenais à tenir mes angoisses à distance.

Et puis elles ont grandi, ont eu d'autres attentes. Veiller à leur sécurité n'était plus suffisant. Elles ne se précipitaient plus dans mes bras pour que je les console après un cauchemar. Il aurait fallu remplacer les gestes par des mots. Mais je ne savais pas comment faire. J'avais peur d'être ridicule, d'être rejetée. Je suis restée dans mon registre, dans ce qui m'était familier. Leur fixer des horaires, des limites, contrôler les devoirs, les responsabiliser en leur demandant de monter leur linge, ranger leur chambre… Mais, je ne savais rien d'elles. J'ignorais quel genre de musique elles écoutaient, ce à quoi elles rêvaient, ce qu'il se passait avec leurs copines, si quelqu'un faisait battre leur cœur…

Je n'avais pas su créer cette proximité qui permet de se raconter tout et n'importe quoi. Nous n'étions pas complices. Pas comme elles l'étaient avec leur père, avec qui je les apercevais souvent échanger des regards, des clins d'œil. Non pas que je ne le désirais pas, au contraire, mais j'avais peur d'être intrusive.

On dit souvent que le temps qui passe est un précieux allié. Ce n'est pas toujours le cas. Il creuse aussi les distances, il éloigne les gens. Mes filles grandissaient, et peu à peu, je n'ai plus eu les bras assez longs pour les ramener jusqu'à moi.

Un soir, après une réunion interminable, je suis rentrée à la maison vers 20 heures, stressée et fatiguée – en déficit de cuillères, dirait Catherine – pour trouver Arnaud au bord de la panique. Carla n'était pas rentrée du lycée. Il était prévu, m'avait-il appris, qu'elle passe chez une copine pour travailler sur un exposé. Elle avait promis qu'elle serait de retour vers 19 heures mais, une heure plus tard, elle n'était toujours pas rentrée. Il était fou d'inquiétude. Je lui avais d'abord reproché de ne pas m'avoir prévenue avant de me rappeler que je coupais systématiquement mon téléphone pendant les réunions.

Je lui avais demandé s'il avait appelé Mathilde, peut-être que Carla était chez elle et qu'elle n'avait pas vu l'heure. Sauf que Mathilde et elle étaient apparemment en froid depuis des semaines. C'était sa meilleure amie depuis des années et j'ignorais qu'elles ne se parlaient plus. Tout comme j'ignorais qu'elle venait de vivre son premier chagrin d'amour. Un certain Lucas, en classe de terminale. Mon bébé était tombée amoureuse et je n'en savais rien.

Zoé ne nous avait été d'aucun secours, les relations entre elle et sa sœur n'étant pas des plus simples.

À 21 heures, après avoir appelé toutes les connaissances de notre fille, Arnaud avait prévenu la police. L'officier nous avait posé quelques questions, retraçant l'emploi du temps de Carla et tentant de déterminer chez qui elle aurait pu aller. Il avait essayé de nous rassurer avec cette statistique que tout le monde connaît – 80 % des fugueurs rentrent chez eux dans les quarante-huit heures –, mais à laquelle personne ne réussit vraiment à se raccrocher. Nous lui avions envoyé une photo récente de notre fille afin qu'il puisse émettre un avis de recherche. Il n'y avait pour l'heure pas grand-chose d'autre à faire qu'attendre le lendemain.

Aucun de nous deux n'avait pu fermer l'œil de la nuit. Nous avions essayé de la joindre des centaines de fois, tombant inlassablement sur le même message d'accueil : « Bonjour, c'est Carla, vous savez quoi faire… »

Pour la première fois ce soir-là, Arnaud m'avait violemment reproché de ne pas être présente, de ne pas m'intéresser à mes filles. De ne pas être à la hauteur. J'étais dans un tel état d'angoisse que je ne m'étais pas défendue. À quoi bon de toute façon, c'est lui qui avait raison. Je n'étais pas une bonne mère. Ni même une mère tout court.

Le lendemain, après avoir conduit Zoé au collège, j'avais prévenu mon assistante que je serais absente. Rien de grave, avais-je dit, un simple virus, une bonne journée de repos et il n'y paraîtrait plus. De retour à la maison, et pour ne pas devenir complètement folle, j'avais réorganisé tous les placards de la cuisine, rangé le tiroir à épices par ordre alphabétique, puis je m'étais attaquée au tri des médicaments en fonction des dates de péremption.

Carla est réapparue dans l'après-midi. J'étais assise par terre dans le salon, notre pharmacopée étalée tout autour de moi. Elle avait ouvert la porte. Simplement. Comme si elle rentrait du lycée parce qu'un professeur était absent. Elle avait les traits tirés et de gros cernes noirs sous les yeux. Arnaud s'est précipité pour la prendre dans ses bras, sanglotant de soulagement. Je crois que je ne l'avais jamais vu pleurer.

Quant à moi, je me revois me lever, faire quelques pas vers ma fille, avec l'envie de la prendre dans mes bras, de lui dire combien je l'aimais. Mais je m'étais arrêtée dans mon élan, et l'amour s'était exprimé par des mots de colère. Je m'entends encore lui hurler dessus.

« À quoi est-ce que tu pensais ? Pas à nous visiblement ! Ça ne t'est pas venu à l'esprit que ton père et moi allions être morts d'inquiétude ? On a essayé de t'appeler des centaines de fois. Un petit texto juste pour nous dire que tu vas bien, c'est trop demander ? Si tu crois que tu vas t'en tirer comme ça, tu te fous le doigt dans l'œil. Sache que, désormais, tu ne sortiras de cette maison que pour aller au lycée, tu rentreras directement après les cours. Plus de portable, plus d'iPad, plus d'Internet. Tu vas avoir tout le temps de te concentrer sur tes maths et de faire remonter ta moyenne. »

La peur m'avait rendue mauvaise. Carla n'avait pas dit un mot, elle s'était contentée de me regarder, les yeux débordants de larmes. Puis elle était montée dans sa chambre. Le claquement de sa porte m'avait fait sursauter.

Arnaud n'avait rien dit non plus, lui aussi s'était contenté de me regarder froidement, avant de rejoindre sa fille.

De nouveau seule dans le salon, j'étais retournée m'asseoir au milieu de mes médicaments, avec d'un côté les bons, de l'autre les périmés. Et je m'étais mise à pleurer, sans bruit. Je me sentais si coupable, j'étais si fatiguée. J'aurais dû aller voir ma fille, lui dire que j'étais désolée, que je l'aimais plus que tout. Mais j'étais restée là, à trier ces foutus médicaments jusqu'au dernier.

4

Aujourd'hui, je n'y arrive pas. Depuis que je suis assise dans le bureau de Catherine, mon esprit vagabonde, incapable de se poser et de réfléchir aux questions qu'elle me pose. Peut-être parce que l'on approche du moment où il faudra lui raconter ce qui s'est passé ce mardi matin, il y a maintenant presque trois semaines.

— Êtes-vous déjà allée vous promener à l'extérieur du Jardin des Cybèles ? me demande soudain Catherine.

— Euh… non.

— Vous devriez. Ça vous ferait du bien de voir du monde.

— Je vois du monde, ici. Hier, j'ai discuté quelques minutes avec une dame dans le couloir. Jocelyne. Son mari a essayé de la tuer en l'étranglant avec le câble de son robot mixeur.

— Je veux dire avec des gens… qui ont un stock illimité de cuillères, me dit-elle avec un clin d'œil. Il y a un petit salon de thé à cinq minutes à pied d'ici. La propriétaire, Charline, confectionne des pâtisseries divines. Vous devriez aller y faire un tour. Et si c'est le cas, je ne dirai pas non à l'une de ses tartelettes aux fraises. Elle les remplit d'une crème vanille parfumée au basilic, c'est à se damner.

— Je ne sais pas trop…

— Ordre du médecin !

— Vous n'êtes pas médecin, tenté-je pour m'en sortir.

— Non, je sais. J'ai échoué, hélas, à cause de ma trop belle écriture, me rétorque-t-elle avec humour. Faites-moi confiance, Valérie, sortez vous aérer un peu. Je suis certaine que vous allez apprécier Charline.

* * *

Je suis tentée, l'espace d'un instant, de ne pas le faire. De ne pas aller déguster de tartelette crème vanille basilic, si délicieuse soit-elle. Je pourrais lui mentir, lui dire que c'était formidable et que la pâtissière est désormais ma nouvelle meilleure amie. Mais je sens bien que Catherine n'est pas née de la dernière pluie. Elle va me poser des questions, auxquelles, évidemment, je ne pourrai pas répondre, et je devrai lui avouer que je me suis dégonflée.

Rentrer dans un salon de thé, m'asseoir, commander une pâtisserie et la savourer, ce n'est pas le bout du monde ; mais de mon point de vue, elle aurait tout aussi bien pu me demander d'escalader l'Everest en tongs. Je déteste manger seule. Ça me renvoie à tous ces repas en solitaire, les soirs où Sabine n'était pas là. C'est-à-dire les trois quarts du temps. Pour les mêmes raisons sans doute, je suis incapable d'aller au cinéma sans quelqu'un pour m'accompagner.

S'ajoute à cela que depuis des mois je me sens tellement minable et inintéressante qu'entamer une discussion avec une inconnue m'angoisse autant qu'un examen de conduite. Et quand on sait que j'ai loupé mon permis à quatre reprises… À l'approche du salon de thé – qui, en effet, n'est qu'à quelques centaines de mètres –, j'ai des bouffées de chaleur et toutes les peines du monde à garder une respiration régulière.

Un rapide coup d'œil à travers l'une des grandes baies vitrées de la façade m'indique qu'il n'y a heureusement pas grand monde. Un jour de semaine, à 15 heures, rien d'étonnant à cela.

Je n'ai pas envie d'entrer. Pas envie de me retrouver seule devant ma part de gâteau. Et je ne peux m'empêcher de songer à cette histoire de petites cuillères ; combien ça va m'en coûter de faire ça ? Bien plus que je n'en ai en stock, c'est certain. Alors que je m'apprête à rebrousser chemin, une femme tente de sortir, les bras encombrés d'une poussette et d'un gros sac. Sans vraiment y penser, je fais quelques pas pour lui venir en aide et lui tenir la porte. Alors qu'elle me remercie, mon regard est attiré par la décoration atypique du lieu, qui me fait beaucoup penser à celle du Central Perk, de *Friends*. Un parquet en bois clair, des fauteuils en velours dépareillés, des tables hautes avec tabourets, d'autres basses, un immense comptoir en bois foncé où sont disposées plusieurs assiettes de cookies recouvertes de cloches en verre, des cadres de différentes tailles et formes sur les murs, renfermant des clichés de New York, San Francisco, Seattle et d'autres villes probablement américaines que je n'identifie pas.

L'atmosphère est chaleureuse et m'enveloppe presque instantanément. À ma plus grande surprise.

— Entrez, asseyez-vous ! m'accueille une jeune femme d'une trentaine d'années, avec un grand sourire. Il n'y a pas foule cet après-midi, vous avez l'embarras du choix.

Je devine sans mal qu'il s'agit de Charline. Pas très grande, ronde, les yeux verts et des cheveux blonds qui tirent sur le roux réunis en une queue-de-cheval. Dès les premières secondes, je remarque qu'il émane d'elle une énergie extrêmement positive.

Je me dirige vers une table contre la baie vitrée, au plus près de la porte, et m'y installe.

— Vous venez du Jardin des Cybèles ? me demande Charline.

— Qu'est-ce qui vous fait penser ça ? je réplique aussitôt, sur la défensive, même si je n'ai décelé aucun jugement dans sa question.

— Disons que j'ai constaté que les personnes qui y séjournent s'assoient toujours à cette place lorsqu'elles viennent. Tout près de la porte, comme pour pouvoir s'échapper au moindre souci. Je suis désolée si ma question vous a mise mal à l'aise, j'ai fait preuve de maladresse. Pourtant, ma mère m'a répété un nombre incalculable de fois que la curiosité était un vilain défaut. Mais c'est plus fort que moi.

Elle semble sincèrement gênée.

— Pour la peine, c'est moi qui régale ! enchaîne-t-elle. Qu'est-ce qui vous ferait plaisir ?

— À vrai dire, je ne sais pas trop…

Son visage se fend d'un large sourire.

— Dans ce cas, je vais vous apporter une petite sélection de douceurs. Je teste une nouvelle recette de tartelettes chocolat blanc framboises, vous tombez donc à pic. J'en ai pour moins de cinq minutes.

Je la regarde s'éloigner vers sa cuisine, sa queue-de-cheval voltigeant à chacun de ses pas. Je suis tentée de m'éclipser ; après tout elle a raison, c'est bien pour ça que j'ai choisi cette place. Mais je n'en fais rien. Parce que, contre toute attente, je me sens bien ici. Parce que Charline m'est d'emblée sympathique. Et que, hormis la femme que son mari a voulu étrangler avec un câble de mixeur, je n'ai personne avec qui discuter. Alors, je reste assise, guettant l'arrivée des pâtisseries. Chaque fois qu'il est prononcé, ce mot m'évoque ma grand-mère. Mon cœur se souvient des bonnes odeurs de biscuits émanant du four, des restes de chocolat sur les bords du saladier que je récupérais avec le doigt. Après sa mort, je n'ai plus eu l'occasion de faire des gâteaux pendant des années. Sabine achetait de l'industriel et, à l'époque, je m'estimais heureuse, car j'avais le droit de choisir ce qui me faisait plaisir lorsqu'elle m'emmenait faire les courses.

Quand j'y réfléchis, je n'ai moi-même jamais pris le temps de cuisiner avec mes filles…

— Et voilà ! s'écrie Charline, interrompant le cours de mes pensées. J'espère que ça vous plaira !

Elle a disposé sur la table plusieurs petites assiettes contenant des cookies, les fameuses tartelettes dont l'odeur sucrée vient aussitôt me chatouiller les narines, ainsi que des chouquettes agrémentées de grosses perles de sucre. Pour accompagner ces douceurs, elle a apporté un pichet de citronnade maison dans lequel elle a mis à infuser quelques feuilles de menthe.

— Jamais je ne pourrai manger tout ça ! m'exclamé-je. Il y en a au moins pour deux. Ça vous dit de partager ce festin avec moi ?

Je lui ai fait cette proposition sans même y réfléchir. Elle semble tout aussi surprise que moi.

— Avec plaisir ! accepte-t-elle après avoir vérifié qu'aucun client ne la demandait.

Elle s'assoit puis remplit mon verre de citronnade.

— Je crois que je ne me suis pas assise depuis 7 heures ce matin. Euh… excusez-moi, mais je ne connais même pas votre prénom…

— Valérie, je m'appelle Valérie.

— Enchantée, Valérie ! Moi, c'est Charline.

L'espace d'un instant, j'ai peur qu'elle ne me demande ce qui m'amène au Jardin des Cybèles, comme s'il s'agissait d'une destination de vacances ordinaire, mais elle n'en fait rien.

— Et que faites-vous de beau dans la vie, Valérie ? me demande-t-elle après avoir pris un morceau de cookie.

— Je suis directrice d'un supermarché.

— Un supermarché ? Dites-moi, est-ce que je peux vous poser une question ?

Son air se fait soudain sérieux.

— Oui, bien sûr, allez-y, je lui réponds tout en buvant une gorgée de sa délicieuse citronnade.

— Pourquoi est-ce que vous passez votre temps à changer les produits de place ?

La question est tellement inattendue que je ne peux m'empêcher de rire. Je craignais qu'elle ne me demande si je gagnais bien ma vie. C'est souvent la première question que l'on me pose quand je parle de ma profession…

— Ne riez pas ! C'est un vrai problème ! J'ai à peine le temps de m'habituer à l'agencement des rayons que vous bouleversez tout. La dernière fois, il m'a fallu près de trente minutes pour mettre la main sur mon sirop de sucre de canne.

— Comment avez-vous fait pour le retrouver ?

— J'ai dû parcourir tous les rayons un par un !

— Voilà, vous avez votre réponse. C'est pour ça qu'on change régulièrement les marchandises de place. Pour vous obliger à passer dans d'autres allées et, sait-on jamais, vous faire acheter ce paquet de chips qui, ma foi, vous fait bien envie.

— C'est bien pensé. Vicieux, mais bien pensé. Un peu comme lorsqu'on va chez Ikea et que l'on est obligé de suivre tout le chemin fléché pour enfin déboucher sur le rayon qui nous intéresse…

— … et qu'on repart avec une centaine d'euros de marchandises alors qu'on voulait simplement acheter une planche à découper à deux euros ? C'est tout à fait ça.

Elle rit.

— Eh bien, cette tartelette ? s'enquiert-elle alors que je viens d'en avaler une bouchée.

— Succulente ! Légère, sucrée juste ce qu'il faut, un délice !

— Ah ! Vous m'en voyez ravie ! J'adore essayer de nouvelles recettes. Heureusement pour vous, je ne tente plus les associations qui me venaient à l'esprit quand j'avais huit ans. Personne n'a jamais aimé ma tarte brocoli, chocolat, sardine… Je n'ai jamais compris pourquoi. Et sinon, Valérie, directrice de magasin, dites-m'en plus sur vous, est-ce que vous avez des enfants ?

— Oui. J'ai deux filles…

Même sans voir mon reflet dans un miroir, je sens que je me crispe, que malgré moi les larmes me montent aux yeux. Charline n'insiste pas, elle enchaîne.

— Moi je n'ai qu'un chien. Et en garde alternée.

* * *

— Avez-vous envie de me raconter ce qui s'est passé ce matin-là ?

— Non. Mais je suis venue ici pour ça, j'imagine.

— Pourquoi cet événement est-il si douloureux pour vous ?

— Sans doute parce qu'il m'a confirmé que je ne valais pas mieux que Sabine. Que j'étais devenue la mère que j'avais toujours redouté d'être.

* * *

J'étais très stressée depuis plusieurs jours à cause d'une réunion importante qui approchait. Je dormais très peu. Mon estomac était tellement noué que j'avais du mal à avaler quoi que ce soit. Ce matin-là, j'ai allumé la radio pour écouter les informations, comme je le fais toujours. Avec le recul, je me dis que ce n'est sans doute pas la meilleure façon de commencer la journée. Le monde dans lequel on vit est d'une telle violence…

Lorsque je suis descendue dans la cuisine, tout le monde était déjà attablé. Arnaud buvait son café, Zoé beurrait ses tartines et Carla affichait son air renfrogné habituel. Elle chipotait les céréales flottant dans son bol de lait chocolaté.

J'ai introduit une capsule dans la machine à café et me suis retournée vers eux le temps que ma tasse se remplisse. Zoé a alors donné un coup de coude à sa sœur en lui murmurant :

— Vas-y, demande-lui.

— Me demander quoi ?

— Rien, rien, a grommelé Carla. De toute façon, tu ne voudras jamais, alors…

— C'est sûr que si tu ne poses pas la question, il n'y a aucune chance que j'accepte.

— Je voudrais aller au concert des BTS, a-t-elle lâché. Ils ne se produisent presque jamais en France, mais là ils viennent exceptionnellement. Je pourrais prendre le train avec Lou et Ju. La mère de Lou a eu quatre places grâce à son boulot. Elle a proposé de nous accompagner. Steuplé, steuplé, steuplé, dis oui.

— Ça a lieu quand, ce concert ?

— C'est jeudi prochain…

— En pleine semaine ? Alors que tu as cours le lendemain ? D'ailleurs, tu n'as pas contrôle de maths ce jour-là, justement ?

— C'est pas grave si je loupe une journée pour une fois… Et de toute manière, je suis nulle en maths, donc au moins ça ne fera pas baisser ma moyenne.

— L'évaluation, c'est une chose, mais tu oublies que tu es aussi consignée jusqu'à la fin du mois. Je suis désolée, mais c'est non. Tu n'avais qu'à réfléchir avant de faire n'importe quoi.

Je m'étais tournée vers Arnaud, espérant qu'il me soutiendrait et que, ensemble, nous pourrions faire front devant notre fille, mais il ne m'avait même pas accordé un regard.

— M'en fous, j'irai quand même, avait murmuré Carla.

— Pardon ?

— M'en fous, j'irai quand même ! avait-elle répété, cette fois-ci en hurlant et en me défiant du regard.

J'ignore ce qui s'est alors passé. Est-ce que quelque chose s'est brisé en moi ou ai-je perdu contact avec la réalité l'espace d'un instant ? Je ne sais pas…

Mais je me revois poser la tasse que j'avais prise dans mes mains pour boire mon café. Puis me diriger calmement vers Carla qui n'avait pas détourné son regard.

Et la gifler.

De toutes mes forces.

Je ne peux même pas mettre ça sous le coup d'une impulsion. J'ai pris le temps de poser ma tasse. J'aurais pu retenir mon geste. Mais j'ai choisi de ne pas le faire. J'étais à bout, stressée, je ne me sentais à la hauteur ni dans mon travail ni à la maison. Et j'étais en colère, tellement en colère…

Carla a posé sa main sur sa joue rouge écarlate, et m'a lancé, les yeux pleins de larmes :

— Je préférerais que tu sois morte !

Avant de se précipiter dans l'escalier.

* * *

Catherine ne m'a pas interrompue. Elle m'a laissée lui raconter cet événement à mon rythme. Même si j'y ai repensé tous les jours depuis, c'est la première fois que j'en parle à quelqu'un.

— Vous étiez en colère ?

— Je ne sais pas…

— Il n'y a aucune honte à avoir. On a tous le droit de ressentir de la colère parfois. Et de l'exprimer.

— Je lui avais dit pourtant ! Que je ne saurais pas être une bonne mère ! Que j'étais terrorisée ! Mais, il n'a rien voulu savoir. Il n'a fait qu'endormir mes craintes, à coups de belles phrases rassurantes. Et je me suis laissé berner. Mais je le savais, au fond de moi, que je n'en étais pas capable. C'est sa faute ! Si seulement il m'avait écoutée, si seulement il m'avait crue.

Je me mets à pleurer. Ma propre fille préférerait que je sois morte. Comment lui en vouloir, alors que je pensais la même chose depuis un bon moment ? À l'évidence, Arnaud et les filles seraient bien plus heureux sans moi. Lui, il sait comment s'y prendre, il sait quoi dire.

— Pourquoi est-ce que Sabine ne m'a jamais aimée ? Pourquoi ? Je ne demandais que ça, pourtant. J'étais sage, obéissante, j'essayais de me faire le plus discrète possible. Je n'ai jamais pu m'empêcher d'espérer, jamais.

— Parfois le problème c'est pas l'amour… C'est vous-même qui l'avez dit. Votre mère était très jeune, et elle a perdu sa propre mère très tôt. Ça n'excuse rien, bien entendu, mais c'est peut-être un début d'explication. Quoi qu'il en soit, vous avez tous les droits de lui en vouloir, Valérie.

— Ce matin-là… c'était contre moi-même que j'étais en colère. Je ne fais que rendre Carla et Zoé malheureuses alors que c'est la dernière chose que je souhaite. Ce sont des filles extraordinaires, je suis tellement fière d'elles, des femmes qu'elles vont devenir. Elles méritent mieux que moi, elles méritent une mère…

— … qui les aime ? Je crois qu'elles en ont déjà une. Il n'est jamais trop tard, Valérie. Dites-leur. Simplement.

Elle me tend un mouchoir. Je me tamponne les yeux, le temps que les larmes cessent de couler. Pourquoi est-ce si simple pour certaines personnes et si difficile pour d'autres ?

— À votre avis, cette séance vaut combien de petites cuillères ? finis-je par demander.

— Probablement quelques-unes. Mais je me suis laissé dire que si l'on retrouvait quelques chaussettes orphelines, ça pouvait compenser un peu.

— C'est vrai ?

— Non. Mais avouez que ce serait chouette, plaisante-t-elle.

5

Peut-être que je ne serais pas ici si nous en avions parlé ensuite. Si je n'avais pas laissé Arnaud emmener les filles au collège. Si je n'étais pas montée dans ma voiture pour me rendre à ma réunion. Comme si rien de grave ne venait de se passer.

Mais je n'ai pas cherché à arranger les choses. Après que Carla a quitté la cuisine, j'ai ramassé mes affaires au pied du portemanteau dans l'entrée, j'ai enfilé ma veste et je suis partie.

J'ai la chance d'habiter à une vingtaine de kilomètres à peine de mon lieu de travail. La route est agréable, avec ses longues lignes droites bordées d'arbres. Alors que je roulais, je me suis dit que la solution serait d'encastrer ma voiture dans l'un d'eux, comme ça, à pleine vitesse. Un choc brutal, la fin de tout. Le désir est monté, puissant, violent. Je fixais des yeux les arbres, j'ai senti la voiture quitter sa trajectoire. J'étais dans un état second. Bientôt, tout cela ne serait plus qu'un mauvais souvenir pour Carla. Son vœu serait exaucé. Arnaud réussirait sans aucun doute à refaire sa vie. Et tout le monde serait bien plus heureux sans moi.

Que se serait-il passé si la voiture derrière moi ne m'avait pas dépassée en klaxonnant furieusement ? À vrai dire, je l'ignore. Tout comme j'ignore si je serais allée jusqu'au bout, sans elle. Mais ce klaxon m'a fait reprendre mes esprits. J'ai donné un coup de volant puis j'ai écrasé la pédale de frein, laissant l'autre voiture me distancer. Heureusement, il n'y avait personne derrière moi. Je suis restée un long moment prostrée, avant d'être capable de repartir.

Une fois arrivée sur le parking du supermarché, je n'ai pas réussi à sortir de ma voiture. Je tremblais comme si la température de l'habitacle venait de chuter en dessous de zéro degré, je claquais des dents de manière incontrôlable. J'allais être en retard à ma réunion. J'ai réussi à me calmer quelques secondes pour envoyer un mail à mon assistante. Je ne me sentais pas bien. Sans doute quelque chose que j'avais mangé la veille. Rien de grave, je la tenais au courant.

Puis j'ai redémarré et me suis rendue chez mon médecin. Il se trouve que c'est une amie de longue date. Je n'avais pas de rendez-vous, mais il était tôt, elle n'avait pas encore commencé ses consultations. Elle était penchée sur son ordinateur, maugréant contre toute cette paperasse administrative à laquelle elle ne comprenait rien, lorsqu'elle m'a aperçue dans le couloir. Je devais avoir une tête à faire peur parce qu'elle s'est interrompue pour se précipiter vers moi.

Je crois que je n'ai jamais autant pleuré que ce jour-là. J'avais mal partout. Je me sentais minable. Minable en tant que directrice, en tant qu'épouse, en tant que mère.

Claire m'a alors parlé du Jardin des Cybèles. Elle leur avait déjà adressé plusieurs patients et en avait eu de bons échos. « Tu as besoin de prendre du recul », m'a-t-elle dit. J'ai d'abord refusé. Je ne pouvais pas me le permettre. J'avais des échéances importantes à tenir au boulot. Je ne pouvais pas partir comme ça. Et puis, qu'est-ce que j'allais dire à Arnaud ? Et aux filles ?

Mais elle ne m'a pas laissé le choix. Elle m'a rédigé un arrêt de travail et a passé un coup de fil au Jardin des Cybèles. Sur le parking, je me suis dit que je n'irais pas. Après tout, je pouvais très bien ne pas envoyer mon certificat, prévenir l'établissement que c'était un malentendu. Et puis j'ai repensé à l'arbre dans lequel j'avais imaginé m'encastrer, à cette envie de mourir qui, si j'étais honnête avec moi-même, ne datait pas de ce matin-là.

Alors j'ai sans doute pris la décision la plus difficile de ma vie. Je suis rentrée chez moi, j'ai préparé ma valise, écrit un mot pour Arnaud que j'ai laissé sur sa table de nuit, éteint mon téléphone, et je suis venue ici.

Quitte à ce que personne ne comprenne.

* * *

Mes pas m'ont de nouveau conduite jusque chez Charline, qui me fait un grand sourire lorsqu'elle m'aperçoit à travers la vitrine. Ça m'a fait du bien de parler avec elle l'autre jour. Je n'ai sympathisé avec personne ici. Tous ces gens malheureux…

Je rentre dans le salon de thé et m'installe à la même place que la dernière fois. Charline termine de servir un client et s'approche de moi.

— Je vois que vous n'êtes pas insensible à mes pâtisseries ! me lance-t-elle gaiement. Dommage que ça ne retienne que les clients et pas les hommes, ajoute-t-elle avant de me demander ce qui me ferait plaisir.

— Je vous laisse choisir, comme la dernière fois ?

Ses yeux se mettent à pétiller.

— Je voudrais n'avoir que des clientes comme vous ! s'enthousiasme-t-elle. Je reviens dans cinq minutes.

Il y a plus de monde que l'autre jour : un couple et leurs enfants qu'ils tentent de maintenir assis sur leur chaise, un groupe de copines qui partagent une discussion animée et entrecoupée de rires, deux personnes âgées qui boivent du thé en s'échangeant une grille de mots croisés. Le tout dans cette atmosphère chaleureuse qui m'a tout de suite séduite.

— Aujourd'hui, je vous propose un gâteau à l'orange avec sa glace à la mandarine. Et, pour accompagner l'ensemble et apporter un peu de croquant, une tuile aux amandes et au miel. Enfin, pour l'hydratation, un thé glacé framboise, pêche blanche maison ! m'annonce Charline en déposant devant moi une assiette généreusement garnie ainsi qu'un joli pichet en céramique rempli de thé. Je me lance dans les sorbets et les glaces artisanales, je compte sur vous pour me dire ce que vous pensez de celle-ci !

— Si jamais le cœur vous en dit, vous êtes la bienvenue à ma table.

— J'espérais que vous alliez me le proposer, c'est pourquoi j'ai toujours une cuillère sur moi, me dit-elle en la sortant fièrement de la poche de son pantalon.

Est-ce la fatigue ? Un trop-plein d'émotions ? Le vide laissé par l'absence de ma famille ? Sans doute un mélange de tout ça… Quoi qu'il en soit, en voyant cette petite cuillère qui me rappelle combien je suis en rupture de stock, je ne parviens pas à retenir mes larmes. Hélas, sur ce plan-là, mes réserves ne semblent jamais se tarir.

— Pardon, j'ai dit quelque chose qu'il ne fallait pas ? me demande aussitôt Charline, déconcertée.

— Non, ne vous inquiétez pas. C'est cette cuillère qui m'a rappelé une histoire que m'a racontée ma thérapeute. Mais, peu importe, ça va passer.

— C'est Catherine, votre thérapeute ?

J'opine de la tête.

— Évidemment. La théorie des petites cuillères…, soupire-t-elle avant de s'asseoir en face de moi.

— Elle vous en a parlé ?

— Oui. Disons que la vie ne m'a pas fait de cadeaux sur ce plan-là, à moi non plus…

— Je suis désolée pour vous.

— C'est réciproque.

Elle me sourit.

— J'imagine que vous parlez déjà de tout ça avec Catherine, mais si jamais vous avez envie… d'en discuter avec la parfaite inconnue qui vous apporte des tuiles aux amandes, n'hésitez pas, dit-elle en plaisantant.

— C'est gentil à vous de me le proposer. Ce qu'il y a, c'est que mes deux filles me détestent. Et elles ont raison parce que je suis tout sauf une bonne mère. Je suis incapable de leur dire que je les aime, ou que je suis fière d'elles. Je m'étais juré de ne jamais ressembler à celle qui m'a élevée. Résultat ? Je suis devenue pire qu'elle.

Je suis étonnée de pouvoir évoquer tout ça avec Charline, même d'en avoir envie.

— Et vous ? Si, bien sûr, vous avez envie d'en parler…

— Vous vous souvenez, l'autre fois, je vous ai dit que j'avais un chien en garde alternée. Nous l'avions adopté, Josselin et moi. Josselin, c'est mon ex-fiancé. On aurait dû se marier dans quelques semaines. Mais ça, c'était avant qu'il me quitte… pour ma meilleure amie.

— Arf…

— Ça résume bien les choses, fait-elle en retrouvant le sourire. C'est comme ça, c'est la vie. Et si vous goûtiez ce sorbet mandarine ?

Je m'exécute et prélève un peu de glace.

— Hummm, délicieux ! m'exclamé-je.

Enchantée par ma réaction, Charline la déguste à son tour.

— Vous savez quoi ? Je crois très fort au pouvoir magique de la glace. Je ne sais pas ce qu'on vous prescrit aux Cybèles mais, croyez-moi, vous ne trouverez rien de plus efficace que ce qui se trouve dans cette assiette !

Je reprends un peu de sorbet mandarine. Je doute que ça suffise à alléger ma peine, mais ce moment de partage autour d'une glace m'apporte un peu de réconfort.

* * *

Mes journées sont rythmées par les ateliers de groupes, les séances de psychothérapie et les repas. Ce sont sans doute ces derniers que je redoute le plus. Tout le monde se retrouve dans une grande salle aménagée en réfectoire. L'ambiance est bien loin de celle d'une colonie de vacances. Rien à voir avec l'atmosphère chaleureuse du salon de thé de Charline. Au dîner, c'est encore pire. L'air semble chargé des angoisses de chacun, souvent plus fortes en fin de journée.

Je mange seule. Je trouve un coin de table encore libre, m'y installe et avale mon repas en un temps record, défiant toutes les recommandations officielles. Au début, j'ai tenté d'engager la conversation avec mes voisines de table, mais pour une raison qui m'échappe, elles saisissaient l'occasion pour me raconter par le menu les raisons de leur présence ici. Des raisons parfois sordides, bien au-delà de ce que je suis capable de supporter.

Mais contre toute attente, ce soir, j'ai envie de parler. Charline y est probablement pour quelque chose. Notre discussion de cet après-midi m'a fait du bien. Du regard, je repère cette jeune fille que j'observe depuis quelques jours. Plutôt jolie, brune aux yeux bleu clair, les cheveux courts, la peau très pâle. À la limite de la maigreur, elle flotte dans des vêtements trois fois trop grands pour elle. Quels sales tours la vie lui a-t-elle joués pour qu'elle atterrisse ici ? Elle semble si jeune…

Il y a une place libre à côté d'elle. Je m'y installe et commence à manger mon entrée. De son côté, elle pique machinalement des feuilles de salade avec sa fourchette, sans y toucher. Le regard dans le vague, elle ne semble pas avoir conscience de ma présence.

— Bonsoir. Je m'appelle Valérie, lui dis-je pour amorcer la conversation.

Elle ne me répond pas, mais cesse son manège avec les feuilles de salade et m'adresse un sourire aussi furtif que timide.

— Qu'est-ce qui vous a conduite ici ? tenté-je sous forme de plaisanterie.

Son regard se voile d'une profonde tristesse, mais elle ne cille pas.

— Mon bébé est mort.

ANNA

6

Mon bébé est mort. C'est ce que je m'oblige à répondre chaque fois que l'on me pose une question. Comment tu te sens aujourd'hui, Anna ? Mon bébé est mort. Est-ce que tu as besoin de quelque chose, Anna ? Mon bébé est mort. Si l'on peut faire quoi que ce soit pour toi, Anna… Mon bébé est mort.

Je me dis qu'à force de les répéter, ces mots finiront peut-être un jour par ne plus me déchirer le cœur.

* * *

— Vous avez des frères et sœurs, je crois ? me demande Catherine, ma thérapeute.

Elle a beau ne porter qu'une chemise blanche et un jean, elle est quand même très élégante. Elle me fait penser à Mme Lowis, ma prof d'art floral. Elle a de belles mains et ses ongles sont peints d'un joli vernis rose pâle.

— Oui. Cinq. J'ai deux frères et trois sœurs.

— À quelle place vous situez-vous ?

— Mes deux frères sont plus âgés que moi, mais je suis l'aînée des filles.

— Belle fratrie ! Vous ne deviez pas vous ennuyer à la maison.

— Non. Il y avait toujours beaucoup de mouvement. C'était joyeux et désorganisé. Bruyant, aussi.

— Vous n'aimez pas le bruit ?

— Pas trop. Je suis la calme de la famille. C'est ce qu'affirme toujours ma mère lorsqu'elle parle de moi. Je ne sais jamais ce qu'il faut dire, alors je préfère observer.

— C'est pour cette raison que vous avez choisi de devenir fleuriste ?

— Je ne sais pas. Peut-être, oui. Mais j'ai toujours aimé les fleurs. Leurs couleurs, leur parfum. Quand j'étais petite, je passais mes journées à dessiner. Ce que je préférais, c'était représenter des vases contenant de très gros bouquets.

— Moi qui n'ai aucun talent artistique, je suis admirative de ce que certains sont capables de faire avec des crayons.

— J'ai peint des tulipes jaunes et roses sur les murs de la chambre de Suzanne.

Je sors mon téléphone de ma poche, le déverrouille, et ouvre ma galerie de photos. Il y en a tellement que la mémoire est pleine. Mais je ne veux en supprimer aucune pour libérer de la place. De toute façon, je n'aurai plus jamais rien à photographier. Je sélectionne un de mes clichés préférés : moi, assise dans mon fauteuil à bascule, en train d'allaiter ma fille. Lorsqu'elle tétait, elle agrippait toujours l'une de ses petites mains à mon tee-shirt ou à mon pull. Comme si elle avait peur que je m'en aille.

— Regardez, on voit les tulipes sur celle-ci, dis-je en montrant la photo à Catherine.

— Elles sont magnifiques. Vous avez beaucoup de talent. On perçoit énormément d'amour dans cette photo. C'est votre compagnon qui l'a prise ?

— Oui. Il n'était pas très à l'aise avec l'idée de l'allaitement. Il trouvait que c'était bizarre. Mais quand Suzanne est née et qu'on me l'a mise au sein, il a pleuré.

— Comment va-t-il aujourd'hui ?

— Je ne sais pas. Il a préféré partir. C'était trop dur pour lui de rester avec moi.

* * *

Maman avait toujours rêvé d'une grande famille, d'une longue tablée le dimanche, d'une maison pleine de rires. Avec six enfants, elle était comblée. L'organisation n'était pas simple, mais elle a toujours réussi à nous accorder du temps et à nous montrer combien chacun de nous était important pour elle. Elle nous le prouvait par ses attentions, par ses mots. Même si j'étais moins extravertie que mes frères et sœurs, moins remuante, j'ai su trouver ma place. J'espérais que moi aussi, je connaîtrais ça un jour. Ce bonheur de couver du regard ceux que l'on a mis au monde.

J'ai rencontré Valentin lors d'une soirée chez une copine de lycée. C'était son frère. Je l'avais déjà vu deux ou trois fois quand il venait la chercher à la sortie des cours. Je le trouvais super beau avec ses cheveux blonds mi-longs et sa veste en cuir.

C'était en juillet, il faisait chaud. Je suis sortie dans le jardin quelques minutes pour m'aérer un peu. La musique était trop forte à mon goût. Valentin était là, allongé sur un transat, ses écouteurs vissés dans les oreilles. Je n'osais rien dire. J'ai toujours eu peur de passer pour une cruche. C'est lui qui est venu vers moi. Il m'a demandé si j'aimais Indochine. J'ai opiné de la tête, même si la seule chanson que je connaissais d'eux, c'était « Troisième sexe ». Il m'a tendu l'un de ses écouteurs et on est restés comme ça pendant un moment, enveloppés par la voix de Nicolas Sirkis. Il m'a demandé si mes cours me plaisaient. Lui était en première année de fac de sociologie, il ne savait pas trop ce qu'il y faisait, ça ne l'intéressait pas plus que ça, mais ses parents avaient insisté pour qu'il fasse des études. Je me sentais bien avec lui. Lorsque sa main a effleuré la mienne, toute la troupe qui était restée à l'intérieur a débarqué, interrompant aussitôt ce qui était peut-être en train de commencer.

Valentin s'est écarté en une fraction de seconde et est rentré à l'intérieur de la maison, oubliant que j'avais toujours l'un de ses écouteurs au creux de mon oreille. Je l'ai enlevé et caché dans mon poing serré, pour que personne ne s'en aperçoive, surtout Lorraine. Toutes ses copines ou presque avaient le béguin pour son frère, je ne voulais pas qu'elle pense que je venais grossir le lot. J'étais tellement anxieuse que j'avais été surprise que personne n'entende mon cœur tambouriner dans ma poitrine.

Alors que la nuit était bien avancée, et que tout le monde somnolait sur les matelas gonflables installés sous les tentes, je suis rentrée dans la maison avec l’espoir que Valentin ne soit pas encore endormi. Sa chambre était au rez-de-chaussée, je le savais grâce au prénom gravé sur la plaque de sa porte qu’il n’avait sans doute pas pris la peine d’enlever en grandissant.

De la lumière filtrait par sa porte entrouverte. J’ai frappé discrètement.

— Oui ?

— Euh… c’est moi, Anna. Je voulais te rendre ton écouteur. Tu as oublié de le reprendre quand tu es parti tout à l’heure.

Il était torse nu et en short lorsqu’il m’a ouvert. J’ai rougi et, plusieurs semaines plus tard, il m’a avoué que ça l’avait fait craquer. Il a repris l’écouteur que je lui tendais et m’a donné un bout de papier plié en quatre.

— C’est mon numéro de portable. Si ça te dit, je t’invite pour un café, un ciné… ce qui te fera plaisir.

— D’accord. Oui, ce serait chouette.

J’ai aussitôt tourné les talons et me suis dépêchée de rejoindre les autres sous les tentes. Sur l’échelle de la nullité, « Ce serait chouette » décrochait la palme d’or. Je me sentais ridicule.

Il m’a fallu quelques jours avant d’oser lui envoyer un message. Message pour lequel j’avais rédigé une vingtaine de brouillons, et qui, au final s’était résumé en un Dispo pour un café tout à l’heure ? des plus concis. Il avait répondu au bout de cinq interminables minutes pendant lesquelles j’avais gardé les yeux rivés sur mon téléphone, pensant que peut-être mon message était trop direct, et que j’aurais d’abord dû lui demander comment il allait, ou lui rappeler que j’étais la copine de sa sœur… Mais Valentin était partant et m’avait donné rendez-vous dans un endroit sympa qu’il connaissait, pas très loin du centre-ville, à une petite demi-heure à pied de chez moi.

C'est comme ça que les choses ont commencé entre nous. Simplement. Un café, puis un autre. Un ciné, une balade. Des mains qui se frôlent, des doigts qui se trouvent. Des papillons dans le ventre, des jambes qui se dérobent au premier baiser, un soir, au coin de ma rue.

Valentin n'est pas le premier garçon à m'avoir embrassée. En revanche, il est le premier à m'avoir déshabillée. Nous étions ensemble depuis trois semaines, ses parents et sa sœur étaient partis à l'étranger. Il avait la maison pour lui seul.

J'avais dix-neuf ans, lui vingt et un. Depuis que je l'avais vu torse nu, je ne pensais qu'à caresser sa peau. Il a pris son temps. C'était ma première fois, pas la sienne.

J'étais amoureuse. Je crois que lui aussi.

Les mois ont filé. J'ai terminé ma formation, signé un contrat de quelques heures par semaine chez un fleuriste de la ville. Valentin a convaincu ses parents qu'il n'était pas fait pour la sociologie, ni pour les études, d'ailleurs. Sauf qu'il ne savait pas quoi faire de sa vie. Alors, son père, peintre en bâtiment, l'a emmené sur ses chantiers. Enduire des murs n'était pas passionnant, mais toujours plus qu'étudier les livres de Pierre Bourdieu, disait-il.

J'étais heureuse. Je crois que lui aussi.

Deux ans plus tard, j'ai découvert que j'étais enceinte. Ce n'était pas prévu, mais ça ne m'a pas affolée. J'avais toujours eu envie d'avoir une grande famille, j'étais diplômée, j'avais presque vingt et un ans. Mon couple avec Valentin me paraissait solide.

S'il a d'abord été surpris lorsque je lui ai appris la nouvelle – je prenais la pilule depuis plusieurs mois –, il m'a ensuite soutenue dans ma décision de garder le bébé. Il travaillait pour son père et, à nous deux, on était capables de subvenir aux besoins de notre famille en devenir.

7

La naissance de ma fille a été le plus beau jour de ma vie. L'accouchement avait été long et difficile. À plusieurs reprises, je m'étais dit que je n'allais pas en être capable, que je ne pourrais pas tenir jusqu'au bout. Mais toute cette souffrance avait été balayée dès l'instant où la sage-femme avait posé ma fille contre mon sein. Elle était la plus belle chose que j'avais jamais vue. Une rose encore en bouton. Absolument parfaite. Ses jolies mains, ses petits pieds, sa bouche en forme de cœur, son fin duvet blond. J'avais senti une vague d'amour déferler en moi. Tellement forte qu'elle m'en avait presque donné le vertige.

Suzanne. Ma fille.

J'avais mis au monde un bébé, moi, Anna.

J'avais minutieusement préparé sa venue, accordant un soin particulier à chaque détail : le choix des pyjamas, des bodys, l'agencement de sa chambre et, surtout, la décoration. Je tenais à peindre des fleurs sur les murs. J'avais longtemps hésité entre des jonquilles et des tulipes multicolores, avant d'opter pour ces dernières.

Après un court séjour à la maternité, Valentin nous avait ramenées chez nous. Lorsqu'il avait ouvert d'une main la porte de notre appartement, le cosy dans lequel dormait Suzanne dans l'autre, j'avais été submergée par l'émotion. Mais ça ne m'avait pas alertée. Après tout, c'était le début d'une toute nouvelle vie à trois. Mais quand par la suite je me suis mise à pleurer devant un paquet de couches déchiré, une porte de placard mal refermée ou un pot d'olives noires à moitié plein, j'ai compris que j'étais probablement en plein baby-blues. Un syndrome qui sonne bien plus sympathique qu'il ne l'est, si vous voulez mon avis.

Lentement, on avait pris nos marques. À trois, puis à deux quand Valentin avait repris le chemin des chantiers. Petit à petit, j'apprenais à décoder ses pleurs, ses mimiques, ses besoins. Les journées, d'abord anarchiques, déroulaient peu à peu leur routine. J'étais épuisée, à fleur de peau, mais je n'avais jamais été si heureuse.

Après les tétées, je m'asseyais dans le fauteuil à bascule et je berçais ma fille pendant de longues minutes, tout en lui fredonnant des comptines de mon enfance. J'adorais regarder ses paupières papilloter au fur à mesure qu'elle se laissait gagner par le sommeil. J'adorais sentir les muscles de son corps se relâcher contre le mien et la voir s'abandonner. Alors, avec d'infinies précautions, je la déposais dans son berceau, admirant encore quelques secondes la perfection de son visage avant de quitter sa chambre.

Je prenais des photos, des tonnes de photos. Chaque jour. Pour ne jamais oublier cette période magique.

Si j'avais imaginé que tout pouvait s'arrêter brutalement, j'en aurais pris encore plus.

Un matin, il y a soixante-cinq jours, huit heures et douze minutes, je me suis réveillée avec la sensation d'être reposée et d'avoir dormi au moins huit heures d'affilée. Ce qui était surprenant, vu que Suzanne tétait encore deux fois par nuit. J'ai regardé l'heure sur mon téléphone, il était effectivement 9 heures du matin.

Je me suis précipitée hors du lit, persuadée de ne pas avoir entendu ma fille pleurer. Si j'en croyais mes seins lourds et douloureux, elle devait avoir faim.

J'ai ouvert la porte de sa chambre sans prendre garde à ne pas faire de bruit. Je me suis approchée du berceau, me suis penchée pour la prendre dans mes bras, mais quelque chose m'a arrêtée. Suzanne ne battait pas des jambes pour manifester sa joie de me voir. Le silence était assourdissant. Je l'ai observée pendant de longues secondes avant de me rendre à l'évidence : sa poitrine ne se soulevait pas. Elle ne respirait plus.

Ma fille, mon minuscule bébé. Suzanne était morte.

Syndrome de la mort subite du nourrisson.

J'ai poussé un hurlement. Mes jambes se sont dérobées et je me suis écroulée sur le sol de la chambre. J'ai senti quelque chose se briser en moi.

Depuis soixante-cinq jours, huit heures et douze minutes, je réponds invariablement la même chose à chaque question que l'on me pose : mon bébé est mort.

Mon bébé est mort.

* * *

— Valentin est donc parti parce que c'était trop dur pour lui de rester ? me demande Catherine.

— C'est ce qu'il a écrit sur le mot qu'il m'a laissé. Ça devait être insupportable de vivre avec moi. Depuis que j'ai perdu Suzanne, je suis comme morte, moi aussi. Je passe des heures assise sur le fauteuil à bascule de sa chambre. Je fixe son berceau en imaginant que si je ferme les yeux et que je les serre très fort, je pourrais de nouveau entendre ses petits cris de joie, ceux qu'elle faisait lorsque je lui mouillais le ventre avec de l'eau au moment du bain.

Mais ça n'arrive jamais. Il n'y a plus de gazouillis, plus de pleurs, plus de petite main qui agrippe mon tee-shirt. Plus rien, à part son absence.

— Comment dormez-vous, Anna, depuis ce jour-là ?

— Je… je ne dors presque pas. Je ne veux pas dormir.

— Vous ne voulez pas dormir ? Pourquoi dites-vous cela ?

— Parce que… Suzanne est… C'est parce que je dormais que c'est arrivé. Je ne l'ai pas entendue. Si je ne m'étais pas endormie, elle serait peut-être encore là.

— J'imagine que les médecins vous ont expliqué que rien ne peut prévenir ce syndrome, que vous n'êtes pas responsable, que vous ne pouviez rien y faire…

— Je sais que c'est ma faute ! C'est à cause de moi si elle est morte ! je hurle en me levant du fauteuil. Je suis sa mère, j'aurais dû la sauver. Il faisait sans doute trop chaud dans sa chambre, je n'arrive pas à m'en souvenir. J'ai beau me repasser les images dans ma tête, je ne sais plus si j'ai regardé le thermomètre en sortant. Il faisait sans doute trop chaud. Peut-être qu'elle s'était retournée sur le ventre. Je n'ai pas vérifié que tout allait bien avant de fermer la porte. Je n'ai pas vérifié ! C'est ma faute. Ma fille est morte par ma faute !

Je hurle à pleins poumons. J'attrape mes cheveux et tente de me les arracher. C'est si dur.

Catherine se lève et m'entoure de ses bras.

— Vous n'y êtes pour rien, Anna.

— Ma petite fille, mon bébé, elle me manque tellement, sangloté-je. J'aurais dû…

— Vous n'y êtes pour rien.

8

Ce sont mes parents qui m'ont amenée au Jardin des Cybèles. Un matin, ils avaient frappé à la porte de mon appartement, et comme je ne leur ai pas ouvert, ils ont utilisé la clé que je leur avais donnée. J'étais dans la chambre de Suzanne, à respirer le dernier pyjama qu'elle avait porté. Le seul que je n'avais pas mis à laver et qui était encore imprégné de son odeur, même si celle-ci commençait peu à peu à disparaître.

— Anna, ma chérie. Tu ne peux pas rester toute seule comme ça. Depuis combien de temps n'as-tu pas fait de vrai repas ? m'avait demandé ma mère.

Je ne m'en souvenais plus. Je buvais lorsque ma bouche devenait sèche, mais je ne ressentais pas vraiment la faim. Une pomme à moitié grignotée gisait à mes pieds. Est-ce qu'elle datait de la veille ou de l'avant-veille ? J'étais incapable de m'en souvenir.

— Si tu ne veux pas venir chez nous, nous t'emmenons dans un endroit où l'on s'occupera de toi.

Dans un état second, j'avais tenté de protester. Qui s'occuperait de Suzanne quand elle se réveillerait ? Et s'il lui manquait son monsieur Panda ? Elle ne pourrait pas se rendormir sans lui ! Puis, pour la dixième fois de la journée, je m'étais souvenu que Suzanne ne se réveillerait jamais, qu'elle était partie, et je m'étais mise à pleurer.

Mon père m'avait soulevée du rocking-chair comme si je ne pesais rien, ce qui allait finir par être le cas. Ma mère, de son côté, avait rempli une valise avec quelques vêtements choisis au hasard dans ma penderie.

Ils m'avaient installée à l'arrière de leur voiture, celle qu'ils ont depuis des années et avec laquelle on partait en vacances au bord de la mer chaque été. Cette voiture synonyme de rires, de miettes de chips écrasées, de nez collés aux vitres à regarder défiler les paysages.

J'ignore combien de temps nous avons roulé. Je ne pensais qu'à ma Suzanne, incapable de me défaire de l'image de son petit cercueil.

Une fois arrivés, maman avait rempli quelques papiers. J'avais répondu à plusieurs questions et confirmé que je consentais à être ici. Ici ou ailleurs, qu'est-ce que ça changeait, de toute façon…

* * *

— Valentin sait que vous êtes au Jardin des Cybèles ?

— Je ne sais pas. Peut-être que mes parents le lui ont dit. Ma mère l'aime beaucoup. Elle le trouve gentil. J'avais un peu peur la première fois que je le lui ai présenté parce qu'elle déteste les copines de mes frères.

— Peut-être devriez-vous l'appeler ou lui écrire un message ?

— Ça ne servirait à rien. Il m'a quittée. Lui aussi doit penser que tout est ma faute. Que j'aurais dû mieux surveiller notre fille.

— Avez-vous envisagé qu'il puisse s'en vouloir, lui aussi, de ne pas être allé vérifier que tout allait bien pendant que Suzanne dormait ?

— Je ne crois pas. Il me l'aurait dit.

— Chacun souffre à sa manière, Anna. Valentin n'a pas fait un choix judicieux en fuyant, c'est certain. Mais n'oubliez pas que lui aussi a perdu sa fille. Peut-être pourriez-vous lui laisser une chance de s'expliquer ?

* * *

Valentin n'avait pas prévu de devenir père aussi jeune. Pour tout dire, la question des enfants ne s'était même jamais posée. On était heureux comme ça, et on profitait pleinement de notre histoire. Je l'aimais plus que tout. Avec lui, je pouvais être moi-même. Il respectait ma timidité, mon côté introverti, et ne me reprochait jamais de ne pas me sentir très à l'aise lorsque nous sortions avec son groupe de copains.

On pouvait passer des journées entières lovés l'un contre l'autre sur le canapé, à regarder la télévision, avec un grand saladier de pop-corn posé sur la table basse devant nous. Il m'a fait découvrir les films de kung-fu – il adorait Bruce Lee depuis tout petit. La première fois que nous avons visionné *La Fureur du dragon* ensemble, son amour pour ce film m'avait émue aux larmes.

Quand j'ai découvert que j'étais enceinte, j'ai d'abord gardé ça pour moi. Je ne savais pas comment le lui annoncer, j'avais peur qu'il me quitte si je refusais d'interrompre ma grossesse. Mais moi, je voulais à tout prix garder cet enfant. Je n'avais pas envisagé de devenir mère à vingt ans, mais j'ai aimé ce petit être dès le résultat du test. J'attendais le moment propice pour l'annoncer à Valentin, je cherchais les bons mots. Et puis, un matin, il m'a entendue vomir. Quand je suis sortie de la salle de bains, il m'a lancé en plaisantant : « Tu n'es pas enceinte, j'espère ? » Mon expression avait dû valoir toutes les réponses. Il avait blêmi, et je m'étais dit que notre histoire allait s'arrêter là et que je viendrais grossir les rangs des mères célibataires.

Il lui avait fallu quelques jours pour digérer la nouvelle. Quelques jours pour, m'avait-il expliqué par la suite, réussir à dépasser ses craintes de ne pas être à la hauteur. Avant ce test positif, il n'avait pas réfléchi à ce que cela impliquait de devenir père.

Il a été présent tout au long de la grossesse. Même s'il ne se sentait pas toujours à sa place ni ne savait quoi dire, il a tenu à m'accompagner à tous mes rendez-vous. Je me souviens encore de la première échographie et de sa réaction à l'écoute des battements de cœur, forts et rapides, de notre bébé. Il m'avait attrapé la main et l'avait serrée, sans quitter des yeux l'image un peu floue du petit être humain qu'on avait conçu.

J'ai l'impression d'avoir vécu dans une bulle pendant six mois, à l'affût de la moindre sensation inhabituelle, m'émerveillant ensuite à chacun des mouvements de ma fille. Parfois, quand je posais mes mains sur mon ventre, je la sentais venir s'y nicher. C'était magique.

* * *

— Vous étiez seule lorsque vous avez découvert que Suzanne était inanimée ?

— Oui. Valentin a quitté notre appartement très tôt ce jour-là. Il avait un chantier à plus d'une heure de route et il voulait éviter les embouteillages. Je crois que je ne l'ai même pas entendu partir. Quand je me suis réveillée en sursaut, il était 9 heures. Je me suis précipitée, mais… Je crois qu'ils ont indiqué l'heure probable de sa mort dans le compte rendu. Mais je ne veux pas savoir.

— Qu'avez-vous fait, Anna, lorsque vous avez compris que Suzanne était décédée ?

— J'ai hurlé. De toutes mes forces. Je me suis écroulée. Ensuite, je l'ai prise dans mes bras quelques secondes. Elle était… Je l'ai reposée, j'ai replacé monsieur Panda contre sa joue, et je suis allée chercher mon téléphone. J'ai essayé de joindre Valentin, mais je suis tombée sur son répondeur. Je ne me suis pas rendu compte que la messagerie s'était déclenchée. Je pensais à ma petite fille qui ne bougeait plus dans son berceau, aux vêtements en taille six mois qu'on venait de lui offrir et qu'elle ne porterait jamais, aux dix boîtes de lait que j'avais achetées d'avance, en me demandant si la pharmacie accepterait de me les reprendre. C'est affreux, non ?

— Qu'est-ce qui est affreux ?

— De penser à des choses pareilles, à des détails aussi insignifiants.

— Vous étiez en état de choc. Votre cerveau a cherché à vous protéger de cet événement traumatique en déplaçant votre attention sur du détail, de l'insignifiant, comme vous dites. Comme une mise à distance temporaire, juste le temps nécessaire. Vous êtes simplement un être humain, Anna.

— Valentin a débarqué, fou d'inquiétude, moins d'une heure après. La messagerie… Il m'a entendue pleurer pendant les trois minutes d'enregistrement. Il a ouvert la porte de notre appartement et a hurlé mon prénom. Comme je ne répondais pas, il a fini par entrer dans la chambre de Suzanne. Il m'a trouvée assise dans le fauteuil à bascule, ma fille dans les bras. Je lui chantais une berceuse. Je ne m'en souviens pas, je l'ai entendu le raconter à ma mère lorsqu'elle est arrivée un peu plus tard. Je crois qu'il m'a posé des questions. Mais j'étais ailleurs. Dans un monde où ma petite fille était encore en vie. Où elle gazouillait quand je lui caressais la plante des pieds. À un moment, on me l'a prise des bras. Il y avait du monde autour de moi, j'entendais du bruit, des visages me fixaient, mais j'étais loin. Je ne sais même pas si j'ai résisté, si j'ai essayé de garder Suzanne contre moi. Tout me semblait… irréel.

— Vous m'avez dit l'autre jour que Valentin vous avait quittée. Était-ce longtemps après ?

— Non. Je n'ai pas été capable de prononcer un seul mot pendant plusieurs jours. Ni de verser la moindre larme. Comme si j'étais anesthésiée. Je l'ai entendu pleurer à plusieurs reprises, la nuit, quand il croyait que je dormais. J'aurais dû lui parler. Mais je n'étais pas vraiment là. Un matin, j'ai trouvé un petit mot sur la table de la cuisine. Il y était écrit que c'était trop dur de rester, il me demandait de prendre soin de moi. Je ne l'ai pas revu après ça. Il n'a pas essayé de me joindre. J'imagine qu'il est retourné vivre chez ses parents.

— Que ressentez-vous aujourd'hui pour lui, Anna ?

— Je ne sais pas. J'essaie de ne plus rien ressentir. Pour qui que ce soit. Je me dis que, comme ça, au moins, je ne souffrirai plus. Est-ce que vous pensez qu'un jour je serai capable de penser à ma fille ou de parler d'elle sans avoir l'impression qu'on m'arrache le cœur ?

— Vous venez de vivre un drame. Je vous mentirais si je vous disais que le temps refermera entièrement cette blessure. Mais la vie va reprendre le dessus, Anna. Je vous le promets. Elle est ainsi faite.

9

Depuis combien de temps est-ce que je suis ici ? Je ne sais pas. Trois jours, une semaine, un mois, ça n'a pas d'importance. Pour moi, tout s'est arrêté le matin où j'ai perdu ma fille.

Le temps passe et je me laisse couler. Chaque jour, quand je me réveille après une nuit de sommeil artificiel, je prends mon téléphone et fais défiler mes neuf cent quatre-vingt-deux photos de Suzanne. De la première à la dernière. De son premier souffle de vie jusqu'à la veille de son décès. Je voulais immortaliser chaque instant, chaque mimique, chaque sourire. Ensuite, j'écoute ses éclats de rire. Un enregistrement audio qui dure quarante-sept secondes. Le seul que j'ai. Son rire, qui me donne autant envie de l'imiter que de pleurer.

Je mange quand on pose une assiette devant moi, je me rends dans les salles d'activités quand il le faut. Je rencontre Catherine. En dehors de ça, je ne sors pas de ma chambre, je ne parle avec personne. Et nul ne cherche à me parler.

J'ai été prise par surprise lorsque cette femme s'est assise à côté de moi avec son plateau-repas.

— Bonsoir. Je m'appelle Valérie, me dit-elle.

Je ne lui réponds pas, mais j'arrête quand même de fixer les feuilles de salade qui se trouvent dans mon assiette pour lever les yeux vers elle.

— Qu'est-ce qui vous a conduite ici ? me demande-t-elle.

— Mon bébé est mort.

Habituellement, ça suffit à faire fuir les gens. Personne n'a envie de parler avec quelqu'un qui vient de perdre son enfant. Et même si c'était le cas, personne ne saurait quoi y répondre, de toute façon.

— C'est bon ! rétorque-t-elle pourtant. Vous décrochez haut la main la médaille d'or en matière de destruction du stock de petites cuillères. Vous avez entendu parler de cette théorie ? me demande-t-elle devant mon air dubitatif.

— Non.

— C'est bien ce qu'il m'a semblé. Je pensais que Catherine expliquait ce concept à tout le monde… Mais peu importe, laissez tomber. Avec ce que vous venez de me dire…

J'ai beau ne rien comprendre à ce qu'elle me raconte, Valérie m'est sympathique. Et contrairement aux autres, le sujet ne semble pas la mettre mal à l'aise. Je ne vois aucune panique dans son regard. Elle n'a même pas essayé de trouver une excuse pour s'enfuir et éviter cette discussion.

— Vous voulez la voir ?

Depuis que j'ai montré les photos de Suzanne à Catherine, j'ai envie d'en faire autant avec tous ceux que je croise, pour qu'ils puissent voir à quel point elle était magnifique.

— Oui, bien sûr.

Valérie se tourne vers moi, je sors mon téléphone de ma poche, le déverrouille, et recommence le défilé familier.

— Elle avait trois semaines sur celle-ci. Elle faisait tout le temps des sourires. Parfois, je me dis qu'elle savait peut-être que j'en aurais besoin.

— Elle est très belle. Comment s'appelle-t-elle ?

— Suzanne. Elle s'appelle Suzanne.

C'est la première fois que quelqu'un parle de Suzanne au présent. Tous en parlent au passé. Comme si je pouvais avoir oublié qu'elle est partie.

— J'ai deux filles. Carla, qui a quinze ans, et Zoé, qui en a douze. Je ne peux même pas imaginer la peine que vous devez ressentir.

Valérie pose sa main sur la mienne et la retire brusquement.

— Personne ne peut. Un soir, vous couchez votre bébé, et le lendemain matin, vous la retrouvez morte dans son berceau.

— Vous ne m'avez pas dit comment vous vous appeliez ?

— Anna.

* * *

Ici, on cherche à nous occuper. Avec de la poterie, de la peinture, des ateliers de vannerie. Peut-être qu'ils ont peur de ce que l'on serait tentés de faire si l'on était livrés à nous-mêmes. En ce qui me concerne, je ne ferais probablement pas grand-chose.

Alors que je m'installe dans la salle d'art-thérapie, derrière mon chevalet, je remarque que Valérie n'est pas très loin. Elle me fait un signe de la main. Elle est gentille : tout à l'heure, elle a regardé les neuf cent quatre-vingt-deux photos avec moi. Elle a même écouté l'enregistrement. Elle m'a ensuite montré ses filles. Elle semblait triste de ne pas avoir beaucoup de clichés d'elles dans son téléphone.

Je termine de préparer les couleurs dans ma palette et j'attrape mon pinceau. Sur la toile, il y a une femme assise dans un fauteuil à bascule. Elle a de longs cheveux blonds et regarde le ciel en souriant. Ça pourrait être moi. Elle porte une longue robe blanche et tient un bébé endormi dans ses bras. Un petit garçon, ou une petite fille, je ne sais pas vraiment. Ça pourrait être Suzanne. La femme est entourée de tournesols de toutes les tailles. J'ai envie d'ajouter quelques oiseaux. Des petits oiseaux bleus. Alors je m'attelle à la tâche. Depuis que je suis ici, grâce à Élodie, l'art-thérapeute, je perfectionne mes techniques d'aquarelle. Cela faisait des années que je n'en avais pas fait. J'aime la douceur des teintes, la transparence apportée par l'utilisation de l'eau.

Chaque centimètre de la toile sera bientôt recouvert de couleur. Je suis concentrée, je m'applique sur la forme de mes oiseaux, leurs yeux, leurs pattes, leur petit bec. Ils observent la jeune femme et l'enfant. Dans ma tête, je fredonne une berceuse, celle que je lui chantais. À cet instant précis, il n'y a plus que cette toile et la perfection de mes traits qui comptent.

— Ce tableau est magnifique, me dit Valérie que je n'ai pas entendue arriver, tellement j'étais absorbée par mon aquarelle.

— Merci.

— Tu as pris des cours ? Tu as fait tes études aux beaux-arts ?

— Non. Je suis fleuriste. Mais j'ai toujours aimé dessiner.

— Donc tu as vraiment un talent inné…

— Je suis sûre que ta peinture est super, elle aussi.

Valérie me regarde et son visage se fend d'un large sourire.

— Tu devrais venir voir. J'aimerais avoir l'avis d'une experte.

— Je ne suis pas du tout une…

Valérie ne me laisse pas terminer. J'ai à peine le temps de poser mon pinceau, qu'elle me prend par le bras et m'entraîne vers son chevalet.

— Alors ? Qu'en penses-tu ? Je me demande si je n'aurais pas dû travailler un peu plus les détails du visage…

Sur la toile, un homme ou peut-être une femme. Une jambe plus courte que l'autre, des pieds orientés dans le même sens, comme en lévitation, des bras tendus à l'horizontale…

L'émotion qui monte en moi est inattendue, déstabilisante. Devant ce tableau, je ne peux m'empêcher de rire. Ça ne m'était pas arrivé depuis la mort de Suzanne et je pensais que cela ne se reproduirait plus jamais. Pourtant, je regarde le travail de Valérie et je ris à ne plus pouvoir m'arrêter, à en avoir mal aux côtes.

Je suis gênée, je ne voudrais pas qu'elle pense que je me moque d'elle. Je me tourne dans sa direction, pour qu'elle m'excuse, mais elle aussi se met à rire.

— Oui, c'est vrai que j'aurais dû te préciser que, contrairement à toi, j'en étais restée au niveau bonhomme bâton… J'ai donné tout ce que j'avais dans cette œuvre. D'ailleurs, je ne suis pas peu fière de mon chat, là, dit-elle en me montrant une masse dans un coin qui semble vaguement animalière.

En l'apercevant, un irrépressible fou rire s'empare de moi. Alors, je me laisse aller. Et ça fait du bien.

10

On est vendredi. C'est Valérie qui me l'a appris lors du déjeuner. Moi je ne fais plus attention au jour qu'on est. Comme nous n'avions pas d'atelier prévu cet après-midi, elle m'a proposé de m'emmener dans un salon de thé pas très loin. Elle m'a dit qu'il était tenu par une femme qui s'appelle Charline. Elle la trouve très chouette.

Je ne suis pas très à l'aise quand il s'agit de rencontrer de nouvelles personnes. Je ne sais jamais quoi dire, je n'ai jamais rien d'intéressant à raconter. Moi, ce que je préfère, c'est observer et écouter les autres. Tout le contraire de mes frères et sœurs, qui sont à l'aise en toutes circonstances et réussissent à sympathiser avec n'importe qui en moins de cinq minutes.

C'est plus difficile pour moi. Si j'aime autant les fleurs, c'est parce qu'elles n'attendent pas qu'on leur fasse la conversation. On peut rester silencieux pendant plusieurs heures, elles ne vous en tiennent jamais rigueur.

« J'imagine que tu n'as rien d'autre de mieux à faire, de toute façon ? » m'avait lancé Valérie.

C'était vrai, je ne voyais Catherine qu'en fin d'après-midi, alors, j'ai accepté de l'accompagner.

* * *

Le Central Perk. C'est la première pensée qui me vient à l'esprit quand nous poussons la porte d'entrée. Bien que différent, le salon de thé de Charline ressemble beaucoup à ce célèbre café. C'est peut-être lié à l'atmosphère qui s'en dégage. J'ai regardé tous les épisodes de *Friends* avec ma petite sœur Lucie. Certains plusieurs fois. Et je me suis toujours dit que j'aimerais moi aussi avoir à proximité un café comme celui-là, dans lequel je retrouverais mes amies.

— Ce lieu est incroyable, n'est-ce pas ? m'interpelle Valérie alors que je tourne sur moi-même pour en avoir une vue d'ensemble.

À peine sommes-nous entrées qu'une jeune femme s'avance vers nous, sa queue-de-cheval tressautant dans son cou.

— Bonjour, Valérie ! Je suis contente de te revoir. Tu tombes à pic, je viens d'élaborer une nouvelle recette de glace : mandarine, anis vert. J'ai besoin de ton avis.

— Charline, je te présente Anna. Nous nous sommes rencontrées au Jardin des Cybèles.

Je suis déjà prête à annoncer : « Mon bébé est mort », mais Charline se contente de me saluer sans me demander ce qui m'a fait atterrir là-bas. Elle nous invite à la suivre jusqu'à une table située près de la baie vitrée. Ça me rassure. Je suis toujours mal à l'aise quand je dois m'asseoir au fond d'un restaurant, avec toutes ces tables entre la sortie et moi.

— En gourmandises du jour, outre ma nouvelle glace dont j'espère que vous me direz des nouvelles, nous avons des gaufres à la noisette avec de la crème fouettée, des tartelettes poire chocolat, et ma fierté du moment : un riz au lait de coco, kiwi et noix de macadamia torréfiées. Je vous laisse réfléchir et je repasse prendre votre commande dans cinq minutes.

Après avoir remercié Charline, nous nous asseyons.

— Tu viens souvent ici ? je demande à Valérie.

— Depuis que j'ai découvert cet endroit dont m'a parlé Catherine, je dirais tous les jours, oui. Tu verras, une fois que tu auras goûté à la pâtisserie de Charline, tu comprendras.

— Elle a l'air gentille.

— C'est le cas. Il y a trop de monde aujourd'hui, mais chaque fois qu'elle le peut, elle s'assoit avec moi pour bavarder. Ça fait du bien, parfois, de pouvoir raconter sa vie à une inconnue. Une inconnue qui n'a pas de diplôme de psychologie, cela va sans dire. Charline aussi m'a raconté la sienne. Elle collectionne les galères, mais j'ai l'impression qu'elle ne perd jamais son sourire ni sa bonne humeur.

— Est-ce que vous avez choisi ? nous demande Charline quelques instants plus tard.

Elle paraît essoufflée et quelques gouttes de transpiration perlent sur son front.

— Tu commences à me connaître maintenant, commence Valérie.

— Tu veux un peu de chaque gourmandise du jour, c'est ça ?

Pour toute réponse, Valérie lui adresse un grand sourire.

— Et pour vous, mademoiselle ? me demande Charline en se tournant vers moi.

— Je vais prendre une gaufre, s'il vous plaît.

— Et un grand pichet de ta citronnade maison, ajoute Valérie.

— Un assortiment pour Valérie, une gaufre pour Anna et un pichet de citronnade pour la table, récapitule-t-elle avant de s'essuyer le front du revers de la main.

— Tout va bien ? lui demande Valérie.

— Oui, oui. Je suis juste un peu fatiguée, il y a beaucoup de monde aujourd'hui. Bon, je vous apporte tout ça. Dans une petite heure, ce sera sans doute plus calme, je devrais avoir plus de temps pour bavarder avec vous. Je te rappelle, Valérie, que tu as promis de me parler de ton client de 12 h 11 ! lui lance-t-elle par-dessus son épaule alors qu'elle regagne la cuisine.

Je me rends compte que je ne sais presque rien de Valérie. À part qu'elle a deux filles. J'aimerais la connaître mieux, mais je n'ose pas lui poser de question, car j'ai toujours peur d'être indiscrète. Elle doit le deviner parce qu'elle rebondit aussitôt sur la remarque de Charline.

— Je suis directrice de supermarché, mais avant j'ai longtemps été caissière et je pourrais remplir un livre d'anecdotes à ce sujet. Montre-moi ton Caddie, je te dirai qui tu es !

— Tu n'es pas obligée de me parler de toi si tu n'en as pas envie…

— Tu m'as raconté pour Suzanne, c'est la moindre des choses… D'ailleurs, c'est étrange que parmi tous les pensionnaires des Cybèles, ce soit vers toi que je suis allée. À travers les photos que tu m'as montrées, on ressent tout l'amour que tu portais à ton bébé. Ça semble si facile, si naturel. Moi, je ne voulais pas d'enfants. Je n'ai pas reçu beaucoup d'affection étant petite. Sabine, ma mère, n'était pas faite pour ce rôle et n'a jamais vraiment cherché à l'endosser. Mais mon mari, Arnaud, voulait à tout prix fonder une famille, et j'ai fini par me laisser convaincre. D'un certain côté, il avait raison. J'aime Carla et Zoé de tout mon cœur. Mais ça ne suffit pas. Je n'arrive pas à être une bonne mère. Je me contente de préparer leurs repas, de suivre leur scolarité. Je ne sais pas les rassurer, ni les féliciter, et encore moins leur dire que je suis fière d'elles. Tu as perdu ton bébé, moi, je n'ai pas su me faire aimer de mes deux filles… qui me détestent aujourd'hui. Et comment pourrais-je les en blâmer ? Moi aussi, je me détesterais à leur place.

Valérie a le regard dans le vague. De la souffrance se lit sur son visage. Malgré tout, je ne peux pas m'empêcher de l'envier. Je donnerais tout pour être à sa place. Parce qu'elle a du temps pour se rattraper. Elle a du temps. Moi, je n'ai eu que quelques semaines avec ma fille. Jamais je ne la verrai faire ses premiers pas, jamais je ne l'entendrai m'appeler maman. Je me sens si seule. J'aimerais tellement que Valentin soit là, avec moi.

L'arrivée de Charline, les bras chargés de pâtisseries, nous ramène à l'instant présent. Alors qu'elle est à quelques pas à peine de notre table, je la vois vaciller. Ses doigts se crispent sur le plateau, son visage devient livide. Valérie, qui s'est elle aussi aperçue que quelque chose n'allait pas, se lève et se précipite pour la soutenir, tandis que je me dépêche de lui prendre le plateau des mains avant que son contenu ne se répande sur le sol.

— Charline ! s'écrie Valérie. Ça ne va pas ? Quelle question, bien sûr que ça ne va pas, tu es pâle comme la mort. Assieds-toi cinq minutes.

Charline s'exécute, les jambes flageolantes. Valérie saisit le pichet de citronnade pour lui en servir un verre.

— Bois un peu, ça te fera du bien.

— C'est gentil, merci. Ne vous inquiétez pas, c'est juste de la fatigue. Je travaille trop, c'est tout. Je dois peut-être songer à prendre des vacances.

— Ça fait combien de temps que tu n'en as pas pris ? lui demande Valérie.

— Euh… joker ? Pour ma défense, j'adore venir travailler ici. Ma pâtisserie, c'est tout ce que j'ai. Et cuisiner a toujours été une passion.

— Mais si tu continues comme ça, tu connaîtras, comme moi, la joie de ne plus avoir de petites cuillères. Pour le vivre depuis des mois, je ne te recommande pas d'en arriver là.

— C'est vrai que je ne me suis pas vraiment reposée ces derniers temps. Et, avoir appris hier que mon ex-futur mari venait de demander en mariage mon ex-meilleure amie ne doit pas aider non plus.

Valérie doit être au courant de cette histoire parce que Charline se tourne vers moi et poursuit à mon intention :

— J'aurais dû me marier dans quelques semaines, mais mon fiancé m'a quittée pour ma meilleure amie, avec qui il me trompait depuis plusieurs mois. Et ça, c'est à peu près la tête que j'ai faite lorsque je les ai surpris sur notre canapé en pleine matinée, ajoute-t-elle devant mon air choqué.

— Pardon, je ne voulais pas…

— Il n'y a pas de mal ! me répond-elle en souriant. Je ne sais pas pourquoi tu es au Jardin des Cybèles, mais j'imagine que c'est bien plus grave qu'une histoire de meilleure amie qui vous vole votre mec.

Il y a quelques jours, j'aurais brandi mon bouclier, celui qui fait fuir les gens et m'évite d'avoir à en dire plus. Mais je n'ai plus envie de ça. Avoir parlé de Suzanne à Valérie a tout changé.

— J'ai perdu ma petite fille. Elle avait trois mois. Syndrome de la mort subite du nourrisson.

— Et moi qui suis là à me plaindre de ma fatigue et des fiançailles de mon ex… Je suis désolée, Anna, ce doit être affreux de vivre ça.

— Oui…

— On pourrait presque porter un toast en l'honneur de cette vie qui ne nous fait pas de cadeaux, intervient Valérie.

— C'est vrai. Et si on le faisait autour d'un repas ? s'enthousiasme aussitôt Charline. Venez déjeuner chez moi dimanche midi, je vous invite ! Je prévoyais de noyer mon chagrin toute seule dans un énorme pot de glace, ce sera nettement mieux si l'on s'y noie à trois, non ?

— Tu devrais plutôt profiter de ton dimanche pour te reposer, suggère Valérie. Et je ne sais pas si Anna et moi sommes les mieux placées pour te remonter le moral…

— Qui parle de me remonter le moral ? Moi, je parle de se lamenter en mangeant de la glace et de médire sur Josselin. Vous ne le connaissez pas, donc vous ne chercherez pas à lui trouver des circonstances atténuantes ou des excuses, comme beaucoup de mes amies. Pour une fois, je n'ai pas envie de relativiser, ne serait-ce que le temps d'une journée. Allez, dites oui ! Ça me ferait plaisir.

— Ce n'est pas comme si nous avions des emplois du temps très chargés, n'est-ce pas, Anna ? m'interpelle Valérie. Le dimanche, il n'y a aucune activité. Après toutes les pâtisseries que tu m'as fait goûter à l'œil, je ne peux pas te refuser ça ! Tu peux compter sur moi.

Charline et Valérie se tournent alors vers moi. J'ai les mains moites. Je suis toujours anxieuse à l'idée d'aller chez des gens que je ne connais pas. Mais je lis une telle gentillesse dans le regard de Charline…

— Sur moi aussi, je finis par répondre, à ma grande surprise.

11

— Je vous ai aperçue avec Valérie tout à l'heure, c'est bien que vous vous soyez fait une amie, me félicite Catherine alors que nous nous apprêtons à débuter notre séance. On peut vite se sentir très seule entre ces murs.

— Elle est la première à ne pas me parler de Suzanne au passé. Pourquoi tous les autres font ça ? On dirait qu'ils veulent me rappeler qu'elle est bien morte, au cas où je commencerais à croire que ce n'est pas le cas.

— La mort est un sujet qui rend la plupart des gens mal à l'aise, Anna. Il ne faut bien souvent voir aucune arrière-pensée dans ce genre de propos.

— Oui, peut-être… Au fait, Valérie m'a présenté Charline, la propriétaire de la pâtisserie. Et elle nous a invitées à déjeuner dimanche…

— Vous ne semblez pas emballée par cette invitation. Quel est le problème ? Vous avez le droit de vous changer les idées.

— Je ne sais pas… J'ai l'impression d'être la pire des mères. Ma fille est morte, et moi, je vais manger de la glace.

— La vie de votre fille s'est arrêtée, mais pas la vôtre, Anna. Elle va même finir par reprendre ses droits. Et ça ne fera pas de vous une mauvaise personne. Avancer ne veut pas dire oublier. Vous ne devez pas vous interdire de vivre sous prétexte que vous avez perdu Suzanne. Peut-être même qu'un jour vous aurez envie d'avoir un autre enfant, et ce ne sera pas une mauvaise chose, Anna.

Je me lève brusquement. Je n'aurai jamais d'autre enfant. Jamais. Comment pourrais-je remplacer Suzanne ?

* * *

Charline nous a donné rendez-vous, à Valérie et moi, à 11 heures. Je ne voulais pas arriver les mains vides, alors nous avons cherché un fleuriste pour lui apporter un bouquet. Valérie a déniché une boutique à quelques kilomètres de là. Je n'ai eu qu'à laisser parler mes mains pour faire une jolie composition de saison. C'est déstabilisant de s'apercevoir que les automatismes sont toujours là, comme si rien n'avait changé.

Charline vit dans une petite maison aux murs en pierre, accolée à un immense champ de tournesols. Alors que Valérie remonte l'allée pour sonner à la porte, je m'arrête pour les contempler. J'ai toujours été fascinée par ces fleurs qui suivent les mouvements du soleil tout au long de la journée et qui se referment le soir, comme si elles partaient se coucher. Je pourrais rester des heures à admirer leur couleur si vive, leur forme si parfaite.

— Anna, tout va bien ? s'inquiète Valérie.

Elle et Charline m'attendent sur le pas de la porte.

— Oui, ce sont juste les tournesols. Je… Bonjour, Charline, dis-je en lui tendant le bouquet. J'espère que tu aimes les renoncules.

— Il ne fallait pas ! Mais, oui, j'adore les fleurs. Et ce bouquet est magnifique.

— C'est Anna qui l'a composé. Elle est fleuriste. Et si tu voyais ce qu'elle peint, elle pourrait tout aussi bien être artiste.

Je me sens rougir. J'ai toujours eu beaucoup de mal à recevoir des compliments.

— Entrez, je vous en prie, je nous ai préparé un tajine aux olives, on devrait se régaler.

À peine avons-nous franchi le seuil que nous sommes accueillies par un cocker qui frétille tellement de la queue que ça lui emporte presque l'arrière-train. Je me baisse aussitôt pour le caresser. J'aime les chiens presque autant que les fleurs.

— Je vous présente Hippo, nous indique Charline. C'est ma semaine de garde, mon ex-futur mari vient le récupérer ce soir.

— Hippo ? s'étonne Valérie.

— C'était une portée de deux, le second s'appelle Potame. On est plutôt bien tombés, nous explique-t-elle en riant.

— Les filles me tannent depuis des années pour qu'on prenne un chien, mais ça va me coûter combien de petites cuillères de m'occuper d'une boule de poils ? Je n'en ai déjà pas assez pour m'occuper de moi-même…

— Les chiens sont des distributeurs d'affection gratuite et illimitée. Ça rechargerait peut-être ton stock ?

Je me redresse. Valentin et moi avions prévu d'adopter un labrador quand Suzanne serait plus grande. Mes parents en ont eu un pendant quinze ans. Spike, un amour de chien. Je lui avais acheté des bandanas de toutes les couleurs que je lui nouais autour du cou.

— Soyez les bienvenues dans mon humble demeure. Ce n'est pas très grand, mais c'est chez moi.

En découvrant la décoration de Charline, je comprends aussitôt qu'elle a dû aménager elle-même sa pâtisserie. Avec ses nombreux cadres aux murs, ses bibelots colorés et ses grands tapis sur le sol, l'ensemble est très chaleureux. À son image.

— Ça sent drôlement bon ! lui lance Valérie. Alors qu'on t'avait dit de faire simple, pour ne pas te fatiguer davantage.

Charline lui répond par un clin d'œil, mais je remarque que ses traits sont tirés et je lui trouve le teint gris. Comme la dernière fois, quelques gouttes de transpiration perlent sur son front. Pourtant il ne fait pas si chaud que ça aujourd'hui.

— Ça m'a fait plaisir de cuisiner pour vous. Et ça m'a changé les idées. Quand je suis devant les fourneaux, plus rien n'existe à part mes ingrédients et mes ustensiles. Je vous laisse aller vous asseoir sur la terrasse, c'est droit devant vous. Je rapporte de quoi nous rafraîchir et des scones.

J'emboîte le pas à Valérie qui traverse le salon composé d'un canapé en velours jaune, d'une table basse en pin et de nombreux meubles dépareillés sur lesquels sont disposés des livres, des vases et des plantes vertes. Une baie vitrée donne sur le jardin, qui est juste assez grand pour accueillir une petite terrasse en bois.

— Charline n'a pas l'air en forme, tu ne trouves pas ? me demande Valérie, à peine assise sur l'une des chaises en résine qui entourent la table de jardin. Elle n'a pas très bonne mine.

— Oui, je me suis dit la même chose.

— On aurait dû la convaincre d'aller au restaurant. Là, je suis sûre qu'elle a passé des heures à cuisiner alors qu'elle aurait pu faire la grasse matinée.

— Aller au restaurant ? Tu plaisantes, j'espère ! rétorque Charline en émergeant de son salon, les bras chargés d'un plateau garni de thé glacé, de scones et de bien d'autres bonnes choses.

— Quand on tire trop sur la corde…

— Elle casse, je sais. Si ça peut te rassurer, j'ai pris rendez-vous avec mon médecin pour qu'elle me prescrive une cure de vitamines. Je vais avaler des petites gélules pendant un mois, et tout rentrera dans l'ordre.

Elle dépose le plateau sur la table, remplit nos verres de thé glacé puis s'assoit.

— Merci d'être venues aujourd'hui. Je propose de porter un toast aux jolies rencontres, ces petits cadeaux de la vie qui nous aident à supporter tout le reste, dit-elle en levant son verre.

* * *

Nous sommes le 28 juin. Suzanne aurait eu six mois aujourd'hui. Peut-être qu'elle tiendrait assise dans son parc. Qu'elle serait capable de se retourner sur le ventre. Elle porterait du neuf mois, je pourrais lui mettre toutes les jolies tenues estivales qu'on nous a offertes à sa naissance et qui attendaient sagement, bien rangées dans son armoire.

Peut-être qu'elle tendrait ses petits bras potelés vers moi pour que je la prenne, que je devrais batailler pour lui faire manger de la purée de carottes, qu'elle soufflerait à l'approche de la cuillère, mouchetant mon tee-shirt de taches orange…

Je n'en saurai jamais rien. Je ne connaîtrai jamais la petite fille qu'elle serait devenue.

Assise sur un banc, je laisse couler mes larmes. C'est trop dur. Jamais je ne réussirai à surmonter le chagrin. Je ne crois pas aux vertus du temps qui passe. Chaque jour est aussi douloureux que la veille. Je pense à mon bébé continuellement.

Cela doit faire une heure, peut-être deux, que je suis ici, à pleurer ma fille, quand j'entends quelqu'un s'approcher. Je tourne la tête pour découvrir qu'il s'agit de Valérie. Je suis contente de la voir, mais je ne sais pas si j'ai envie de parler.

Sans dire un mot, elle prend place à côté de moi. Nous restons comme ça, en silence, pendant de longues minutes. Je continue à pleurer, et Valérie reste là, sans me poser de questions. Alors, sans vraiment y réfléchir, j'incline ma tête sur son épaule. Elle m'entoure de son bras et pose sa tête contre la mienne.

— Elle aurait eu six mois aujourd'hui, dis-je d'une voix rauque. Et… je ne me souviens plus de son odeur.

— Même si elle n'a vécu que quelques mois, Suzanne a eu la chance de t'avoir pour maman. Elle n'aurait pas pu être plus aimée. Tu es une mère extraordinaire, Anna.

— Elle me manque tellement, sangloté-je. Je ne sais pas comment vivre sans elle.

— La perte d'un enfant est l'une des pires épreuves que l'on puisse traverser. Je ne sais pas comment alléger ta peine. Mais peut-être que c'est Suzanne qui t'enverra cette force…

— J'ai besoin d'aller marcher un peu… Cela fait une éternité que je suis assise sur ce banc.

Je me lève et me dirige vers la sortie du parc, puis me retourne :

— Tu veux venir avec moi ?

Valérie me répond par un sourire et me rejoint. Nous marchons l'une à côté de l'autre, sans dire un mot, mais ce silence ne semble pas la gêner. Peut-être qu'elle pense à ses filles. Comment s'appellent-elles déjà ? Je ne m'en souviens plus.

Nos pas nous ont conduites devant le salon de thé de Charline, que nous n'avons pas vue depuis dimanche. L'après-midi que nous avons passé avec elle était surprenant, mais très agréable. Elle est si pleine de vie, si drôle. Malgré les épreuves.

J'ai hâte d'entendre sa voix. De manger ses pâtisseries réconfortantes. C'est elle qui a raison, rien de mieux qu'un gâteau au chocolat recouvert de crème anglaise quand on n'a pas le moral.

Soudain, Valérie accélère le pas. Sur la porte, un mot scotché indique : « Fermé pour une durée indéterminée. »

CHARLINE

12

Ma mère m'a toujours répété qu'il fallait voir le bon côté des choses, que derrière chaque difficulté il y avait une opportunité. Elle a toujours été d'un optimisme à toute épreuve, et j'ai grandi avec l'idée qu'après la pluie vient le beau temps. Mais ces derniers mois, j'ai l'impression que le soleil m'a légèrement oubliée. À force d'être trempée, je vais finir par avoir la peau toute fripée. Rebondir, se relever, aller de l'avant, tourner la page, ça demande de l'énergie, et je ne suis pas loin de penser qu'à trente ans, elle commence à me faire défaut.

Tout était plus simple lorsque j'étais enfant. La vie était douce et légère.

Mon père dirigeait une pharmacie. J'adorais m'y rendre le samedi après-midi. Je tendais les sacs de médicaments aux clients, leur rendais la monnaie lorsqu'ils payaient en espèces. L'hiver, je leur conseillais de ne pas oublier de nouer leur écharpe autour du cou, l'été, de ne pas sortir sans chapeau. La clientèle était majoritairement composée d'habitués, si bien que je connaissais tout le monde. Certains m'achetaient parfois des bonbons au miel vendus dans de petites boîtes rondes en métal au couvercle décoré de jolis dessins. Je raffolais de ces bonbons et gardais précieusement les boîtes pour y ranger tout un tas de babioles aussi inutiles qu'indispensables. J'aidais aussi pour l'inventaire. Je m'asseyais par terre, je comptais les tubes de crème pour le change, les paquets de lingettes, et je notais consciencieusement les chiffres sur une feuille blanche maintenue par un clip métallique sur un porte-bloc noir. Je me sentais importante. J'ai appris à lire en déchiffrant les étiquettes des médicaments, à coups de paracétamol, antispasmodique et autre amoxicilline. Pas évident à placer dans la cour de récréation, mais bien pratique lors d'une partie de Scrabble ou de pendu.

Ma mère s'occupait de moi et de la maison. Elle n'avait pas pu avoir d'autres enfants, alors elle disait qu'elle voulait passer chaque minute de son temps à me regarder grandir. Lorsque je remarquais qu'elle m'observait durant de longues minutes, je lui rétorquais : « Maman, ça ne sert à rien de me fixer, je ne vais pas grandir d'un coup », avant de rire avec elle.

Elle m'accompagnait à l'école tous les matins, et me récupérait à la sortie à 16 h 30. Le midi, je mangeais chez nous et j'échappais ainsi – m'attirant la jalousie de toutes mes copines – aux choux de Bruxelles, salsifis et autres légumes oubliés dont on comprend pourquoi ils le sont. Pour le goûter, elle tenait toujours à préparer quelque chose elle-même. Des crêpes, des gaufres, des cakes au citron. Elle disait que les biscuits industriels étaient bourrés de sucre et de mauvaise graisse. Aujourd'hui, je me réjouis qu'elle m'ait transmis ce goût de la cuisine, mais à l'époque, j'aurais donné n'importe quoi pour un paquet de Pépito.

L'été, nous partions en vacances en Bretagne. Mes parents louaient une petite maison. Je chérissais ces trois semaines parce que je pouvais profiter pleinement de mon père. Il m'emmenait le matin très tôt à la pêche aux moules. Il me désignait celles qui avaient la taille autorisée et, armée de ma cuillère, je m'attelais à les décrocher des rochers. Lui réussissait à le faire à mains nues. Nous arpentions la plage pendant plusieurs heures, rien que tous les deux. Les bonnes journées, nous revenions avec un seau complet de moules, que ma mère cuisinait le midi. Je les mangeais avec appétit tout en léchant mes doigts pleins de crème. L'après-midi, nous jouions aux raquettes sur la plage, essayant chaque jour de battre notre record d'échanges de la veille. Malgré nos efforts et notre persévérance, nous ne sommes jamais parvenus à en faire plus de cent.

Et puis je passais des heures à nager, à jouer dans les vagues, à admirer les fonds marins, équipée de mon masque et de mon tuba. Quand la mer était calme, papa m'autorisait à l'accompagner jusqu'à la bouée marquant la fin de la zone de baignade autorisée. Je me souviens que les premières années, je n'arrivais pas à l'atteindre, ce qui nous obligeait à faire demi-tour. Mais un jour, j'y suis parvenue. J'étais si fière ! Ça fait partie de mes plus beaux souvenirs de vacances.

Même si je regrettais parfois de n'avoir ni frère ni sœur, j'ai vécu une enfance heureuse, à laquelle je repense avec le sourire et beaucoup de nostalgie.

J'avais douze ans quand j'ai prié pour la première fois pour que la devise préférée de ma mère « Après la pluie vient le beau temps » se vérifie.

C'était un 26 juillet.

Et, ce jour-là, j'ai vu ma maison partir en fumée sous mes yeux.

* * *

C'était un samedi soir. Le jour comme la date sont gravés à jamais dans ma mémoire. Nous avions regardé *Fort Boyard* à la télévision, tous les trois sur le canapé. Je crois que mes parents le faisaient pour me faire plaisir plus qu'autre chose. Ce n'était pas vraiment leur truc mais, en ce qui me concerne, j'étais à la fois fascinée et terrorisée par les épreuves mettant en scène les animaux du fort : scorpions, araignées, serpents… Je ne ratais aucun épisode. Chaque semaine, c'était doublement la fête parce que maman nous préparait un apéro dînatoire que nous prenions sur la table basse du salon. J'ai toujours préféré les aliments qui se mangent avec les doigts. Pas étonnant que j'aie choisi la pâtisserie, quand on y pense.

Comme d'habitude, il y avait une multitude de mets sur la table : des tomates cerises, des mini-sandwichs, des légumes à tremper dans différentes sauces. Et surtout, ce que je préférais par-dessus tout, des croquettes jambon cru-mozzarella dans lesquelles je mordais avidement pour en laisser s'échapper un fil de fromage fondu. Cela compensait ma frustration de ne pas pouvoir mâcher de grosses bulles de chewing-gum, cette sucrerie étant proscrite à la maison. Ma mère avait en effet lu je ne sais où que, si on en avalait un, il risquait de rester collé à nos intestins.

Nous étions montés nous coucher sur le coup de minuit. Comme toujours, j'avais fait traîner les choses, cherchant à prolonger ce qui était pour moi la meilleure soirée de la semaine.

Cette nuit-là, mon père m'a réveillée en pleine nuit, m'ordonnant de me lever. Il y avait déjà beaucoup de fumée dans ma chambre, et je me suis aussitôt mise à tousser. Il m'a tendu un chiffon humide et m'a dit de le placer sur mon nez et ma bouche. J'étais encore à moitié endormie, et tant mieux, car je n'ai pas vraiment compris ce qui était en train de se passer, et cela m'a évité d'avoir peur. Mon père m'a attrapé fermement la main et je lui ai emboîté le pas. Dans l'escalier, j'ai senti la chaleur des flammes, que j'ai à peine eu le temps d'apercevoir avant de franchir le seuil de la maison. Heureusement, l'escalier donnait sur la porte d'entrée, et nous avons pu sortir rapidement.

Maman nous attendait dehors. Quand elle m'a aperçue, elle s'est précipitée vers moi et m'a prise dans ses bras, pleurant de soulagement. C'était la première fois que je voyais ma mère, d'habitude si positive et optimiste, dans cet état, et ça m'a bouleversée.

Lorsque je me suis extraite de son étreinte et que je me suis retournée, je n'ai pu retenir un cri. Des flammes sortaient par la fenêtre de la salle de bains. Des flammes gigantesques.

C'est seulement à ce moment-là que j'ai pris conscience de ce qui se passait : ma maison était en train de brûler.

— Mes affaires ! Il faut que j'aille récupérer mes affaires ! Les photos de mes amies… mes baskets… Et ma couverture de quand j'étais bébé !

Mais ma mère, devinant sans doute que j'étais sur le point de faire quelque chose de stupide, m'a retenue par le bras d'une poigne de fer. Jamais je ne l'aurais crue capable d'une telle force.

— Maman, laisse-moi, il faut que j'y aille…

Je me suis mise à sangloter. Mon père, silencieux depuis que nous étions sortis de la maison, nous a attirées, ma mère et moi, jusqu'à lui pour nous enlacer. Mais ce jour-là, les bras de mon père n'ont pas suffi à m'apaiser ni à me rassurer.

Le temps que les pompiers arrivent, les flammes avaient tout envahi, faisant exploser les vitres sous le coup de la chaleur.

Je ne pouvais détacher les yeux de la fenêtre de ma chambre, imaginant mes photos punaisées sur tout un pan de mur se racornir, puis prendre feu. Tous mes souvenirs, les sorties scolaires, les vacances en Bretagne, les soirées pyjama chez mes copines. Toutes ces photos prises avec l'appareil que j'avais reçu à Noël deux ans auparavant et qui, lui aussi, allait probablement disparaître dans l'incendie.

J'ai regardé les pompiers batailler pendant un temps qui m'a paru interminable, en chemise de nuit, pieds nus dans l'herbe, sans bouger. Nous n'avons pas prononcé un mot, tous les trois hébétés par ce qui venait de se produire et que, jamais auparavant, nous n'avions envisagé. D'ailleurs, c'est étrange, quand on y pense. On redoute les accidents de voiture, les inondations, voire les tremblements de terre, mais on imagine rarement sa propre maison réduite en cendres.

Ce soir du 26 juillet, nous avons tout perdu. Bien sûr, les pompiers sont parvenus à maîtriser les flammes, mais pour quel résultat ? De notre foyer, il ne restait plus rien hormis les murs et une toiture noircie. Tout le reste, tout ce qui constituait notre vie, nos meubles, nos vêtements, nos objets préférés, tout était parti en fumée. En à peine deux heures.

Nous n'avons jamais su comment l'incendie s'était déclaré. Sans doute un court-circuit avec un appareil resté branché. Peu importe, de toute façon, les conséquences étaient là.

Après ça, j'ai entendu un nombre incalculable de fois que nous avions eu de la chance, parce que nous nous en étions sortis tous les trois vivants, et qu'au fond, c'était le plus important. Mais moi, du haut de mes douze ans, je ne voyais pas du tout les choses de cette façon. Tout ce qui m'importait, c'était ce que nous avions perdu et que nous ne récupérerions jamais.

Alors que ma mère, fidèle à elle-même, est très vite repassée en mode « positive attitude ».

Les semaines suivantes, nous avons dormi à l'hôtel. Elle me disait qu'il fallait considérer ça comme des vacances, que c'était super d'avoir un petit déjeuner tout prêt chaque matin et d'aller au restaurant tous les soirs. Pour elle, les repas chips jambon dans des assiettes en carton, assis sur la moquette de notre chambre d'hôtel devenaient des pique-niques rigolos. Elle se réjouissait de l'occasion de faire du shopping pour renouveler ma garde-robe. De toute façon, j'avais tellement grandi qu'il était temps de m'acheter de nouveaux vêtements, affirmait-elle. Elle donnait l'impression de se faire une joie de toute cette situation. Je ne sais pas si elle cherchait à s'en convaincre elle-même, je ne lui ai pas posé la question à l'époque.

Au collège, j'étais devenue celle dont la maison avait brûlé. Le fait était suffisamment rare pour être sur toutes les lèvres. Et ce, pendant des semaines. On me demandait si j'avais eu peur, comment j'avais réussi à échapper aux flammes, si les pompiers qui étaient intervenus étaient canon – oui, certaines de mes copines se posaient des questions assez étranges, vu les circonstances –, mais personne ne m'a jamais demandé ce que ça faisait de tout perdre en quelques heures à peine. Et quand je dis « tout perdre », je ne dramatise pas : au matin du 27 juillet, il ne me restait que la chemise de nuit et la culotte que je portais en allant me coucher. Rien d'autre. Pourtant, ce n'est pas ce à quoi les gens pensaient en premier quand ils apprenaient pour l'incendie.

Plus on me répétait que j'avais eu de la chance de m'en sortir indemne, plus je me sentais égoïste de ne penser qu'au matériel. Mais c'était plus fort que moi.

Il m'a fallu des années pour réussir à reprendre des photos, à m'attacher de nouveau aux objets. Pendant longtemps, je me suis dit que cela ne servait à rien puisque tout pouvait m'être enlevé en un instant. Je ne voulais plus recevoir de cadeaux d'anniversaire, ma chambre restait vierge de toute décoration.

Quand on ne possède rien, on ne peut plus rien perdre.

13

J'ai toujours trouvé trop facile l'expression qui affirme que le temps adoucit les peines, mais force est de constater que c'est un peu le cas. Les années ont passé et, petit à petit, les gens ont oublié ce terrible incendie. J'ai moi aussi fini par le considérer comme une simple mésaventure survenue au début de mon adolescence.

Mes parents ont fait construire une nouvelle maison, dans laquelle nous avons vécu de nombreuses années et qu'ils ont revendue il y a quelques mois pour réaliser l'un de leurs plus grands rêves : faire le tour du monde en camping-car. Aux dernières nouvelles, ils étaient au Texas. Ils m'envoient régulièrement des mails dans lesquels ils me racontent en détail leurs aventures. Ma mère s'initie même à l'art du vlogging en filmant certaines de leurs balades. L'image est tellement instable que ça finit toujours par me donner la nausée.

Je suis heureuse pour eux. Ils profitent d'une retraite bien méritée et j'espère qu'ils pourront faire le plein de souvenirs pendant de longues années encore.

Ils s'inquiètent pour moi, même si je prends garde à ne pas m'appesantir sur les difficultés que je peux rencontrer. Je les connais, ils feraient demi-tour sur-le-champ si je le leur demandais ou s'ils sentaient que je n'allais pas bien. Ils visitaient la Suède lorsque je leur ai appris ma rupture avec Josselin. J'avais un temps envisagé de ne pas les en informer, mais ils auraient fini par trouver étrange de ne plus le voir lors de nos appels vidéo sur Skype. J'ai néanmoins préféré ne pas rentrer dans les détails ni mentionner le rôle qu'a joué Sandrine dans cette histoire. Se faire piquer son futur mari par sa meilleure amie, rien de tel pour faire revenir des parents de voyage.

Je devais avoir seize ans lorsque nous nous sommes rencontrées, Sandrine et moi. Elle venait d'emménager dans mon quartier avec ses parents et ses deux frères, et ça a tout de suite été une évidence entre nous. Il faut dire aussi qu'elle était la seule fille de mon âge à plusieurs kilomètres à la ronde – toutes nos voisines ayant la quarantaine bien sonnée –, ce qui a facilité la relation.

Très vite, nous sommes devenues inséparables. Nous écoutions les mêmes musiques, étions toutes les deux folles de Justin Timberlake dont nous consommions les clips sans modération. Uniquement pour la qualité de la bande-son, évidemment. Nous riions pour un rien, ce qui ne manquait pas d'agacer nos parents.

Pour elle, je n'étais pas la fille dont la maison avait brûlé, et ça me faisait un bien fou.

Nous ne fréquentions pas le même lycée, mais nous passions quasiment tous les week-ends ensemble, un coup chez l'une, un coup chez l'autre. J'avais même fini par laisser chez elle une brosse à dents, un tee-shirt pour dormir et tout un tas d'échantillons de crèmes que nous testions avec entrain. Nous partagions notre garde-robe. Elle était plus mince que moi, mais la mode étant aux vêtements trop larges, elle trouvait son bonheur dans mes pulls et sweats à capuche. De mon côté, je lui empruntais ses chaussures, elle en avait toute une collection.

À cette époque, j'avais déjà une passion pour la cuisine et la pâtisserie en particulier. Sandrine était ma goûteuse officielle. Avec tout le sucre qu'elle a ingurgité pendant ma longue période cupcake, je ne sais pas comment elle a fait pour échapper au coma diabétique. Je me demande si elle se souvient encore de celui au praliné, éclats de noisette, coulis de chocolat et double chantilly. Nous n'avions pas réussi à en manger plus de la moitié d'un.

Sandrine était comme une sœur pour moi. Même après avoir pris des chemins différents au sortir du lycée – elle est allée en fac d'anglais, moi en école hôtelière –, nous sommes parvenues à rester aussi proches qu'avant.

Notre duo a peu à peu ouvert ses portes à d'autres personnes et nous profitions à fond des joies de la vie étudiante. Mes parents m'ayant fait cadeau d'une voiture le jour de mes dix-huit ans, je nous conduisais de soirée en soirée, de boîte de nuit en boîte de nuit. Des années de rire et d'insouciance, de flirts, de plans sur la comète…

Je nous voyais comme Rachel et Monica, inséparables jusqu'à la fin de notre vie. Jamais je n'aurais cru qu'elle serait capable de me trahir et de me faire autant de mal. Je n'ai rien vu venir lorsque je lui ai présenté Josselin, dont j'étais tombée follement amoureuse et que je considérais comme l'homme de ma vie.

14

Ma mère me lisait toujours une histoire le soir pour m'aider à m'endormir. Elle pouvait me raconter n'importe quoi tant qu'il y avait une princesse et un prince – charmant, bien entendu –, j'étais aux anges. Je croyais au chevalier sur son fier et blanc destrier, à la recherche de sa belle à délivrer. De quoi faire frémir n'importe quelle féministe, moi la première.

Les contes de fées ont façonné mon idéal amoureux. Si j'étais d'accord, époque oblige, pour troquer la monture contre un scooter noir métallisé, je rêvais néanmoins de cet amour absolu, celui qui vous rend fébrile et vous fait battre le cœur plus vite ; je rêvais de celui à qui je me donnerais corps et âme.

Ça faisait beaucoup rire Sandrine qui, de son côté, enchaînait les flirts et les histoires sans lendemain. Ses parents étaient en plein divorce, les miens s'aimaient comme au premier jour. Souvent, ils n'avaient pas besoin de se parler pour se comprendre, et j'avais fini par devenir reine dans l'art de repérer leurs échanges silencieux que je trouvais incroyablement romantiques. Mais ce qui me fascinait le plus, c'était de les voir rire ensemble. Souvent pour un rien. Cette complicité qui les unissait était digne des plus beaux contes de fées. Et moi aussi, je voulais connaître ça. Sans concession possible. Tout ça.

Je ne restais pas attentiste pour autant. J'avais des coups de cœur, des aventures, mais j'attendais le moment où je rencontrerais l'amour avec un grand A. J'étais persuadée que le jour où je croiserais ma moitié, je le sentirais au plus profond de moi.

C'est ce que j'ai cru quand j'ai rencontré Josselin.

C'était il y a quatre ans. Après avoir été cheffe pâtissière d'un restaurant parisien pendant plusieurs années, je me suis lancée dans le projet fou de monter mon propre établissement. Un endroit où je pourrais vendre mes créations, un lieu cosy dans lequel les gens viendraient passer un bon moment autour d'une tasse de cappuccino et d'une part dc tarte. J'ai bénéficié d'un gros coup de pouce de mes parents qui, depuis mes dix-huit ans, mettaient en cachette de l'argent de côté chaque mois à mon intention. Sans eux et cet apport, je ne sais pas si le monde de la finance aurait accordé sa confiance à une jeune femme de vingt-six ans qui rêvait d'ouvrir une pâtisserie.

Josselin a été l'un de mes premiers clients. Un jour, je l'ai aperçu assis seul à une table de mon salon de thé. Il a commandé un café allongé et je suis tout de suite tombée amoureuse de sa voix. Il n'avait prononcé que quelques mots, mais cela avait suffi. C'était lui.

J'ai prétendu réaliser une enquête de satisfaction dans le cadre de l'ouverture récente de ma boutique pour obtenir des renseignements sur lui. J'ai ainsi appris qu'il venait tout juste de s'installer lui aussi, dans un cabinet de kinésithérapie à la sortie de la ville. Il testait les cafés et les restaurants du coin. Il s'appelait Josselin et avait trente ans. S'est-il étonné de mes questions un poil personnelles pour une enquête de satisfaction ? En tout cas, il n'en a rien dit. Il a pris un second café et je lui ai offert un cookie. Il a fini par partir au bout d'une heure, un patient l'attendait.

Comme je n'avais pas osé lui demander s'il comptait revenir, j'ai pris rendez-vous avec lui quelques jours plus tard, prétextant avoir besoin de rééduquer ma cheville suite à une entorse.

Il m'a adressé un grand sourire lorsqu'il m'a vue entrer dans son cabinet. J'aurais pu l'épouser sur-le-champ. Son regard rivé sur le mien, j'en avais oublié de boiter. Il n'en a rien dit non plus, mais il m'a avoué des mois plus tard que ça l'avait beaucoup amusé. Après manipulation de ma cheville et quelques grimaces de douleur de ma part pour faire vrai, il m'a indiqué que trois ou quatre séances devraient suffire.

Ses mains étaient chaudes, je ne sais toujours pas comment j'ai réussi à ne pas m'évanouir lorsqu'elles ont touché ma peau. « La Pâtissière et le Kinésithérapeute », ça sonnait comme un conte de fées[1].

À la fin de notre dernière séance, j'étais décidée à vraiment me casser quelque chose afin d'avoir une excuse pour le revoir. Je n'avais pas encore arrêté mon choix sur l'os à sacrifier. N'étant pas très portée sur la douleur, j'avais éliminé d'emblée les jambes, les genoux, les bras et les coudes. Il ne me restait par conséquent que les doigts ou les orteils. Mais comme

1. Oui, alors que « La Pâtissière, le Garagiste et le Cambouis »…

j'avais lu des témoignages de gens qui s'étaient fracturé le petit orteil sur le coin d'une table basse et qui évoquaient une douleur atroce, j'étais quand même un peu hésitante.

À mon grand soulagement, je n'ai pas eu besoin de malmener une quelconque partie de mon corps car, au moment de me rendre ma carte vitale, Josselin m'a invitée à prendre un verre. J'ai presque entendu mes orteils en soupirer de joie dans mes baskets.

Un premier rendez-vous, un second, un premier baiser, une nuit ensemble, et quelques mois plus tard, nous envisagions déjà de nous installer sous le même toit. Il avait trente ans, j'en avais vingt-sept, l'idée s'était imposée naturellement.

Je l'avais présenté à mes parents dont, sans surprise, il avait fait la conquête. Il était apprécié de tous mes amis, même de Sandrine qui avait pourtant tendance à se montrer circonspecte vis-à-vis des mecs avec qui je sortais. Aujourd'hui, je me dis que ça aurait dû me mettre la puce à l'oreille. Mais à l'époque, j'étais sur mon petit nuage.

Nous avons visité plusieurs logements avant de tomber tous les deux fous amoureux d'une maison à toit plat. Moderne, lumineuse, entourée d'un petit jardin fleuri, elle cochait tous nos critères. Chaque fois que j'avais un peu de temps libre, j'en profitais pour faire les magasins, à la recherche de meubles et d'objets de décoration. C'était la première fois que je m'intéressais à ce genre de choses depuis l'incendie qui avait ravagé la maison de mon enfance. J'ai mis un temps infini à choisir les rideaux, les coussins du canapé, les vases, ou les assiettes. Je voulais que tout soit parfait.

Pour notre emménagement, nous avons organisé une énorme crémaillère réunissant nos deux familles et nos amis. Il y avait du monde partout où l'on posait les yeux. Sandrine nous a offert une carafe pour faire décanter le vin. Elle connaissait la passion de Josselin pour les grands crus. J'ai trouvé l'intention adorable. Quelle conne…

Les semaines s'écoulaient agréablement. Nous faisions tous les deux de gros horaires à cause de nos activités professionnelles respectives, mais nous nous arrangions toujours pour dîner ensemble le soir, quelle que soit l'heure à laquelle nous rentrions. Je nous cuisinais de bons petits plats ou nous allions au restaurant. Le dimanche, nous adorions regarder des séries sur Netflix. Il nous arrivait de visionner une saison complète d'affilée lorsque nous étions accros, comme nous l'avions fait avec *Dix pour cent* ou *La Casa de papel*.

Le grand cheval blanc en moins, notre histoire ressemblait en tout point à celles que me lisait ma mère quand j'étais gamine. « La Pâtissière et le Kinésithérapeute » était sans conteste devenu mon conte de fées préféré. J'étais à mille lieues de me douter qu'il deviendrait bientôt « La Pâtissière, le Kinésithérapeute et la Meilleure Amie », et qu'il tournerait au cauchemar.

15

Pour fêter notre premier anniversaire, Josselin m'avait emmenée dans un refuge animalier pour choisir un chiot. C'était une surprise. Il savait que j'adorais les chiens et que j'avais toujours regretté de n'en avoir jamais eu. On aurait cru une enfant de cinq ans qui passait pour la première fois les portiques de Disneyland. Je m'arrêtais devant tous les box, m'extasiant chaque fois un peu plus sur l'adorable bouille des petits chiens. Et puis, comme pour Josselin, mon regard s'est posé sur Hippo, petite boule de poils noir et beige, et j'ai tout de suite su. Issus d'une portée de deux, lui et son frère Potame se chamaillaient dans la paille en jappant. Quand ils ont compris que des êtres humains les observaient, ils se sont aussitôt arrêtés de jouer pour venir quémander des caresses, leur arrière-train remuant de plaisir. Avec ses yeux cerclés de noir, l'un des deux ressemblait à un chien super-héros, une sorte de Batcocker. Je m'étais tournée vers Josselin, qui avait instantanément compris que mon choix était fait.

C'est comme ça qu'Hippo est entré dans notre vie. Et dans celle de tous les clients de la pâtisserie.

Je n'avais pas le cœur de le laisser tout seul à la maison, alors il m'accompagnait, pour le plus grand plaisir des enfants et, par ricochet, de leurs parents qui pouvaient ainsi bavarder sans être interrompus par les intempestifs « C'est quand qu'on y va ? » de leur progéniture. Hippo adorait que les enfants lui gratouillent l'arrière des oreilles. Il nageait dans le bonheur.

Et moi aussi.

* * *

Je ne songeais pas vraiment au mariage. Ou, en tout cas, pas plus que lorsque j'avais dix ans et que je m'enroulais dans un drap en m'imaginant en robe blanche… Je me contentais d'acheter un numéro de *Mariée Magazine* de temps à autre, histoire de me tenir au courant des dernières tendances en matière de petits-fours et de diadèmes. Un intérêt tout à fait innocent, en somme.

J'étais justement en train de feuilleter le magazine en question et de coller des Post-it sur les robes qui me plaisaient – sans arrière-pensée, juste au cas où – lorsque Josselin m'avait lancé :

— Et si on se mariait ?

Comme ça, pendant qu'il était en train de tremper sa brioche dans son bol de café au lait.

— C'est à cause du magazine que tu me poses cette question ? Rassure-toi, j'y jetais juste un œil parce qu'il traînait là, mais ça ne signifie rien, avais-je tenté d'argumenter d'un air détaché.

— Et le fait de fredonner la marche nuptiale dans ton sommeil, ça aussi c'est un hasard ? avait-il rétorqué avant de rire aux éclats.

Puis il s'était levé, avait fait le tour de la table de la cuisine pour s'approcher de moi et mettre un genou à terre.

— Charline Pujol, voulez-vous m'épouser ?

Il était 7 h 30 du matin, lui en pyjama, moi en peignoir. Mais c'était la plus romantique des demandes en mariage.

Je lui avais sauté dessus, le faisant tomber à la renverse. Nous étions restés par terre plusieurs minutes, le temps de calmer notre fou rire.

Ainsi aurait dû se poursuivre l'histoire de la pâtissière et du kinésithérapeute. Nous aurions dû nous marier, vivre heureux et avoir beaucoup d'enfants. Mais c'était compter sans je ne sais qui là-haut qui, un jour, a visiblement décrété que ça suffisait. Que tout ce bonheur dégoulinant, c'était beau, mais insupportable[1].

* * *

Je me suis souvent demandé si je m'étais voilé la face, refusant de voir l'évidence. Avec le recul, je sais à présent que ce n'est pas le cas. Ils ont si bien caché leur jeu que je n'avais objectivement aucun moyen de deviner ce qui se tramait dans mon dos.

Sandrine et moi étions toujours aussi complices, même si ma vie professionnelle et ma vie de couple nous laissaient moins d'occasions de nous voir. Josselin et elle s'entendaient bien, sans être trop proches pour autant. Il faut croire qu'ils évacuaient suffisamment leur tension sexuelle lors de leurs ébats pour être capables de jouer les indifférents en ma présence.

---

1. Naaaan, c'est toi qui raccroches…

Ce jour-là, je me suis levée avec une migraine que les médicaments n'ont pas réussi à calmer. Je me souviens que je me suis promis de prendre rendez-vous chez le médecin parce que cela faisait plusieurs semaines que j'étais régulièrement incommodée par des maux de tête. J'ai malgré tout pris le chemin de la pâtisserie, incapable de me résoudre à laisser le rideau baissé. Je suis donc partie avec Hippo au bout de sa laisse, après avoir embrassé Josselin qui ne commençait exceptionnellement qu'à 10 heures, un patient ayant annulé son rendez-vous, la veille.

Lorsque j'ai été prise de violentes nausées en milieu de matinée, je me suis résolue à annoncer aux clients, déjà nombreux attablés en salle, que j'allais être contrainte de fermer. Je pensais qu'il me suffirait de m'allonger une ou deux heures pour que ça aille mieux. Ce n'était sans doute rien d'autre qu'un coup de fatigue, les journées précédentes ayant été bien chargées.

J'ai laissé les clients terminer leurs consommations et, au bout d'une demi-heure, j'ai repris le chemin de la maison accompagnée de mon batcocker, que ce retour précoce semblait rendre perplexe.

J'ai ouvert la porte de chez nous d'un geste machinal, comme je l'avais fait des milliers de fois depuis notre emménagement, et je suis entrée. C'est là que je les ai vus, nus, en pleine action sur le canapé. Hippo s'est précipité vers son maître, tout heureux de le retrouver, et j'ai lâché mes clés. Ils se sont désemboîtés, comme s'ils venaient d'être frappés par la foudre, le sexe de Josselin se recroquevillant sous mes yeux.

— Ce n'est pas ce que tu crois ! m'a-t-il aussitôt lancé.

Quel genre d'abruti espère se sortir d'une situation pareille avec une telle phrase ? Quand vous surprenez votre futur mari et votre meilleure amie nus l'un dans l'autre, il me semble que la place laissée à l'interprétation est plutôt réduite, non ? Qu'est-ce qu'il comptait me sortir comme excuse ? Il se serait déshabillé parce qu'il avait trop chaud, et aurait trébuché et pénétré la fille par erreur ? C'est vrai que c'est tout à fait plausible. Tout cela n'aurait donc été qu'un simple concours de circonstances. C'est ça, un malheureux concours de circonstances. Que les gens pris en flagrant délit d'adultère arrêtent de nous prendre pour des jambons, c'est vexant, à la fin !

— Je vais tout t'expliquer, m'a dit Sandrine.

Elle s'est levée pour récupérer ses vêtements éparpillés sur le sol, cachant tant bien que mal ses seins avec ses mains. Croyant qu'il s'agissait d'un nouveau jeu, Hippo s'est jeté sur la jambe de son jean et l'a tirée tandis que Sandrine cherchait désespérément à la lui faire lâcher.

J'aurais pu exploser de rire si je n'étais pas déjà en train de pleurer.

— Tu vas m'expliquer quoi ? Que toi, ma meilleure amie depuis plus de quinze ans, tu couches avec mon mec, l'homme que je suis censée épouser dans à peine cinq mois ?

— Je te jure qu'on n'avait pas l'intention de te faire du mal.

— Vous n'aviez pas l'intention de me faire du mal ? C'est trop gentil de votre part, vraiment. Dans ce cas, peut-être que vous auriez pu éviter de baiser sur mon canapé, dans ma maison en plus ! ai-je hurlé, presque hystérique. Vous n'aviez pas l'intention de me faire du mal, qu'est-ce qu'il ne faut pas entendre ! C'est presque pire qu'un « Ce n'est pas ce que tu crois ».

— Je suis désolé que tu l'aies appris comme ça. Nous pensions…, a commencé Josselin.

— *Vous* pensiez ? l'ai-je interrompu. Parce qu'il y a un « vous » ? Ce n'est pas juste une partie de jambes en l'air comme ça, sous le coup d'un malentendu ?

— Ma puce…

— Ne m'appelle plus comme ça. Tu comptais m'épouser malgré tout ? Et tu avais prévu de m'en parler quand exactement ? Pendant notre lune de miel ? C'est vrai que ce genre d'annonce passe toujours mieux sur une plage de sable fin avec un cocktail à la main et une alliance au doigt. Ou tu prévoyais peut-être de me l'apprendre le jour de notre mariage, devant l'autel, en présence de tous nos amis ? Ça aurait eu de la gueule. « Charline, ma chérie, je sais que je t'ai demandée en mariage, mais il se trouve que je couche aussi avec ta meilleure amie. »

— Calme-toi et viens t'asseoir, qu'on puisse parler de tout ça, a fait Sandrine.

— Me calmer ? Tu me demandes de me calmer ? Mais je vais te tuer, ma parole !

Je me suis jetée sur elle, encouragée par les aboiements d'Hippo, qui avait lâché le jean de Sandrine. Josselin s'est interposé et nous a séparées.

— Barrez-vous de chez moi. Je ne veux plus jamais vous revoir, jamais ! ai-je hurlé.

Finalement, c'est moi qui ai fini par déménager. J'étais incapable de continuer à vivre dans cet endroit. Chaque fois que j'ouvrais la porte, l'image de leurs deux corps enlacés me revenait comme un boomerang. Je ne me sentais plus chez moi. Dès que j'entrais dans une pièce, je ne pouvais m'empêcher de me demander s'ils l'avaient fait ici ou là. J'avais l'impression de sentir leurs odeurs sur mon oreiller, malgré les lavages. Oreiller que j'avais carrément fini par jeter à la poubelle, en larmes, un soir de profond désespoir.

Je suis partie. Et eux ont emménagé ensemble. Pour devenir pleinement et au grand jour ce « nous » qu'ils m'avaient balancé à la figure. J'ai perdu ma meilleure amie et celui que je pensais être l'homme de ma vie, mon prince charmant, mon kinésithérapeute de conte de fées, pour me retrouver seule et n'avoir la garde de mon chien qu'une semaine sur deux.

Je n'ai pas eu le cœur de priver Hippo de son maître. J'espère parfois qu'il attend le bon moment pour lui sauter dessus et lui mordre les couilles. On se réconforte comme on peut.

16

Les faire-part ayant déjà été envoyés, il a bien sûr fallu prévenir tous les invités de l'annulation du mariage. Un par un. Parce qu'il était écrit que rien ne me serait épargné dans la version mélodramatique de « La Pâtissière et le Kinésithérapeute ». J'ai un temps été tenté d'expliquer que Josselin avait chopé la syphilis et que, dans ces conditions, nous ne pouvions pas maintenir la cérémonie… Mais je m'étais finalement contentée d'un tristement banal : « Nous avons décidé de nous séparer. »

Sandrine m'a envoyé de longs messages dans lesquels elle me disait qu'elle n'avait jamais voulu me blesser, qu'elle était tombée amoureuse de Josselin « comme ça », malgré elle, qu'on ne choisit pas qui l'on aime, qu'elle espérait que je serais capable de lui pardonner, et que, qui sait, nous pourrions redevenir amies un jour, peut-être pas comme avant, mais au moins rester dans la vie l'une de l'autre.

Connasse !

Certes, on ne choisit pas de tomber amoureux. Il paraît que le cœur a ses raisons que la raison ignore.

En revanche, on peut choisir de ne pas céder à la tentation, de réprimer nos sentiments. Sandrine, quant à elle, s'était délibérément rapprochée de mon futur mari. Alors qu'elle savait à quel point je l'aimais. Visiblement, ça n'avait pas suffi à l'en dissuader.

Quant à Josselin, je lui en voulais pour mille et une raisons. Pour m'avoir fait croire qu'il était le prince charmant de mon conte de fées, pour m'avoir demandée en mariage, pour m'avoir trompée avec la personne dont j'étais la plus proche, pour ne même pas avoir eu la décence de m'en parler, pour avoir brisé mon cœur et réduit ma confiance en moi à néant.

Jamais je ne m'étais sentie trahie à ce point. Et le fait que les responsables soient les deux personnes qui comptaient le plus pour moi rendait les choses encore plus douloureuses.

J'ai pleuré – beaucoup –, je me suis apitoyée sur mon sort, les ai maudits, aussi, un peu… Et quand l'univers s'est dit que c'était bon, j'avais encaissé le coup, il s'est remis au travail.

* * *

Ça m'a pris en pleine nuit. Je dormais quand, soudain, j'ai été réveillée par des crampes abdominales atroces. J'étais seule dans ma nouvelle maison, Hippo étant chez Josselin pour la semaine. J'avais tellement mal que j'étais incapable de me lever pour aller prendre un médicament. J'essayais d'appliquer à la lettre la méthode de respiration pour gérer le stress que j'avais dénichée sur Internet, sans grande efficacité face à ces vagues de douleur.

Je ne sais pas combien de temps je suis restée à endurer ça, en position fœtale dans mon lit. Mais ça a fini par se calmer. Je me suis alors levée avec précaution pour me rendre à la salle de bains. J'ai allumé la lumière et c'est seulement à ce moment-là que je me suis aperçue que mon pyjama était trempé de sang. Prise d'une nouvelle crampe d'une violence inouïe, j'ai tout juste eu le temps de m'asseoir sur les toilettes avant de me vider littéralement, en hurlant de douleur. Mes jambes tremblaient de manière incontrôlable.

J'ai repris peu à peu mes esprits et j'ai compris que je venais de faire une fausse couche.

Je n'avais pas vraiment prêté attention à mon retard de règles. J'avais mis ça sur le compte de la rupture avec Josselin. Et comme mon cycle n'avait jamais été très régulier, je ne m'étais pas inquiétée.

Or cette fois-ci, j'étais bien enceinte. C'est quel niveau de méchanceté de l'apprendre par le biais d'une fausse couche ! Dans la mesure où ce que l'on ne sait pas ne nous fait pas souffrir, j'aurais largement préféré rester dans l'ignorance, et que cette grossesse s'arrête sans que mon corps décide de m'en informer de façon tonitruante. Mais non. Visiblement, une entité supérieure avait décidé que ça ne marchait pas comme ça, et qu'il fallait que je souffre.

Ce qui a été terrible, c'est de ne pas savoir quoi penser de cette perte. J'avais l'impression de nager en plein paradoxe : d'un côté, je me disais que, vu ma situation, ce n'était pas plus mal. Je ne me voyais pas mener cette grossesse à terme toute seule, pour ensuite partager mon enfant avec son père et Sandrine une semaine sur deux. Mais j'avais tout de même perdu un bébé, et cela avait laissé un grand vide en moi.

Je ne voulais pas qu'on me dise que c'était mieux comme ça, ni qu'on me plaigne, alors j'ai fait le choix de n'en parler à personne. Pas même à Josselin. *Surtout pas* à lui. Mais il y a des jours, comme hier, où je ne peux m'empêcher de me demander à combien de mois de grossesse j'en serais à présent. Je sais bien qu'il faudra que je parle de tout ça à quelqu'un. C'est un secret trop gros, trop lourd pour être gardé pour soi.

17

Voilà pourquoi j'évite d'avoir du temps libre. Pour ne pas ressasser tout ça. Quand je travaille, casse des œufs, que je mélange du beurre avec du sucre, que j'écrase des fruits, je suis concentrée sur ma tâche et tout le reste disparaît. Je ne pense plus à l'incendie, je ne pense plus à Sandrine et Josselin, ni au bébé que j'ai perdu.

Sauf que ça va faire près d'une heure que je suis dans la salle d'attente de mon médecin, et que je n'ai rien d'autre à faire que de ruminer. J'ai bien tenté de distraire mon esprit avec les magazines disposés sur la table basse, mais celui-ci n'a pas vraiment été emballé de lire des nouvelles datant de cinq ans.

J'ai bien senti que Valérie était inquiète après mon léger malaise de l'autre jour. C'est vrai que je me sens un peu fatiguée ces derniers temps, mais qui ne le serait pas dans ma situation ? Personne ne sort indemne d'une rupture, qui plus est lorsqu'elle est suivie d'une fausse couche. Et apprendre que mon ex-meilleure amie et mon ex-futur mari vont se marier n'a certainement pas arrangé les choses.

J'aime bien Valérie. Je suis contente que Catherine lui ait conseillé de venir goûter mes pâtisseries. Si j'en avais le pouvoir, je rechargerais son stock de cuillères à bloc. Quant à Anna, si frêle, si fragile, son histoire me serre le cœur. Dimanche, j'ai failli lui parler de ce qui m'est arrivé. Mais ça m'a paru tellement dérisoire par rapport au décès de sa fille, que je n'ai pas osé.

— Madame Pujol ? C'est à nous.

Je me lève et suis mon médecin jusque dans son bureau. Quand je vais la voir, ce qui est somme toute assez rare, je patiente toujours un bon moment en salle d'attente, mais qu'importe, elle est de celles qui prennent le temps avec leurs patients, et c'est une qualité que j'apprécie.

— Alors, qu'est-ce qui vous amène ? Si je peux me permettre, vous n'avez pas très bonne mine…

— C'est justement pour ça que je suis venue, dis-je en riant. Mes amis et mon miroir me renvoient le même message.

— Des symptômes en particulier ?

— De la fatigue, mais c'est le lot de tout le monde, je pense. Et l'autre jour, je me suis sentie mal à la pâtisserie. J'ai cru que mes jambes allaient me lâcher. J'avais chaud et froid en même temps.

— Allongez-vous sur la table d'examen, je vais vérifier votre tension et votre cœur.

Je m'exécute et me laisse ausculter.

— Votre tension est normale. Mais votre cœur bat un peu vite, me dit-elle après avoir retiré son stéthoscope. Ce que je vous propose, c'est de commencer par faire un bilan sanguin afin de vérifier que vous ne souffrez pas d'anémie. Et, en fonction des résultats, on avisera.

Peut-être que vous n'aurez besoin que d'un peu de repos.

— Allons-y pour un bilan sanguin. Je prends rendez-vous directement au secrétariat ?

— Oui, ils devraient réussir à vous trouver un créneau pour demain matin. Je recevrai les résultats dans le courant de la journée et, dès que je les ai, je vous appelle. Est-ce qu'il y a une chance que vous vous reposiez d'ici là ? me demande-t-elle en souriant.

— Je vous promets d'y aller mollo aujourd'hui et de me coucher tôt.

* * *

J'ai les mains pleines de farine lorsque je décroche mon téléphone le lendemain.

— Bonjour, Béatrice, le labo n'a pas tardé, dites-moi, il est à peine 14 heures. Qu'allez-vous me prescrire comme vitamines ? Un cocktail de A jusqu'à Z ? lancé-je en riant.

— Est-ce que vous seriez disponible dans l'après-midi pour venir au cabinet ?

— Euh… aujourd'hui, là tout de suite ? C'est-à-dire que…

— J'ai un patient qui vient d'annuler son rendez-vous, est-ce que, disons dans une demi-heure, c'est possible pour vous ?

— Il y a un souci, c'est ça ? demandé-je aussitôt. Oui, forcément, sinon vous n'auriez pas besoin de me voir. C'est… grave ?

— Je préfère qu'on en parle tout à l'heure, me répond-elle.

* * *

Donc c'est grave, je ne peux m'empêcher de penser en raccrochant. Heureusement, les clients sont peu nombreux aujourd'hui. Et aucun d'eux ne râle lorsque je leur annonce que je dois fermer la pâtisserie en raison d'un contretemps. Sans doute que la promesse d'un cookie gratuit lors de leur prochain passage n'y est pas étrangère. Tant et si bien que j'arrive même au cabinet en avance, à peine vingt minutes après avoir raccroché avec mon médecin.

— Madame Pujol, m'appelle-t-elle en venant me chercher dans la salle d'attente.

J'essaie de déceler un quelconque indice sur son visage, mais ce dernier ne laisse transparaître aucune émotion. Ni dans un sens, ni dans l'autre.

Je m'assois, les jambes serrées, les bras le long du corps, une tension douloureuse à la base de mon cou.

— Charline… Merci de vous être libérée aussi vite.

Je n'ai pas vraiment eu le choix, ai-je envie de lui rétorquer.

— J'ai donc reçu vos résultats ce midi et…

— Ils ont trouvé quelque chose de grave, c'est ça ? je l'interromps.

Elle inspire et prend quelques secondes avant de me répondre.

— À ce stade, on ne peut faire que des suppositions. Il est possible qu'au final, ce ne soit rien. Mais votre bilan sanguin montre en effet des perturbations.

— Des perturbations comme lorsque le pilote de l'avion nous annonce qu'on va être légèrement secoués pendant le vol ? je lance sur le ton de la plaisanterie, dans l'espoir de la faire sourire et, par la même occasion, de transformer la maladie très grave en maladie moins grave.

Mais elle ne sourit pas.

— Donc pas comme lorsque le pilote de l'avion nous annonce qu'on va légèrement être secoués, murmuré-je pour moi-même.

— Votre taux de globules blancs et de globules rouges est anormalement bas. Le taux de plaquettes est lui aussi inférieur à la norme. Bien sûr, il peut y avoir d'autres explications, mais…

— Béatrice, s'il vous plaît.

— C'est peut-être une leucémie, Charline. Je suis désolée.

— Une leucémie… Ça veut dire un cancer ? Mais je viens à peine d'avoir trente ans.

— Il n'y a pas vraiment d'âge pour développer ce type de pathologie… Mais comme je vous le disais, à ce stade, nous ne pouvons faire que des suppositions. J'ai appelé le centre d'hématologie de l'hôpital et j'ai insisté pour qu'ils vous fassent passer un myélogramme en urgence. C'est le seul moyen d'être sûr.

— Un myélogramme ?

— C'est une biopsie, un prélèvement de moelle osseuse dont l'analyse va permettre d'étudier les cellules de manière plus précise.

— C'est douloureux ça, non ?

— Le geste est réalisé sous anesthésie locale et ne dure que quelques secondes… Mais oui, ça peut être douloureux. Il n'y a pas d'autres moyens, le bilan sanguin seul ne suffit pas. Je sais que vous ne vous attendiez pas à cela…

— C'est le moins qu'on puisse dire. J'ai encore de la farine dans les cheveux parce qu'il y a moins d'une demi-heure, j'étais en train de préparer de la pâte sablée pour faire des tartes aux abricots et à la pistache. Alors, une leucémie…

— Peut-être que le myélogramme…

— … nous dira que c'est juste un coup de fatigue ? Sérieusement, Béatrice, quelle est la probabilité qu'il ne s'agisse que de ça ?

— Elle est assez faible, mais…

Elle ne finit pas sa phrase. Parce que la vérité, c'est qu'il n'y a pas de « mais ». La vérité, c'est qu'elle sait déjà que c'est une leucémie et que l'examen ne fera que le confirmer. J'ai trente ans et j'ai un cancer. Voilà la vérité.

* * *

Allongée sur la table d'examen, j'ai la trouille. Pas de l'examen en tant que tel, non. Du résultat.

J'ai la trouille parce que j'ignore si je serai capable de surmonter ça. Il paraît qu'on ne nous envoie que les épreuves que nous sommes en mesure de supporter. Eh bien, manifestement, quelqu'un là-haut doit penser que je suis une *warrior* de classe exceptionnelle. Sauf qu'il se trompe. Je ne vais pas y arriver. L'incendie, Sandrine et Josselin, la fausse couche, et maintenant ça. C'est trop.

— Détendez-vous, et surtout, ne bougez pas, m'indique le médecin.

Comme s'il était possible de se détendre lorsqu'une longue aiguille s'apprête à vous perforer l'os de la hanche pour y prélever des cellules ! En voilà un qui doit bien s'entendre avec les gynécologues.

Est-ce que j'ai fait quelque chose de mal pour que la vie s'acharne ainsi sur moi ? Il y a de fortes chances. J'ai dû être une très mauvaise personne dans une vie antérieure. Mais vraiment très très mauvaise, du genre à arracher des ailes de poussins vivants ou à noyer des chatons dans des sacs-poubelle.

Est-ce que je peux espérer qu'à un moment donné la vie va enfin arrêter de me prendre pour cible et s'intéresser à quelqu'un d'autre ? Je ne sais pas moi, quelqu'un qui maltraite ses enfants par exemple ou qui, l'été, abandonne son chien sur l'autoroute en l'attachant à un tronc d'arbre.

* * *

Je jette un dernier coup d'œil à cet endroit que j'aime et que j'ai décoré avec soin. Cette pâtisserie dont j'avais rêvé et qui m'a apporté tellement de joie et de satisfaction. Les sourires des clients, leurs compliments, le plaisir toujours intact de leur préparer des gâteaux et des tartes.

Les joues barbouillées de larmes, j'éteins les lumières avant de sortir et de verrouiller la porte sur laquelle j'ai pris soin de coller une affiche indiquant : « FERMÉ POUR UNE DURÉE INDÉTERMINÉE. »

VALÉRIE
ANNA
CHARLINE

18

Valérie

Depuis que j'ai vu ce mot sur la devanture de la pâtisserie de Charline, je n'arrête pas de penser à elle. Même si nous nous connaissons depuis peu, je sais qu'elle est passionnée par son métier et qu'elle adore confectionner des pâtisseries pour ses clients. Cette absence signifie forcément qu'il lui est arrivé quelque chose de grave.

Je n'ai pas son numéro pour prendre de ses nouvelles. De toute façon, mon portable est resté éteint depuis mon départ. Je n'ai pas eu le courage de le rallumer, par peur de découvrir les appels en absence et les messages pleins d'incompréhension et d'amertume laissés sur mon répondeur.

J'ai donc décidé d'aller chez elle, de frapper à sa porte et de lui demander ce qui n'allait pas. Même si je ne peux sans doute rien faire pour l'aider, j'aimerais au moins lui montrer qu'elle n'est pas seule. J'ai profité d'une matinée libre pour lui rendre visite. J'ai proposé à Anna de venir avec moi, mais elle n'était pas très en forme aujourd'hui. Il y a des jours comme ça où, sans que l'on sache pourquoi, on se sent moins bien. Il paraît que c'est normal et qu'il faut parfois accepter de faire un pas en arrière pour pouvoir prendre une nouvelle impulsion, parce qu'on ne recule jamais aussi loin que son point de départ. Catherine et ses drôles d'images. Je n'ai pas insisté pour qu'Anna m'accompagne. Peut-être que j'aurais dû.

Charline n'a pas ouvert à ma première tentative, alors je frappe de nouveau.

— Charline, c'est moi, Valérie. Je… je m'inquiète.

Et j'en suis la première surprise tant j'avais le sentiment d'avoir anesthésié mes émotions.

Elle entrouvre la porte et ses yeux rougis ne font que confirmer ce à quoi je m'attendais. C'est grave.

— C'est gentil d'être venue, Valérie, mais…

Sans la laisser finir, je sors une petite cuillère de ma poche et la lui tends.

— Je me suis dit que tu en manquais peut-être.

Elle me sourit.

— C'est la chose la plus gentille qu'on ait faite pour moi ces dernières quarante-huit heures. Catherine serait fière de toi ! Entre, me dit-elle après quelques instants d'hésitation.

* * *

— Une leucémie ? Tu veux dire…

— Oui, j'ai un cancer. Un lundi tu te rends chez ton médecin parce que tu es un peu fatiguée, elle te prescrit une prise de sang, tu penses t'en sortir avec une petite cure de vitamines, et bam ! trois jours et un myélogramme plus tard, tu te retrouves avec une leucémie aiguë. Pas sûre que la cure de vitamines serve à grand-chose, du coup.

— Une seule petite cuillère, ça ne va pas suffire, là… Je suis désolée.

Cette réplique m'apparaît soudain grotesque et, pour une raison que je ne m'explique pas, je ne peux réprimer le rire qui monte.

— Pardon, je ne sais pas pourquoi je rigole, je te jure que je ne trouve pas ça drôle, tenté-je de me justifier alors que je suis gagnée par un fou rire visiblement communicatif puisque Charline est tout aussi hilare que moi.

Pendant de longues minutes, nous rions toutes les deux à en avoir mal aux côtes, essuyant tant bien que mal les larmes qui roulent sur nos joues. Ce sont les nerfs qui lâchent, aurait sûrement expliqué Catherine si elle avait été présente.

— Ils t'ont parlé de la suite, d'un traitement ? je lui demande une fois que nous avons toutes les deux repris notre souffle et retrouvé un semblant de calme.

— Oui. Une chimiothérapie et une greffe de moelle osseuse. C'est la stratégie thérapeutique classique. Comme je suis fille unique, ils vont sans doute vouloir tester mes parents, pour voir s'ils sont compatibles. Sauf qu'il est hors de question que je les prévienne. Je les connais, ils interrompraient leur voyage dans la seconde, et ce tour du monde, c'est le rêve de toute une vie. Non, je ne peux pas leur faire ça. Tant pis, il va falloir trouver un autre donneur pour la greffe.

— Au-delà du côté médical, tu te prives de leur soutien. J'ai plutôt l'impression que, dans ce genre de situation, il est préférable d'être entouré, et même bien entouré, non ? Laisse-toi peut-être un temps de réflexion ? Ils pourront toujours reprendre leur tour du monde là où ils l'auront arrêté…

— Non. Je les connais, s'ils reviennent parce que je suis malade, jamais ils ne repartiront. Sans compter que mon père n'est plus tout jeune. Je sais que ça peut paraître stupide, mais je refuse de les prévenir. À vrai dire, même s'ils rappliquaient, je ne suis pas sûre d'être capable d'affronter tout ça. Je te mentirais si je te disais que je n'ai pas réfléchi à la possibilité de ne rien faire du tout.

— Ne rien faire du tout ? Te laisser mourir, tu veux dire ?

— Oui… J'en ai assez d'espérer qu'après la pluie viendra le beau temps. Je finis par croire qu'il n'y aura jamais de lendemains ensoleillés. Juste une succession de jours pourris.

Je suis tentée de lui rétorquer qu'elle est jeune, qu'elle a toute la vie devant elle, qu'elle ne peut pas baisser les bras. Mais je n'en fais rien. Je ne me sens pas la mieux placée pour ça. J'ai moi-même l'impression d'avoir fui mes problèmes.

* * *

— Est-ce que vous croyez en Dieu, Catherine ? Oui, je sais ce que vous allez me répondre, qu'on n'est pas là pour parler de vous, dis-je avant même qu'elle ait eu le temps d'ouvrir la bouche.

Elle m'adresse un sourire complice. Jamais je n'aurais cru créer un lien aussi fort avec une thérapeute.

J'apprécie énormément mes séances avec Catherine, que je vois à présent plus comme des conversations.

— Quand j'étais petite et que nous vivions, Sabine et moi, chez ma grand-mère, je me souviens qu'elle me faisait faire ma prière tous les soirs avant d'aller me coucher. Je devais me mettre à genoux au bord de mon lit, joindre les mains, fermer les yeux et adresser un mot gentil au petit Jésus. Je me demandais à quoi il pouvait bien ressembler. Dans ma tête, je l'imaginais comme un garçonnet en habits de berger. Un peu comme le gamin qui joue Marcel Pagnol dans *La Gloire de mon père.* Vous vous souvenez de ce film ? Quand je l'ai visionné pour la première fois, j'ai cru voir apparaître le petit Jésus de mon enfance. C'était très bizarre.

— Votre grand-mère était très croyante ?

— Oui. Elle me parlait tout le temps de la Bible, qu'elle me racontait comme une histoire. Elle en avait une très vieille sur sa table de chevet dont elle lisait quelques pages chaque soir. Elle était en cuir rouge. Je me souviens qu'elle me laissait parfois l'ouvrir et choisir la page de sa lecture. Pour ma naissance, elle m'a acheté une médaille représentant la Vierge Marie à qui elle vouait une véritable adoration. Je ne sais pas ce qu'elle est devenue. Sabine l'a sûrement vendue pour se payer un restaurant ou aller en boîte de nuit avec ses amis. Quand ma grand-mère est morte dans cet accident de voiture, je me souviens que j'étais très en colère contre le petit Jésus de ne pas l'avoir sauvée alors qu'elle l'aimait tant.

— C'est la première fois que nous parlons de religion. C'est quelque chose qui compte pour vous ?

— Non, pas vraiment. Mais de temps en temps, je me demande comment certains peuvent continuer à croire en un dieu qui laisse la vie s'acharner sur de belles personnes qui n'ont rien fait pour mériter ça. Bien sûr, je ne pense pas à moi en disant cela.

Je voudrais lui parler de Charline, mais comme toutes les deux se connaissent, je ne sais pas si elle apprécierait que je révèle des informations sur sa maladie.

— J'ai souvent entendu des croyants affirmer que Dieu ne nous inflige que ce que l'on est capable de supporter.

— C'est des conneries, tout ça ! je m'exclame. Comment pourrait-il savoir ce que les uns et les autres sont aptes à supporter ? Parce qu'à force de subir des épreuves, la seule chose dont les gens finissent par être capables, c'est de baisser les bras et d'abandonner la partie. S'il était aussi aimant et miséricordieux qu'on le prétend, il ne laisserait pas des malheurs nous frapper, il s'interposerait et ferait en sorte que des choses positives se produisent.

— Peut-être qu'il le fait, mais que ce n'est pas évident à voir.

— Cette conversation ne deviendrait-elle pas un peu trop théologique ?

— C'est vous qui avez lancé ce sujet, Valérie. Je ne fais que vous suivre.

— Heureusement que je ne suis pas au Jardin des Cybèles pour traiter une addiction au sexe !

— Qui sait ce que nous pourrions découvrir au cours de nos séances ? me répond-elle en m'adressant un clin d'œil qui nous fait rire.

* * *

Je retrouve Anna, assise dans le parc en train de peindre sur son grand carnet à spirale. C'est là qu'elle passe le plus clair de son temps, seule et perdue dans des vêtements trop grands pour elle. Je la rejoins parfois, et comme elle ne parle pas beaucoup, je me contente de la regarder appliquer les couleurs sur la toile d'un geste délicat mais sûr. Des tournesols. Rien que des tournesols.

— Tu as vraiment un don. J'aimerais savoir dessiner comme toi. Quelqu'un t'a appris ?

— Oui, ma mère. Elle dessinait des robes, de toutes les couleurs et de toutes les formes. Elle voulait être styliste avant de devenir mère de famille nombreuse.

— Tu as combien de frères et sœurs ?

— Cinq en tout. J'ai deux frères et trois sœurs.

— Ça devait être animé chez toi !

— Oui. Il y avait toujours beaucoup de bruit.

— Peut-être que ça aurait été plus facile si je n'avais pas été seule avec Sabine.

— Sabine, c'est ta sœur ?

— Non. C'est ma mère. Elle n'aimait pas que je l'appelle maman, parce qu'elle trouvait que ça la vieillissait. Elle me disait qu'il fallait que je la voie comme une copine. Quand elle invitait des amis à la maison, ce qui était assez rare, elle me présentait comme sa nièce. Elle disait que j'étais en vacances, et qu'elle m'accueillait chez elle pour quelques jours.

Anna m'écoute en silence, ses grands yeux bleus rivés sur moi.

— Je ne sais pas pourquoi je te raconte tout ça…

Ce n'est pas la première fois que je me fais cette réflexion. Anna parle peu, mais elle écoute. Pas d'une oreille distraite, non. Elle arrête ce qu'elle est en train de faire et vous accorde toute son attention. Comme si elle ne voulait pas prendre le risque de manquer le moindre détail.

— Au fait, je suis passée voir Charline, dis-je pour changer de sujet. Je voulais prendre de ses nouvelles… Son malaise de l'autre jour à la pâtisserie, ce n'était pas juste de la fatigue. Elle a… une leucémie. Elle m'a donné l'autorisation de t'en parler.

— Une leucémie ? C'est une sorte de cancer ?

— Oui. Un cancer du sang. Il va falloir qu'elle fasse une chimiothérapie et sans doute une greffe de moelle osseuse.

— Parfois, on pourrait croire que la vie s'acharne sur certains…

— C'est exactement ce que je disais tout à l'heure à Catherine ! Je voudrais tellement pouvoir faire quelque chose, mais je me sens impuissante.

— Il y a des moments où je voudrais tout quitter et partir dans un endroit où il n'y aurait pas de maladies, pas de gens malheureux, et pas de bébés qui meurent trop tôt. Charline n'aurait pas de cancer, tu aurais tout un tiroir de petites cuillères et je pourrais tenir Suzanne dans mes bras.

C'est la phrase la plus longue prononcée par Anna depuis que je la connais. Et elle est d'une lucidité douloureuse.

— C'est ce qu'on va faire ! m'écrié-je soudain.

Anna me fixe, interloquée.

— Bon, je ne connais pas d'endroit où il n'y a pas de maladies et tout le reste, mais on devrait partir quelques jours loin d'ici, loin de tout ça. Dans une maison au bord de l'océan. Et tant pis si je ne sais pas nager. La mer, le bruit des vagues, rien de tel pour se ressourcer. Qu'est-ce que tu en dis ?

— Je ne sais pas trop… Ça doit coûter cher, ce genre de maison, non ?

— Ne t'inquiète pas pour ça. De l'argent, j'en ai, moi. Grâce à toutes ces années pendant lesquelles j'ai travaillé sans compter, et qui m'ont conduite ici. Je suis certaine que ça me fera du bien de dépenser un peu de cet argent pour quelque chose de positif.

Je ne me suis pas sentie aussi enthousiaste depuis des semaines. Peut-être qu'après ça je trouverai enfin le courage d'appeler mes filles et de leur demander pardon de ne pas avoir été à la hauteur.

— Tu crois qu'ils nous laisseront…

— Nous sommes toutes les deux majeures et venues ici de notre plein gré. Pourquoi ne pourrait-on pas bénéficier d'une permission ? Je m'occupe de nous obtenir ça.

19

Anna

Valérie a les yeux qui brillent. J'aime bien observer les gens, et c'est la première fois que je vois cette lueur s'allumer dans son regard. Ça me fait plaisir pour elle.

Quitter le Jardin des Cybèles me fait peur, même si ce n'est que pour quelques jours. Charline et Valérie sont gentilles, mais je ne les connais presque pas. Je ne suis pas aussi à l'aise qu'elles. Je n'aime pas trop parler de moi.

Mais j'ai très envie de voir l'océan. Je n'ai pas nagé depuis des mois alors que j'adorais ça. J'ai fait de la natation synchronisée pendant plusieurs années. Les mouvements sous l'eau, les bruits assourdis, la gestion de la respiration et du rythme cardiaque, je me sentais comme dans une bulle. J'ai arrêté quand il a été question de participer à des compétitions. Je nageais pour le plaisir, par pour une médaille. Pourtant, j'ai continué à aller à la piscine, pour faire des longueurs et rester dans cette bulle où je me sentais bien. Jusqu'au jour où j'ai appris que j'étais enceinte. Dès le début de ma grossesse, je ne me suis plus sentie assez à l'aise avec mon corps pour me mettre en maillot, et ensuite, il y a eu Suzanne… Si je ferme les yeux, je peux presque ressentir la fraîcheur de l'eau sur ma peau. Oui, j'ai très envie de voir l'océan.

20

Charline

— Tu veux faire quoi ?

— Partir d'ici. J'ai négocié une permission pour Anna et moi. J'ai trouvé une maison à une petite centaine de kilomètres d'ici, les pieds dans l'eau. Allez, viens avec nous, Charline !

— Mais… et la pâtisserie ? Je ne peux pas laisser…

— Avant de venir te voir, je suis passée devant, et l'affiche « FERMÉ POUR UNE DURÉE INDÉTERMINÉE » est encore sur ta porte, réplique-t-elle aussitôt. Je sais que tu n'as pas repris le travail et que tu n'es pas en mesure de le faire. Et puis, ce ne serait que pour quelques jours, de toute façon. C'est toi-même qui nous disais, pas plus tard que la semaine dernière, que c'était bien plus sympa de se lamenter à trois devant un pot de glace que toute seule. Eh bien, moi, je te propose de partager ce même pot de glace, mais sur une terrasse face à la mer. Allez, accepte, ça me ferait plaisir.

Je découvre un aspect du caractère de Valérie que je n'avais pas perçu jusqu'à présent : la détermination.

Elle n'est plus la femme que j'ai vue entrer pour la première fois dans ma pâtisserie, celle qui a choisi de s'asseoir à la table la plus près de la porte, au cas où elle aurait besoin de s'enfuir.

C'est elle qui a raison. Depuis que le diagnostic est tombé, je ne suis pas sortie de chez moi. En réalité, c'est à peine si j'arrive à quitter mon lit. Inquiète d'apprendre que je n'avais pas encore pris rendez-vous avec l'hématologue de l'hôpital, suite aux résultats du myélogramme, Béatrice m'a laissé plusieurs messages dans lesquels elle m'explique combien il est important de commencer le protocole de soins sans tarder. Mais je n'ai répondu à aucun de ses appels.

Peut-être que quelques jours de vacances loin d'ici me feront du bien. Peut-être que ça m'aidera à y voir plus clair, que ça me redonnera de la force pour affronter cette épreuve.

— Ils acceptent les chiens dans cette maison au bord de l'océan ? Parce que j'ai la garde d'Hippo cette semaine.

Le visage de Valérie s'illumine. L'espace d'un instant, j'ai l'impression qu'elle va me sauter dans les bras, mais elle n'en fait rien.

— On passe te prendre demain en début de matinée ! se contente-t-elle de me dire, un grand sourire aux lèvres.

21

Valérie

C'était étrange de reprendre le volant après tous ces jours passés sans conduire. Avant que tout n'implose, je passais beaucoup de temps dans ma voiture. Je la prenais pour me rendre au travail, pour participer à des réunions interminables organisées au siège de l'entreprise, ou encore pour aller rencontrer des fournisseurs potentiels. Des trajets professionnels à foison, l'esprit à moitié concentré sur la route, à moitié envahi de notes internes, ratios de ventes et autres objectifs de rentabilité.

Avec Anna, Charline et surtout Hippo, c'était nettement plus festif. Un chien qui se met à aboyer chaque fois que l'on s'arrête à un feu rouge, ça change tout de suite l'ambiance.

Il nous a fallu un peu moins de deux heures pour atteindre l'océan et la maison louée pour quatre jours, durée d'absence maximale que j'ai pu négocier avec le Jardin des Cybèles. Cela dit, heureusement que nous ne partons pas pour une semaine, vu la montagne de bagages emportés par Charline. Peu de vêtements, mais beaucoup d'ustensiles de cuisine et de condiments en tout genre. Et pour le premier repas de ce midi, un énorme panier pique-nique garni de club-sandwichs, de charcuterie et de salades de fruits individuelles, le tout bien protégé dans des boîtes hermétiques.

« On ne va quand même pas faire des courses à peine arrivées ! » s'était-elle écriée lorsque je lui avais demandé si tout cela était bien nécessaire.

La maison est comme sur les photos, superbe. De plain-pied, trois chambres, une cuisine avec îlot central, bien équipée et disposant d'un plan de travail suffisamment grand pour que Charline se sente à l'aise. Il y a du parquet clair au sol, des meubles en bois blanc, et de nombreuses plantes vertes. Au milieu du salon trône un canapé en velours bleu ciel dont l'épaisseur des coussins invite à la détente. Et cerise sur le gâteau : une immense baie vitrée court le long de la façade, devant la mer, baignant la pièce à vivre de lumière. La vue est à couper le souffle.

— Tu ne t'es pas foutue de nous ! s'exclame Charline.

Anna ne dit rien, mais ses yeux brillent d'une lueur qui en dit long sur ce qu'elle ressent. À l'extérieur, je découvre une terrasse en bois agrémentée d'une grande table, de huit chaises et de trois transats, et surplombée d'une pergola qui protège l'ensemble des rayons du soleil.

J'ouvre la baie vitrée. Il fait une chaleur agréable en cet après-midi de début juillet. Le bruit des vagues qui viennent s'échouer sur la plage à quelques dizaines de mètres en contrebas me procure aussitôt un sentiment d'apaisement. À mes pieds, Hippo jappe d'impatience d'aller dégourdir ses pattes dans le sable.

— Pas tout de suite, lui dit Charline en s'agenouillant à côté de lui afin de le gratouiller derrière les oreilles. Il faut d'abord qu'on défasse nos valises. Je t'emmène faire une balade juste après.

Comme s'il comprenait, Hippo aboie deux fois avant de sauter sur le matelas d'un transat et de s'y allonger, le museau posé sur ses pattes de devant.

— J'imagine les regards suppliants que mes filles me jetteraient si elles étaient là. Cette boule de poils réussirait à faire craquer les parents les plus inflexibles.

Anna, qui n'a toujours pas dit un mot, est appuyée contre le chambranle de la baie vitrée.

— Avoue que la vue est nettement plus jolie ici, je lui lance pour l'inviter à nous rejoindre sur la terrasse.

— Oui. C'est vraiment très beau.

Sans rien ajouter, elle s'approche d'un transat avant de s'y s'asseoir en tailleur, fixant la mer.

Alors que je la regarde, je suis submergée par l'émotion. C'est fou l'affection que je porte à cette gamine que je connais à peine. La souffrance que l'on devine dans chacun de ses gestes, dans chaque expression de son visage, me bouleverse. J'aimerais la prendre dans mes bras, alléger sa peine, et ce sentiment me surprend autant qu'il m'emplit de culpabilité. Pourquoi suis-je incapable de me comporter ainsi avec mes propres filles ?

— Je ne sais pas vous, mais moi, je boirais bien une bonne citronnade ! propose Charline. Rien de tel pour se désaltérer par cette chaleur. Je défais ma valise et je nous prépare un grand pichet bien frais.

Je lui emboîte le pas et laisse Anna seule sur la terrasse, le regard toujours perdu au loin.

* * *

Les chambres sont aussi belles et raffinées que ce que laissait présager le reste de la maison. En pénétrant dans la mienne, un grand lit à deux places encadré de quatre montants en bois desquels pendent des voilages de couleur crème attire tout de suite mon regard. La pièce est décorée d'un tapis rond en jonc de mer, d'une coiffeuse et d'une commode en bois blanc. Le linge de lit en lin vert émeraude apporte un joli contraste avec le mobilier. Au fond de la pièce, une porte coulissante à galandage dissimule une salle de bains qui n'est pas très grande, mais parfaitement agencée. Des serviettes de la même couleur que le linge de lit ont été disposées sur le lavabo en verre transparent.

Je range rapidement mes affaires dans le premier tiroir de la commode. Même si le grand matelas me fait de l'œil, je résiste à la tentation – pourtant très forte – de m'allonger sur le lit. Je me sens épuisée. L'organisation de cette escapade et le trajet en voiture m'ont coûté quelques cuillères, j'ai l'impression d'être déjà à découvert. Après avoir entreposé ma valise vide dans un coin de la pièce, je pense à Arnaud. Il aurait adoré cet endroit. Quant aux filles, j'imagine qu'elles seraient déjà en train de supplier leur père de les emmener nager et jouer dans l'eau. Depuis qu'elles sont toutes petites, il est celui vers lequel elles se tournent. Ils ont tous les trois une complicité qui me fait envie autant qu'elle me semble inatteignable.

Pourquoi les choses paraissent-elles si faciles et naturelles avec Anna ?

22

Anna

Je frissonne au contact de l'eau sur ma peau. Il y a quelques années, je me serais précipitée sans réfléchir pour plonger la tête la première, en me moquant de ma mère avançant sur la pointe des pieds pour retarder le moment de se mouiller le nombril. Avec l'âge et plusieurs kilos en moins, j'ai basculé du côté obscur.

Tout à l'heure, quand j'enfilais mon maillot de bain acheté sur la route dans une boutique de sport, j'ai aperçu mon reflet dans le miroir. Ça m'a fait un choc. Je suis si maigre. Mes clavicules et les os de mon bassin sont saillants. Mes cuisses, autrefois galbées et musclées par la natation, sont désormais à peine plus larges que le reste de mes jambes. Mes seins que l'allaitement avait rendus si beaux sont maintenant vides et flasques, et ma peau est si pâle qu'on aperçoit mes veines par endroits. Mon bas de maillot est tellement grand qu'il menace de tomber jusqu'à mes chevilles dès que je fais un pas.

Même si j'avais conscience de ma perte de poids, je ne m'étais pas vraiment regardée depuis des mois.

Je suis affreuse. Alors que je me mets à nager, je ne peux m'empêcher de repenser au corps que j'avais quand j'étais enceinte de Suzanne, ce corps dont j'étais si fière parce qu'il s'apprêtait à donner la vie. Est-ce qu'un jour… ? J'écarte aussitôt cette pensée, refusant d'envisager cette possibilité. Personne ne la remplacera. Jamais. Et de toute façon, Valentin m'a quittée.

J'essaie de faire le vide en me concentrant sur la nage. J'allonge les bras, les écarte puis les ramène. Si j'atteins la bouée orange que je vois là-bas, peut-être que… J'allonge les bras, les écarte puis les ramène. Je ne sens plus la morsure du froid sur mon corps, la bouée n'est plus qu'à quelques dizaines de mètres. Je suis ballottée par les vagues, je lutte contre le courant, mes muscles me font mal. J'allonge les bras, les écarte puis les ramène… Arrivée à hauteur de la bouée, je m'y agrippe, épuisée. Le souffle court, je lutte pour garder la tête hors de l'eau et ne pas boire la tasse.

Je me tourne vers la plage et j'aperçois Charline. Elle a de l'eau jusqu'à la taille et me fait de grands signes. Je ne pensais pas que je m'étais autant éloignée du rivage. Je pourrais lâcher la bouée. Ce serait si simple de me laisser couler. Tout serait terminé en quelques minutes. Je rejoindrais ma fille, ma Suzanne. Je lâche une main, puis la deuxième. Je suis aussitôt submergée par une vague. Ne plus penser, ne plus souffrir, abandonner.

Soudain, je sens sa présence, j'ai l'impression qu'elle est là, tout contre moi. Elle ne reste que quelques secondes, puis s'éloigne. Suzanne, ne me laisse pas, je t'en prie, ne me laisse pas. Je l'entends qui m'appelle. Mes jambes se mettent en mouvement pour remonter vers la surface, mes bras écartent les flots, ma tête émerge, j'inspire une grande goulée d'air et recrache de l'eau. La bouée est là, je m'y agrippe le temps de reprendre mes esprits. Et puis, de nouveau cette douce chaleur réconfortante, ma fille, ma toute petite fille…

Je n'abandonnerai plus jamais, Suzanne, je n'abandonnerai plus jamais, je t'en fais la promesse.

* * *

— Tu m'as fait une de ces peurs, me dit Charline lorsque je suis à portée de voix. L'espace d'un instant, je t'ai vue disparaître sous l'eau. Tout va bien ?

— Il y avait pas mal de vagues. Je ne m'étais pas rendu compte… Je suis désolée. Je suis une bonne nageuse…

Elle ne me croit pas. Je le devine à son regard. Elle sait qu'il vient de se passer quelque chose de grave. Mais comment lui expliquer ?

— J'ai fait une fausse couche il y a quelques semaines, m'avoue-t-elle soudain. Personne ne savait que j'étais enceinte, pas même moi, alors j'ai passé ça sous silence. Quand j'étais par terre dans ma salle de bains, et que je me tordais de douleur, j'ai eu envie de mourir. C'était trop dur de découvrir que j'attendais un bébé au moment où je le perdais. Il n'a pas vécu, je n'ai pas entendu son cœur battre mais, pendant ces quelques minutes, je me suis vue le tenir dans mes bras, j'ai imaginé à quoi il aurait pu ressembler… Tu es la première personne à qui j'en parle.

— Comment as-tu fait pour…

— À vrai dire, je ne sais pas. L'instinct de survie, peut-être. Non, en fait, je suis incapable d'expliquer ce à quoi je me suis raccrochée.

— Je l'ai sentie, quand… quand j'étais sous l'eau. J'ai senti sa présence. Suzanne, ma petite fille. Elle était tout contre moi, et puis elle est partie. J'aurais voulu que ça ne s'arrête pas, qu'elle reste avec moi encore un peu.

— Elle ne voulait pas que tu la rejoignes…

— Non.

— Est-ce qu'on devra s'inquiéter si tu retournes nager ?

— Non. Je lui en ai fait la promesse.

Charline m'adresse un grand sourire.

— Parfait, ça m'évitera de devoir acheter un bateau gonflable pour venir te repêcher ! Quant à Valérie…, ajoute-t-elle en la désignant sur la plage.

— … elle ne sait pas nager.

— Oui, voilà, elle ne sait pas… hein ? Elle ne sait pas nager ?

— Ni faire de vélo. Elle me l'a dit une fois.

Valérie est assise sur une serviette, la main en visière devant ses yeux. Quand elle remarque que nous la regardons, elle nous fait de grands signes.

— Tu sais quoi, Anna ? Il va falloir remédier à tout ça ! Il n'est pas question que nous ne soyons que deux à barboter dans cette eau gelée !

23

Valérie

Anna et Charline sont en grande conversation. Je me demande ce qu'elles peuvent bien se raconter depuis de longues minutes. En tout cas, je suis rassurée qu'elles se soient rapprochées du bord. Tout à l'heure, quand j'ai refermé l'un des nombreux magazines apportés par Charline dans ses bagages, Anna était loin, à la limite de la zone de baignade autorisée. Un instant, il m'a semblé qu'elle se noyait, mais c'était sans doute un effet de perspective.

Soudain, elles sortent de l'eau et se dirigent vers moi d'un pas décidé.

— Tu sais qu'il est formellement interdit par la Fédération des week-ends entre copines en bord de mer de ne pas se baigner ? me lance Charline lorsqu'elle arrive à ma hauteur.

— Je suis un peu frileuse. Et, à voir vos chairs de poule, je devine que l'eau est glacée, non ?

Voyant que Charline n'est pas dupe, je capitule.

— Bon d'accord, je ne sais pas nager. Ma mère ne m'a jamais emmenée à la piscine et, comme nous ne partions pas en vacances, elle n'a jamais jugé utile que j'apprenne. Quand j'ai eu dix-huit ans, j'ai pensé à prendre des cours, mais je n'en ai jamais trouvé le temps. Les années ont passé et…

— … tu n'as toujours pas trouvé le temps ? me lance Charline.

— C'est à peu près ça. Et puis… j'ai peur. Je suis sûre qu'il y a des délais de prescription pour ce genre d'apprentissage. Ce n'est pas à quatre-vingts ans que tu vas t'initier au roller ou à la pole dance. Eh bien, c'est pareil pour la natation. Ce n'est pas maintenant que je vais m'y mettre. J'ai loupé le coche.

— Je connais une femme de soixante-quinze ans qui fait de la pole dance.

— C'est vrai ?

— Non, me répond Charline, mais ça aurait pu. Je ne crois pas à ton histoire de prescription, il n'y a pas d'âge pour apprendre à nager. Ni à faire du vélo, d'ailleurs, ajoute-t-elle avec un clin d'œil.

— Très bien, je vous promets d'y réfléchir. Ça vous va ?

— Absolument pas ! s'exclame Charline. Ça ne nous convient pas du tout, n'est-ce pas ? lance-t-elle à Anna qui semble mal à l'aise de la tournure que prend la discussion. On connaît ce genre de promesses, elles ne tiennent jamais. D'ici peu de temps, tu vas reprendre le boulot, tu seras de nouveau accaparée par des réunions en tout genre, et hop ! *exit* la promesse d'apprendre à nager.

— Tu as quelque chose de mieux à proposer ?

Charline se tourne vers la mer et me la montre.

— Tu ne penses tout de même pas m'apprendre à nager dans cette mer déchaînée avec des vagues hautes comme des immeubles de dix étages ? À ce compte-là, autant plonger du haut des chutes du Niagara.

— Dans la mesure où les chutes du Niagara sont à des milliers de kilomètres d'ici, tu vas devoir te contenter de ça. Allez, debout, Valérie, il est grand temps de prendre ta première leçon de natation.

J'hésite à m'inventer une allergie aux algues ou à toute autre chose présente dans les fonds marins, mais je devine Charline capable de me soulever et de me jeter de force dans cette eau inhospitalière.

— Très bien, j'y vais. Mais je te préviens, si je meurs, je reviendrai te hanter !

— Tu vas voir, tu vas adorer, s'enthousiasme Charline.

Alors que je m'avance vers l'océan, je repense à toutes les fois où Carla et Zoé, petites, ont insisté pour que je vienne avec elles à la piscine. La plupart du temps, je réussissais à y échapper en prétextant un travail à terminer. Mais les rares fois où je me décidais à les accompagner, je paniquais à peine entrée dans l'eau, même dans le petit bassin. Je m'imaginais des scénarios catastrophes dans lesquels l'une de mes filles se noyait alors que j'étais à côté, incapable de plonger pour la sauver. Résultat, je sortais au bout de quelques minutes, au bord de la crise d'angoisse. Je ne leur ai jamais avoué que je ne sais pas nager. Même s'il n'y a rien de honteux à cela, je n'ai pas osé le leur dire.

— Elle est glaciale ! m'écrié-je, les pieds à peine recouverts par une première vague.

— Je t'assure que, quand on est dedans, elle est bonne.

— Tu parles ! C'est sûr que, lorsqu'on ne sent plus ses membres, on n'a plus froid.

Malgré sa fraîcheur et ma nervosité, j'avance et laisse l'eau monter jusqu'à mes genoux puis ma taille. J'ai envie de combler cette lacune, de surmonter mes peurs. J'ai besoin de me sentir fière de quelque chose.

— Mets-toi parallèle à la plage et allonge-toi, me conseille Charline. Essaie de te laisser flotter.

— Si mes pieds ne touchent plus le sol, je vais couler, c'est sûr.

— Je vais te tenir, me propose doucement Anna.

Elle s'approche de moi et, alors que j'essaie de m'allonger, elle place ses mains sous mon ventre pour m'aider à flotter. J'ai horriblement peur et je me sens ridicule. Mais je décide de ne pas lâcher. Si je n'y arrive pas aujourd'hui, je n'y arriverai jamais. Alors je cesse de réfléchir et d'envisager le pire, je fais confiance aux mains d'Anna et me laisse aller.

— Je flotte, je flotte ! m'écrié-je au bout de quelques minutes.

— Fais bouger tes bras, comme si tu voulais écarter l'eau devant toi, me dit Charline en joignant le geste à la parole.

Je respire un grand coup et m'exécute. Tout en regardant droit devant moi, j'essaie de pousser l'eau. Sans trop réfléchir, je fais des mouvements avec mes bras. Je ne sais pas si c'est très académique, mais ça semble fonctionner. Avec Anna, je me sens en confiance. Ses mains d… Je réalise brusquement que je ne les sens plus. Elle m'a lâchée, je vais me noyer, c'est sûr, je ne sais pas flotter toute seule. Mes bras se mettent à faire des moulinets désordonnés, la panique commence à me gagner. C'est alors que je me souviens que j'ai pied. Sans attendre une seconde de plus, j'en pose un puis l'autre sur le sable, et me redresse, le souffle court. Je sens les battements de mon cœur jusque dans mes tempes.

Quand je me retourne pour hurler à Anna que j'avais confiance en elle, je m'aperçois que Charline et elle sont loin. Je me suis bien plus éloignée que je ne le pensais. Serait-ce…

— Tu as réussi ! s'écrie Charline en sautillant dans l'eau et en applaudissant. Tu es une championne, Valérie !

J'ai nagé. Je croyais qu'Anna me tenait, mais non. J'ai nagé. Sur quelques dizaines de mètres seulement, mais qu'importe. J'ai l'impression d'avoir remporté la médaille d'or du 100 mètres nage libre.

Je pense à Sabine qui n'a jamais pensé à m'apprendre. Je pense à Carla et à Zoé, à tous ces moments que nous aurions pu passer ensemble si je m'étais fait violence plus tôt. Je voudrais qu'elles sachent que j'ai réussi à dépasser ma peur, je voudrais qu'elles soient fières de moi. Mais comment pourraient-elles l'être puisque nous ne partageons rien ? Et si je les appelais ? Elles me manquent tellement. Demain, oui, plutôt demain. Je n'ai pas encore assez de petites cuillères en réserve. Demain, ou après-demain.

Mais quoi qu'il en soit, j'ai nagé. Tu entends, Sabine ? J'ai nagé !

24

Charline

Rien de tel qu'un bon petit dîner pour se remettre de ses émotions. Et cet après-midi n'en a pas manqué. Je suis encore bouleversée d'avoir vu Anna essayer de se noyer tout à l'heure. Abandonner la partie peut parfois être si tentant. Je ne regrette pas de lui avoir révélé ma fausse couche, même si ça l'a rendue beaucoup plus réelle. Tant que je n'en avais parlé à personne, je pouvais encore me dire que ce n'était pas arrivé, que toute cette histoire n'était qu'un affreux cauchemar. Bien sûr, je ne peux pas comparer cette perte avec celle qu'a vécue Anna, mais je comprends ce qu'elle ressent. Ce vide omniprésent. Je serais sur le point d'accoucher aujourd'hui. Malgré la séparation et maintenant la maladie, je ne parviens pas à me persuader que ce qui est survenu était une bonne chose. Peut-être que cet enfant m'aurait aidée, qu'il m'aurait donné une raison de me battre, encore, de me relever, encore… À quoi bon, à présent ?

Et puis Valérie a nagé quelques brasses. Quelle belle victoire pour elle, quelle revanche sur son enfance hypothéquée par une mère aux abonnés absents !

— Ces beignets de fleurs de courgette sont incroyables ! s'enthousiasme justement notre toute nouvelle nageuse. Quand je pense que je suis capable de rater la cuisson d'un plat surgelé, je me demande comment tu fais pour tout cuisiner à la perfection, desserts inclus.

— Quand on a de bons produits, ça aide.

Après la plage, lorsque je me suis décidée à aller faire quelques courses en prévision des jours à venir, je suis tombée sur un primeur à quelques rues de la maison, avec un étal incroyable. Des choux-fleurs orange et violets, des aubergines graffitis, des courges spaghettis, des pêches plates, des figues fraîches, des caramboles et des fleurs de courgette. Si je me suis retenue pour ne pas le dévaliser, je suis néanmoins repartie avec une cagette remplie à ras bord. Le primeur était passionné par son métier et par les légumes, c'était un plaisir d'échanger avec lui. Il me tarde d'ailleurs de tester sa recette de gratin d'aubergines qui m'a mis l'eau à la bouche.

Nous nous sommes installées sur la table de la terrasse pour dîner. En plus des beignets de fleurs de courgette, j'ai préparé des mini-bagels au jambon sec et au fromage frais, et un assortiment de légumes crus à plonger dans une sauce crémeuse au mascarpone et au poivron. Pour le dessert, j'ai mis des figues à rôtir au four, que l'on pourra accompagner d'une boule de glace à la vanille. Dommage que Valérie et Anna ne m'aient pas autorisée à emporter ma sorbetière. Je ne comprends pas pourquoi, mais apparemment, elles considèrent que c'est un accessoire superflu en vacances…

Il fait bon et, malgré la fatigue qui se fait lourdement sentir, je ne veux rater aucune miette de cette magnifique soirée. Le bruit de la mer en fond sonore, la légère brise qui vient nous caresser le visage par intermittence, l'atmosphère est proche de la perfection. J'attrape un bagel dans le plat et me délecte de la fraîcheur légèrement acidulée du fromage associée à la puissance du jambon.

— Je crois que je pourrais me nourrir uniquement de bagels, soupiré-je.

— Et moi de plats cuisinés par tes soins, me répond Valérie. Tout est délicieux. Je me retiens de manger ce dernier petit beignet qui me fait de l'œil pour garder un peu de place pour les figues.

— Oh, les figues ! je m'exclame en me levant d'un bond.

Je me précipite dans la cuisine et ouvre le four juste à temps pour arroser une dernière fois les fruits d'un mélange de sucre et de beurre fondu afin de les caraméliser. Plus que cinq minutes à attendre et elles seront parfaites. Je dispose sur le plan de travail trois assiettes creuses trouvées dans un placard, puis sors du congélateur le pot de glace à la vanille. À l'aide d'une cuillère à soupe passée quelques secondes sous l'eau bouillante, je m'applique à former de belles quenelles que je dispose au centre des assiettes. Je sors le plat du four et y ajoute deux belles figues rôties. Les effluves que dégage ce dessert tout simple sont divins. Finalement, je ne pourrais pas me nourrir uniquement de bagels, parce que ce serait renoncer à ces magnifiques figues charnues.

Je rejoins Valérie et Anna sur la terrasse qui m'accueillent avec des yeux gourmands et des sourires impatients. C'est pour ça que j'aime tant cuisiner, pour le plaisir que cela procure aux gens.

— J'ai rarement mangé des figues aussi bonnes, vous allez m'en dire des nouvelles, annoncé-je aux filles en déposant les assiettes devant elles.

— Tu as pris de l'avance ? me taquine Valérie.

— Il fallait bien que je vérifie la marchandise avant de la servir. Je suis une professionnelle, moi, madame.

Pendant les minutes qui suivent, on n'entend plus rien d'autre que le tintement des petites cuillères cognant contre la porcelaine. Le soleil décline lentement sur la mer, le spectacle est superbe.

Anna se met soudain à fredonner, imprimant à son corps un léger mouvement de balancier, le regard perdu dans le vague. La mélodie que je ne reconnais pas tout de suite est douce et enveloppante.

« Petit escargot, porte sur son dos, sa maisonnette, aussitôt qu'il pleut, il est tout heureux, il sort sa tête. »

Quelque chose dans sa voix m'émeut. Un mélange d'amour profond et de tristesse infinie.

Elle pleure. Sans cesser de chanter. Valérie, qui semble tout aussi émue que moi, finit par se lever pour se rapprocher d'Anna. Je devine une hésitation, mais finalement elle l'entoure de ses bras. Sans rien dire. Et Anna s'y abandonne.

— Je chantais cette berceuse à Suzanne pour qu'elle s'endorme le soir. Assise à côté de son berceau, je pouvais la lui fredonner pendant de longues minutes, ma main sur son ventre, sans jamais me lasser. Elle me regardait avec de grands yeux, ses petits poings serrés.

Je la sentais lutter contre le sommeil, comme si elle savait que je partirais quand elle se serait endormie. Une fois ses paupières fermées, j'attendais toujours de la voir se détendre complètement, que ses bras retombent sur le matelas, que ses poings se desserrent, pour arrêter de fredonner. Puis je déposais un bisou sur son front avant de sortir de sa chambre à pas de loup.

Elle est soudain prise de sanglots.

— Ça va aller, Anna, ça va aller, lui murmure Valérie tout en lui caressant le dos.

— C'est affreux, j'ai l'impression de la trahir.

— Pourquoi dis-tu ça ?

— Parce que je… je ne peux pas m'empêcher de désirer un autre enfant. J'ai envie d'un autre bébé. Je voudrais être mère de nouveau. Je suis une personne horrible. Ma fille est morte il y a à peine quelques semaines, et je veux déjà la remplacer, hoquette-t-elle.

— Tu n'es pas quelqu'un d'horrible, loin de là ! s'offusque Valérie. Je ne vois rien de choquant à ce que tu désires un autre enfant. Et ça n'a rien à voir avec le fait de la remplacer. Suzanne sera toujours présente dans ton cœur. Tu cherches à combler le vide qu'elle a laissé, pas à effacer son souvenir.

— Tout à l'heure, quand je nageais, j'ai… j'ai voulu mourir. Pour ne plus rien ressentir.

— Je n'en étais pas sûre, mais il me semblait bien t'avoir aperçue disparaître sous l'eau pendant un instant. Qu'est-ce qui t'a fait changer d'avis ? lui demande Valérie.

— Suzanne. Je l'ai sentie. Elle était tout contre moi. Et puis elle est partie.

— Peut-être qu'elle est venue te donner sa bénédiction ? tenté-je. Pour te faire comprendre que tu as le droit de choisir la vie.

— Choisir la vie ?

— Avoir envie d'un autre enfant, c'est choisir la vie, choisir d'aller de l'avant. Et c'est une bonne chose. Je pense que c'est ce que Suzanne voudrait que tu fasses. Tu sais, en ce qui me concerne, j'ai eu envie d'être à nouveau enceinte tout de suite après ma fausse couche, alors…

— Anna a essayé de se noyer, tu as fait une fausse couche, et personne ne me dit rien à moi ! s'exclame Valérie, arrachant un sourire à Anna.

— Il nous faut du champagne ! je m'exclame soudain. Bon, je crois qu'il n'y en a pas et qu'il faudra se contenter d'une tisane verveine tilleul…

— Tu voulais trinquer à quoi ? me demande Valérie.

— À la vie ! À l'envie d'avoir des enfants ! Et aussi, au fait d'apprendre à nager !

— Va pour une tisane verveine tilleul dans ce cas, approuve avec joie Valérie.

Anna ne dit rien, mais son regard parle pour elle.

De rien, ma belle. De rien.

25

Charline

C'est terrible d'être épuisée et pourtant incapable de trouver le sommeil. Plus d'une heure que je me retourne dans mon lit, sans succès. Un trop-plein d'émotions sans doute. Peut-être qu'une petite demi-heure sur la terrasse à respirer l'air marin m'aidera. Un léger vertige m'oblige à me rasseoir quelques secondes après m'être levée de mon lit. Je me sens fatiguée et nauséeuse.

Sur la terrasse, j'aperçois Valérie sur une chaise longue, blottie sous sa couette. Elle sursaute lorsqu'elle m'entend arriver.

— Je t'ai réveillée avec la lumière ? s'inquiète-t-elle lorsque je prends place à côté d'elle.

— Non, comme je n'arrivais pas à dormir, j'ai voulu m'aérer un peu. J'ai pensé que ça me ferait du bien.

— Je me suis dit la même chose il y a une heure, me dit-elle. Tu veux un bout de couette ?

— Volontiers.

Je m'installe le plus confortablement possible et couvre mes jambes.

— Sacrée journée, hein ? me lance Valérie. Si c'est comme ça pendant tout notre séjour, il va nous falloir des réserves de mouchoirs.

— Et de petites cuillères ! D'ailleurs, comment ça va, toi, à ce niveau ? On ne t'a pas vraiment épargnée avec nos histoires.

— Je ne sais pas trop, à vrai dire. Tout à l'heure, dans l'eau, j'ai eu l'impression de faire le plein de positif, comme si, d'un seul coup, tout devenait possible. Mais quand je me suis retrouvée seule dans mon lit, mes copines angoisse et culpabilité sont revenues me rendre visite.

— Tu culpabilises de quoi ?

— De ne pas être à la hauteur avec mes filles, de ne pas savoir les aimer comme toi et Anna le feriez. Je me demande ce que vous devez bien penser de moi, pauvre petite mère de famille qui se plaint de son sort, alors que vous ne demanderiez qu'à être à ma place.

— Il ne faut pas réfléchir comme ça. Ce n'est pas parce que j'ai fait une fausse couche que tu n'as pas le droit de souffrir de ta relation avec tes filles. Et puis, qui dit que j'aurais été une bonne mère ? Si ça se trouve, j'aurais été atroce et en dessous de tout. Je ne le saurai jamais, c'est comme ça.

— Ne dis pas ça…

— Je suis juste lucide. Il y a peu d'éléments à réunir pour faire un bébé, mais quand on n'a ni la santé ni le père, c'est quand même mal engagé, tenté-je de plaisanter. Cette grossesse était peut-être ma seule chance…

— Ta fausse couche… c'était il y a longtemps ?

— Non, c'est très récent. Avant cet après-midi, je n'en avais encore jamais parlé à personne. C'était sûrement un moyen de me protéger, de prétendre que ça n'était pas arrivé. Mais, la vérité, c'est que j'y repense constamment. Au fond, je ne sais pas si c'était une si bonne idée de garder ça pour moi. Pas simple de faire le deuil de quelque chose qu'on a nié.

Valérie se lève soudain du transat pour s'accouder à la balustrade de la terrasse. La fraîcheur nocturne la fait frissonner.

— Il y a dix ans, j'ai découvert que j'étais de nouveau enceinte. Carla avait cinq ans et Zoé à peine deux. Beaucoup de femmes auraient été folles de joie à ma place, je sais que certaines essaient d'avoir un enfant pendant des années, mais moi… j'étais anéantie, incapable d'envisager cette troisième grossesse, ni de donner naissance à un autre enfant. J'aimais mes filles – *j'aime* mes filles –, mais je sentais bien que je n'étais pas… une bonne mère. Je n'avais pas les clés pour en devenir une. Et c'est comme si je l'avais toujours su. Je n'ai rien dit à personne, moi non plus. Pas même à Arnaud. J'ai pris rendez-vous pour une IVG. Ce jour-là, j'ai eu l'impression d'être un monstre parce que je me suis sentie libérée d'un poids. J'ai culpabilisé de ne pas être capable d'assumer cette grossesse, pourtant je n'ai jamais regretté cette décision.

— Tu n'es pas plus monstrueuse qu'Anna qui désire un autre enfant, je lui dis en la rejoignant.

— Ça n'a rien à voir.

— Je ne suis pas d'accord. Tout ça, c'est une histoire de désir que l'on ne contrôle pas. Celui de vouloir être mère ou non. Ce n'est pas parce qu'on est une femme qu'on veut forcément avoir des enfants. Certaines n'ont absolument aucune envie de devenir mère, elles n'en ressentent ni le besoin ni le désir. C'est le cas de Catherine, tiens, la psy du Jardin des Cybèles. Et je ne crois pas que ce soit un monstre, elle non plus !

— Une chose est sûre, je n'ai jamais regretté d'avoir eu mes filles. Jamais. Je les ai aimées à la seconde où la sage-femme les a posées sur moi. Mais l'amour ne suffit pas.

— Tu as essayé de leur dire tout ça ? De leur expliquer, de leur parler de ton enfance ? Quand on n'a pas la bonne recette, ce n'est pas facile de réussir un plat.

Valérie ne peut réprimer un sourire.

— Je dois dire que je suis assez fière de cette métaphore culinaire, plaisanté-je.

— Tu peux ! Mais pour répondre à ta question, non, pas vraiment. Je fais tout de travers. J'ai giflé Carla au lieu de lui dire que je l'aimais…

— Je t'ai observée tout à l'heure avec Anna et je trouve que tu n'as rien fait de travers.

— Ce n'est pas pareil.

— Encore une fois, pourquoi est-ce que ça ne le serait pas ? Anna est à peine plus âgée que ta fille aînée, et pourtant, ce soir, tu as su la prendre dans tes bras pour la réconforter.

— Anna ne me juge pas…

— Tes filles non plus, si tu veux mon avis. C'est quelque chose que tu dois régler avec toi-même. C'est toi qui te juges trop sévèrement. C'est toi qui te mets toute cette pression. Pas elles.

— Tu sais que tu pourrais prétendre à un poste au Jardin des Cybèles, me dit-elle après quelques instants de silence.

— Non, je laisse les petites cuillères mentales à Catherine, je préfère nettement remplir celles de mes clients d'une bonne crème pâtissière à la vanille. Oh, et si je faisais des pancakes pour le petit déjeuner ?

— Quel rapport avec les pancakes ?

— Aucun ! Je plaisante. C'est juste qu'il n'est jamais trop tôt pour réfléchir à ce que l'on va préparer pour le petit déjeuner, dis-je en bâillant.

— Je crois qu'il est grand temps qu'on retourne se coucher, il est près de 3 heures du matin, m'indique Valérie.

Je fais quelques pas en arrière et me retourne avant de perdre brusquement l'équilibre et de me cogner la cuisse sur le coin de la table.

— Ça va, Charline ?

— Oui, oui, ne t'inquiète pas. C'est juste le signe qu'il est effectivement grand temps d'aller nous coucher.

Ne jamais s'inquiéter, ne jamais paniquer… À quel moment la vie nous autorise-t-elle à être des êtres humains ?

26

Anna

Pour la première fois depuis des jours, je me sens plus légère. Ça m'a fait du bien de parler à Charline et Valérie. Elles ont raison, je dois choisir la vie. Je l'ai promis à ma petite fille, hier.

L'odeur en provenance de la cuisine fait gargouiller mon estomac.

— Voilà notre petite marmotte ! m'accueille Valérie avec un grand sourire. Tu as de la chance, il reste des pancakes. En même temps, Charline a cru que nous serions dix autour de la table ce matin.

— Il n'y a jamais trop de pancakes ! se défend celle-ci.

— Quelle heure est-il ? je leur demande, surprise qu'elles soient déjà toutes les deux habillées.

— Il est quasiment 11 heures.

11 heures… Et je ne me souviens pas d'avoir pris un somnifère hier soir. D'habitude, je regarde le plafond pendant un moment avant d'être emportée par le

sommeil chimique. Hier, je crois que je me suis endormie dès que j'ai posé ma tête sur l'oreiller.

— Tu devais en avoir besoin, me rassure Charline. Et tu arrives à point nommé pour prendre connaissance de ton horoscope ! Tu es de quel signe ?

— Poissons. Mais je ne crois pas à…

— Ouh là, malheureuse ! me coupe Valérie. Si tu ne veux pas t'attirer les foudres de dame Charline ici présente, ne mets pas en doute le pouvoir des astres.

— C'est tout à fait Lion cette remarque, lui rétorque-t-elle tout en déposant devant moi une assiette contenant deux pancakes recouverts de sirop d'érable. Bon alors, Poissons, on a dit. « *Mercure vous offre une bouffée d'oxygène. L'impression de respirer enfin, d'agir selon vos désirs sans redouter l'obstacle. Même vent de fraîcheur côté cœur, avec du bonheur en couple et des regards accrocheurs pour les célibataires. Le + : un imprévu tombe à pic pour servir vos intérêts au moment où vous vous y attendez le moins.* »

— C'est nettement mieux que le « *Côté forme, ne présumez pas trop de vos forces, sinon gare au claquage musculaire* » auquel j'ai eu droit ! s'exclame Valérie.

— Vous, les Lions, vous rugissez dès qu'on égratigne votre superbe.

— Et toi, tu es de quel signe ? je demande à Charline.

— Tu vois que ça t'intéresse, finalement ! Personne ne résiste à l'attraction de l'horoscope, me lance-t-elle en riant. Je suis Sagittaire. « *Écoutez votre corps. Le repos s'impose à fortes doses. Le meilleur remède pour retrouver la pêche et reprendre votre destin en main. Le + : Mars en Cancer hausse votre libido. La promesse de câlins à gogo.* » Tout n'est pas à prendre au pied de la lettre, hein, parce que en ce qui me concerne, niveau libido, on est plus proche de celle d'un phasme que de celle d'un bonobo.

— Si ça se trouve, le phasme est une star du porno chez les insectes.

Charline et Valérie me regardent fixement avant d'éclater de rire. Et moi, je me sens rougir jusqu'aux oreilles.

— Ce sont mes pancakes qui te rendent d'humeur grivoise ? Parce que si c'est ça, ne te prive surtout pas, il en reste une bonne vingtaine.

Je plonge le nez dans mon assiette.

— Je ne sais pas ce qu'il en est chez les phasmes, mais je suis à peu près sûre que la sexualité du bulot doit se rapprocher du néant. C'est là où j'en suis, en ce qui me concerne, dit Valérie comme pour venir à mon secours et détourner l'attention de Charline.

— À ce point-là ? demande cette dernière.

— Oui… Ces derniers mois n'ont pas été très enthousiasmants de ce point de vue.

— Anna, il ne reste donc plus que toi. Allez, vends-nous du rêve, rappelle-nous comment c'est d'avoir vingt ans, un corps bien ferme et des hormones en fusion.

Je manque m'étouffer avec ma gorgée de jus d'orange pressé.

— Euh… Je ne… Moi non plus à vrai dire. Avec Valentin… Il a été mon premier. Et c'est fini maintenant, alors…

— Valentin, c'est le père de Suzanne si je comprends bien ? C'est la grossesse qui vous a séparés ? me demande Valérie.

— Non… C'était un père incroyable. Quand il rentrait le soir, le visage de Suzanne s'illuminait. Il est parti quelques semaines après l'enterrement. Il m'a quittée.

— Il a fait quoi ? Moi qui me plains que Josselin m'a trompée avec ma meilleure amie, s'offusque Charline. Comment peut-on quitter sa femme après un drame pareil ? Il a justifié ça comment ?

— Il n'a rien dit. Je me suis levée un matin et il n'était plus là. Il a laissé un mot sur la table de la cuisine dans lequel il disait que c'était trop dur de rester. C'est tout.

— C'est dégueulasse de faire ça ! Tu l'as appelé, j'imagine, pour lui faire savoir ta façon de penser ? Abandonner sa femme dans un moment pareil, non, mais vraiment…

— Non, je ne l'ai pas appelé. Avant d'arriver au Jardin des Cybèles, je ne parlais plus. C'était comme si les mots eux-mêmes avaient disparu avec Suzanne. Je me contentais de rester assise dans le fauteuil à bascule de sa chambre.

— Tu n'as eu aucune nouvelle de lui depuis son départ ?

— Non… J'ai mis mon téléphone en mode avion, de toute façon. C'était trop dur de recevoir des messages de condoléances de tout le monde. Ça bipait sans cesse. J'étais prête à le balancer, mais toutes mes photos de Suzanne, toutes mes vidéos sont dessus. Je me suis juste coupée du reste.

— Mais… il sait où tu es ?

— Aucune idée. Rester avec moi c'était trop dur pour lui, c'est ce qu'il a écrit sur ce mot, non ? Alors pourquoi est-ce qu'il voudrait savoir où je suis ? Il se fiche bien de moi ! je m'emporte, sentant les larmes monter. Il s'en fiche bien…

Hippo, qui jusque-là dormait tranquillement dans son panier, se met soudain à jouer avec une balle à travers la pièce, jappant chaque fois qu'elle lui échappe.

— On aurait dû rester sur le terrain de la sexualité des phasmes, lance Charline avec une telle spontanéité que je ne peux m'empêcher de sourire.

27

Valérie

Anna est partie nager. Elle nous a dit qu'elle avait besoin d'être un peu seule. Devant nos regards inquiets, elle s'est voulue rassurante. Aucune noyade au programme. Pourtant, je ne peux m'empêcher de me faire du souci pour elle. Quand elle est sortie, elle semblait bouleversée d'avoir évoqué sa rupture avec Valentin. Perdre son conjoint après la mort d'un enfant, c'est la double peine. Je me souviens d'avoir lu un article expliquant que ce n'était hélas pas si rare ; nombreux sont les couples qui se séparent à la suite du décès d'un enfant. Il faut porter son deuil, mais aussi celui de son partenaire, difficile alors de se tourner vers l'autre pour trouver du réconfort.

L'explication qu'il a laissée à Anna tourne en boucle dans ma tête depuis tout à l'heure. Je ne peux m'empêcher de penser à ma propre fuite. Bien entendu, les circonstances étaient différentes, mais je suis aussi partie parce que c'était devenu trop dur de rester. J'avais fini par avoir peur de me foutre en l'air en ne m'éloignant pas de chez moi. Peut-être que c'est ce qu'il a ressenti ? Peut-être que voir Anna souffrir lui était devenu intolérable parce qu'il se sentait impuissant ? Comment aider l'autre quand on est soi-même au fond du trou ?

Du temps a passé depuis son départ et le mot griffonné sur la table. Et s'il regrettait ? Il a peut-être eu la chance de croiser une Catherine sur sa route, une personne qui l'aurait aidé ? Mais, s'il avait cherché à contacter Anna, comment le saurait-elle ? Elle a coupé tout contact avec le monde extérieur. Pourtant, elle l'aime, ça crève les yeux et le cœur. Il pourrait lui être d'un grand réconfort.

Je termine d'essuyer la dernière assiette du petit déjeuner et la range dans le placard au-dessus de l'évier, puis je rejoins Charline, qui a ressenti le besoin de s'allonger. Je pousse doucement la porte de sa chambre qu'elle a laissée entrouverte. Hippo est couché sur le flanc, contre sa jambe gauche.

— Tu dors ? je lui demande à voix basse.

— Non. Je m'inquiète.

— Pour Anna ?

— J'étais dans l'eau hier lorsqu'elle a essayé de se noyer, c'était terrifiant de la voir couler sans pouvoir faire quoi que ce soit.

— Moi aussi, je serai soulagée quand on la verra revenir, dis-je en m'asseyant au bord du lit. Je pensais aussi… à ce qu'elle nous a raconté ce matin. Sa rupture avec Valentin. Je n'arrête pas de me dire qu'il essaie peut-être de la joindre et qu'elle n'en sait rien.

— Oui, j'y ai pensé aussi.

— Je me suis dit… qu'on pourrait débloquer son téléphone… Peut-être qu'il a laissé des messages, des textos ou qu'il l'a appelée des dizaines de fois, débité-je à toute vitesse.

Charline éclate de rire et se redresse dans son lit.

— Eh bien, dis-moi, pour quelqu'un qui pense ne pas savoir être une mère, je trouve que tu en as très vite les travers. Fouiller dans le portable d'Anna, ce serait mal, très mal ! Tu crois qu'elle l'a laissé dans sa chambre ? me demande-t-elle au bout de quelques instants.

— Ça m'étonnerait qu'elle l'ait emporté à la plage, sans surveillance dans son sac pendant qu'elle nage. Il y a toutes les photos de sa fille dedans, elle ne prendrait pas le risque de se le faire voler.

— Allons voir dans sa chambre alors ! s'exclame Charline, soudain ragaillardie.

Nous le repérons sur la table de chevet d'Anna dès que nous entrons dans la pièce.

— Tu penses vraiment qu'on a tort de faire ça ? je demande à Charline.

— Je ne sais pas, mais j'étais folle de rage quand ma mère fouillait dans mes affaires, pas toi ?

— Sabine ne s'intéressait pas suffisamment à moi pour violer mon intimité. Je n'ai jamais eu ce genre de problème avec elle.

— Nous, on s'intéresse à Anna.

— Oui. On fait ça pour son bien, dis-je avec toute la conviction dont je suis capable avant de m'avancer pour récupérer le téléphone.

L'espace d'un instant, j'ai peur qu'une alarme retentisse ou que le portable s'autodétruise. Mais il n'en est rien. L'appareil reste noir, froid et silencieux.

— Allons nous asseoir dans le salon, propose Charline. Comme ça on aura une vue sur la plage et on pourra épier le retour d'Anna. Dans les films d'horreur, les gens se font tout le temps avoir parce qu'ils ne surveillent jamais les alentours ! Ah ! et autre chose, tu as remarqué qu'ils n'allument jamais la lumière quand ils entendent un bruit suspect et qu'ils partent vérifier ce qui se passe ? Pas étonnant qu'ils se fassent décapiter à coups de pelle. Moi, je peux t'assurer que si d'aventure, j'entendais du bruit chez moi, j'actionnerais tous les interrupteurs et je sortirais de ma chambre armée jusqu'aux dents !

— Et ça te plaît de regarder des gens se faire décapiter à coups de pelle ? je lui demande tout en m'asseyant sur le canapé du salon, qui, en effet, offre un accès direct à la terrasse qui surplombe la plage.

— Les films d'horreur, y a que ça de vrai. Rien de tel qu'un bon *Massacre à la tronçonneuse* pour se remonter le moral.

— Je tremble rien qu'en entendant la bande-son de ce genre de films, moi.

— C'est ça qui est bon, se faire peur alors que tu es assise bien confortablement dans ton canapé.

Si je ne veux pas donner des idées à Charline, mieux vaut ne pas s'attarder sur le sujet.

— On a le téléphone, mais ça m'étonnerait qu'on trouve le code pin pour le déverrouiller, soupire Charline. Il doit y avoir des centaines de combinaisons possibles.

— Je l'ai vue le faire plusieurs fois devant moi, pour me montrer des photos de Suzanne. Il faut relier des points entre eux. Carla a la même chose sur son téléphone. Je me souviens d'avoir remarqué qu'Anna traçait une sorte d'étoile.

Une pression sur l'écran et les fameux points apparaissent. Je tente de reproduire le geste que j'ai vu Anna faire.

Échec authentification.

— Je suis certaine que c'était un genre d'étoile…

Je réessaie en décalant mon doigt d'un point sur la droite, et l'écran se déverrouille.

— Tu vois, qu'est-ce que je t'avais dit ! m'écrié-je.

En fond d'écran, Anna a choisi une photo d'elle tenant sa fille dans ses bras. Une photo, sans doute prise par Valentin, sur laquelle elle est endormie, son bébé niché dans son cou. Dans le menu « Réglages », que je trouve assez vite, je désactive le mode avion et, aussitôt, le téléphone vibre d'une multitude de notifications.

— Il a essayé de la joindre une bonne centaine de fois, constate Charline en même temps que moi.

— Oui… Et il lui a laissé une dizaine de messages, et autant de textos.

— Qu'est-ce qu'on fait ? Fouiller dans son portable, c'est une chose, mais intervenir dans sa vie… c'en est une autre.

— Je sais. Si l'on n'avait rien trouvé, aucun message, aucun appel en absence, j'aurais laissé les choses en l'état. Mais là, c'est différent, non ? Si elle ne sait pas qu'il cherche à avoir de ses nouvelles, c'est parce qu'elle s'est coupée du monde. De peur justement de voir que Valentin ne l'avait pas appelée. On rectifie seulement ce petit détail, non ? lancé-je en cherchant à nous déculpabiliser. Ça n'est presque pas se mêler de ses affaires ?

— Tu crois qu'elle va nous en vouloir ?

— Je n'en sais rien. Peut-être. Mais tant pis. S'il y a une chance que les choses s'arrangent entre eux, je suis prête à prendre le risque. Cette gamine… elle le mérite.

J'attrape mon propre téléphone et compose le numéro de Valentin.

Une sonnerie, puis deux.

— Allô, Valentin ? Excusez-moi de vous déranger. Je m'appelle Valérie, vous ne me connaissez pas, mais je suis… une amie d'Anna.

28

Anna

On s'était promis tellement de choses. De ne jamais se mentir, de ne jamais se faire du mal, de toujours être là l'un pour l'autre. J'avais une confiance absolue en lui. Il ne m'a pas lâché la main une seule seconde pendant la venue au monde de Suzanne. Il m'a donné du courage au moment où je pensais que je n'y arriverais pas, au moment où la douleur était si forte. Je pensais que c'était l'homme de ma vie, je n'avais aucun doute là-dessus. Malgré notre jeune âge, malgré notre inexpérience, j'étais sûre de nous.

Pourtant, il m'a abandonnée. Comme ça, en catimini. Sans me laisser le moindre espoir, sans nous donner la moindre chance. Il est parti alors que je touchais le fond. Je m'en veux de m'être trompée sur lui, d'avoir cru qu'il serait toujours là, quelles que soient les circonstances.

Alors que je nage depuis de longues minutes déjà, l'image de Valentin ne quitte pas mon esprit. Je le revois en train de faire l'idiot dans notre cuisine, avec cette manie qu'il avait de mettre des pâtes partout au moment de les égoutter, je le revois s'énervant contre la notice de montage du berceau qui ne précisait pas comment le truc devait s'emboîter dans le machin. J'entends son rire quand, enceinte, j'étais obligée de m'allonger sur notre canapé pour réussir à nouer les lacets de mes baskets. J'ai encore sur ma peau la mémoire de la sienne et, quand je ferme les yeux, je peux presque sentir la chaleur de ses lèvres dans mon cou, sur mes seins…

— Pourquoi es-tu parti ? je demande à voix haute alors que je me dirige vers la plage et que j'ai de nouveau pied. Pourquoi ? Est-ce que tu as pensé à moi ? À ce que j'allais ressentir ? C'était trop dur pour toi, mais jamais tu ne t'es dit que ça l'était aussi pour moi ? Jamais ? Tu n'es qu'un salaud ! Je te déteste, Valentin, je te déteste ! hurlé-je à pleins poumons en tapant du plat des deux mains sur l'eau. Tu m'entends ? Je te déteste !

Je crie à m'en casser la voix, sans me préoccuper des gens alentour.

Son absence m'est encore plus douloureuse depuis que je m'autorise à avoir envie d'un autre enfant. Je n'imagine aucun autre père pour mon futur bébé. C'est avec lui et personne d'autre que j'avais choisi de fonder une famille. Je n'arrive pas à envisager de faire entrer un autre homme dans ma bulle. Et je refuse d'entendre de nouveau que je suis jeune et que j'ai toute la vie devant moi. C'est ce que qu'on m'a répété après la mort de Suzanne, comme si ça rendait son décès moins grave. Mais à quoi ça sert d'avoir la vie devant soi quand on a tout perdu ?

Penser à Valentin m'oblige à me projeter dans un avenir sans lui. Sans lui, et sans elle. Et je ne suis pas sûre d'en avoir la force. J'ai peur de rentrer et de me retrouver seule chez nous. Je devrai quitter cet appartement que j'aimais tant. Il contient trop de souvenirs du couple que nous formions et de la famille que nous avions commencé à construire.

Même s'il fait plutôt chaud, je frissonne lorsque je sors de l'eau.

Pourquoi m'as-tu laissée, Valentin ? Pourquoi ?

29

Charline

Je soupire de soulagement lorsque j'aperçois Anna marcher sur la plage en direction de la maison. Même si je lui fais confiance, une petite partie de moi garde en mémoire ce qu'il s'est produit hier.

Alors que Valérie est partie à sa rencontre pour balader un peu Hippo, je suis là où je me sens le mieux : dans une cuisine. J'ai prévu pour ce midi une entrée pleine de fraîcheur à base de melon, pastèque, concombre et féta, et un plat de linguine aux crevettes assorties d'une sauce crémeuse à l'ail et au paprika fumé que je vais tester pour la première fois.

Tout en préparant le repas, j'essaie de faire abstraction du message reçu il y a moins de cinq minutes. Un texto d'une amie contenant la photo d'un faire-part de mariage. Josselin et Sandrine n'auront pas perdu de temps pour fixer une date. Ils se marieront dans deux mois à peine, le 30 septembre. Pourquoi aussi vite ? J'écarte de toutes mes forces la raison qui me vient aussitôt en tête.

Je lutte contre le tremblement qui saisit mes mains. J'épluche le concombre, le coupe en deux et l'évide avec une petite cuillère, parce que ma mère m'a toujours dit que l'intérieur n'était pas très digeste. J'essaie de ne pas trop en vouloir à Amandine de m'avoir appris la nouvelle. Après tout, ce serait pire si l'on me cachait des choses au sujet de Josselin.

Quand je pense que Sandrine était la reine des discours antimariage ! Selon elle, il n'y avait pas pire aliénation que de se faire passer la bague au doigt. Elle était la première à se moquer des femmes mariées qu'elle imaginait toujours tristes et frustrées sexuellement. Je me demande comment elle justifie d'être sur le point de devenir l'une d'entre elles.

Je remue l'ail avant d'ajouter les crevettes. Quand elles me semblent parfaites, je les réserve dans une assiette, puis je verse dans la poêle un peu de jus de citron, de la crème, du paprika fumé, et je mélange le tout avant de baisser le feu pour laisser la sauce s'épaissir. Un bip m'annonce l'arrivée d'un nouveau texto. À quoi dois-je m'attendre, cette fois-ci ? Amandine qui m'envoie le faire-part d'invitation pour la *baby-shower* ? J'attrape mon téléphone et découvre un message de Sandrine. Elle m'indique qu'elle va se marier et qu'elle espère que d'ici là nous aurons pu parler toutes les deux. Elle a du mal à envisager de passer le pas sans ma présence à ses côtés.

Mais quelle...

Je n'ai pas le loisir de laisser libre cours à mes émotions, car Valérie et Anna, précédées d'un Hippo survolté et les pattes pleines de sable, entrent par la baie vitrée.

— Je ne sais pas ce que tu nous mitonnes, mais ça sent bon jusqu'à la plage, me lance Valérie, pleine d'entrain et les joues rougies par la marche sous le soleil.

Je remue la sauce avant d'en rectifier l'assaisonnement, puis je mets l'eau à bouillir pour les linguine.

— Tu as besoin d'aide pour quelque chose ? me demande doucement Anna.

— Vous pouvez… mettre la table ? je leur réponds, fébrile, en essayant de contenir les sanglots que je sens monter, et les tremblements de mes mains.

J'ai peur qu'elles me demandent ce qu'il y a, mais toutes les deux ont la délicatesse de s'en abstenir.

* * *

— Elle a osé faire ça ? s'offusque Valérie.

Nous venons de terminer de manger. La salade était rafraîchissante et les linguine crémeuses à souhait. Me concentrer sur la saveur des aliments m'a permis de me recentrer, de me remettre du choc causé par le texto, et donc d'en parler.

— Oui, elle a osé.

— Mais quelle salope ! s'écrie aussitôt Valérie. Pardon, je sais qu'elle a été ta meilleure amie, mais quand même, t'envoyer un message pareil…

— Ne t'excuse pas. À vrai dire, j'ai pensé la même chose que toi en l'ouvrant.

— Tu lui as répondu quoi ?

— Rien pour l'instant. Et je ne sais pas si je vais le faire.

— Franchement, elle mériterait que tu l'envoies se faire voir !

— Peut-être. Mais ça ne se fait pas chez les Pujol…

— Et qu'est-ce qui se fait chez les Pujol ?

— Toujours voir le bon côté des choses. Être optimiste. Ma mère m'a répété toute mon enfance qu'après la pluie vient le beau temps.

— Mais ça n'enlève pas le droit de déprimer quand il pleut et de maudire la météo, si ?

— Si elle était là, ma mère te dirait que les émotions négatives ne servent à rien.

— Oui, eh bien, dans la mesure où elle n'est pas dans cette pièce, tu peux t'autoriser à en ressentir quelques-unes. Ni moi ni Anna n'y trouverons à redire.

Je souris.

— D'ailleurs, je trouve qu'il n'y a rien de négatif à exprimer ce que l'on ressent, poursuit Valérie. Autorise-toi à être en colère, à traiter ton ancienne amie de tous les noms ! Je suis certaine que c'est ce que dirait Catherine.

Devant mon air peu convaincu, Valérie se lève soudain.

— J'ai une idée. Je vais faire une course et je reviens vite, nous dit-elle avant de nous planter là, Anna et moi.

Nous nous regardons toutes les deux, interloquées par ce départ précipité.

— Bon, eh bien, est-ce que tu veux un petit dessert ? proposé-je à Anna. Je n'ai pas eu beaucoup de temps, alors j'ai juste préparé une tarte aux abricots avec de la crème fouettée. J'espère que tu aimes les abricots ?

— Oui. Merci.

30

Valérie

Lorsque je suis de retour moins de vingt minutes plus tard, j'ai les bras chargés d'un carton aussi gros que lourd. Anna et Charline m'attendent sur la terrasse. La table a été débarrassée et je présume que j'ai raté le dessert.

— Tu nous expliques ? m'interroge Charline, intriguée par l'encombrante boîte que je pose au sol.

— Thérapie par la casse ! j'annonce fièrement. J'en ai entendu parler il y a plusieurs années à la radio et je me suis toujours demandé si c'était efficace.

— Thérapie par la casse ? Mais de quoi tu parles ?

— Je parle de ça ! dis-je en sortant une assiette blanche du carton. Casser de la vaisselle en exprimant tout ce qui nous met en colère. Il paraît que ça a un effet cathartique incroyable. En tout cas, c'est ce que disait la psy qui était interrogée à ce sujet. Pas loin d'ici, il y a un magasin de bric-à-brac, je leur ai pris un lot d'assiettes. Tu veux essayer ?

— Je suis censée la jeter comme ça, là, par terre ? me demande Charline, sceptique, en se saisissant de celle que je lui tends.

— Non, tu as raison. On va mettre des morceaux partout. Laisse-moi réfléchir, dis-je en regardant tout autour de moi. Je sais ! Dans la salle de bains, il y a un panier à linge. On va se servir de ça.

Cinq minutes plus tard, nous sommes toutes les trois sur la terrasse, autour du panier à linge qui semble suffisamment grand pour recevoir les jets d'assiettes. Celles-ci sont disposées en pile sur la table du jardin.

— Et maintenant, interroge Charline, j'en prends une et je la lance ?

— Oui, mais suffisamment fort pour qu'elle se casse. Et en même temps, tu dois énoncer quelque chose qui te met en colère.

— Euh… d'accord. Alors, ce qui me met en colère… hum… c'est de rater une ganache montée, dit Charline avant de jeter mollement une assiette dans le bac à linge.

— Rater une ganache montée ?

À côté de moi, Anna réprime un éclat de rire.

— Je suis sûre que tu peux trouver mieux que ça.

— Fais-le, toi, si tu penses que c'est facile.

J'attrape une assiette et m'approche du bac à linge, bien décidée à montrer l'exemple. Mais, une fois en position, rien ne me vient. Je ne sais pas quoi dire.

— Ah, tu vois que ce n'est pas si simple ! Toi non plus tu n'y arrives pas.

— Est-ce que je peux essayer ? nous demande Anna, toujours aussi timidement, comme si nous ne nous connaissions pas.

— Mais oui, bien sûr, je lui réponds en lui tendant l'assiette que je n'ai pas réussi à jeter dans le bac.

Elle ferme les yeux, prend une longue inspiration puis la lance de toutes ses forces dans le bac en criant :

— Je suis en colère contre Valentin ! Il n'avait pas le droit de me quitter ! Il n'avait pas le droit !

L'assiette se brise en mille morceaux. Charline et moi nous regardons. Anna en attrape une autre et enchaîne :

— Je te déteste de m'avoir laissée ! Je te déteste !

Sa rage semble produire un déclic chez Charline, qui, à son tour, saisit une assiette et la lance en hurlant :

— Je suis en colère contre Sandrine qui ose imaginer que je pourrais lui pardonner un jour !

Elle reproduit aussitôt l'expérience.

— Comment as-tu pu coucher avec Josselin alors que tu étais ma meilleure amie ? Comment ?

Puis, tout s'accélère. Charline et Anna brisent chacune à leur tour plusieurs assiettes dans le bac. Le fracas est assourdissant.

— Je t'en veux, Josselin, de m'avoir fait croire que j'étais la femme de ta vie. Pourquoi m'avoir demandée en mariage si tu couchais avec Sandrine ?

— Je maudis le ciel de m'avoir enlevé mon bébé. Vous ne lui avez pas laissé la moindre chance !

— Être quittée pour ma meilleure amie n'était pas assez difficile, peut-être ? Il fallait aussi me faire subir une fausse couche ? Et maintenant une leucémie ? Je n'avais pas le genou suffisamment à terre, c'est ça ? Il vous en fallait plus ? hurle à présent Charline en fracassant une, deux puis trois assiettes.

Sans même m'en rendre compte, j'en jette à mon tour une dans le bac :

— Je suis tellement en colère contre toi, Sabine ! C'est à cause de toi si je ne sais pas être une mère. Tout ça, c'est ta faute. Si tu m'avais donné de l'amour, tout aurait été différent, tout ! crié-je.

Devant moi, le bac à linge sale est rempli de débris de vaisselle. Il ne reste que quelques assiettes intactes sur la table du jardin.

— Comment tu dis que ça s'appelle ce truc, déjà ? me demande Charline, à bout de souffle.

— Thérapie par la casse.

— Jamais je n'aurais pensé que ça ferait autant de bien. Je déteste casser des choses d'habitude. Par contre, c'est épuisant ! J'ai l'impression d'avoir couru un marathon. Enfin… je ne peux qu'imaginer pour le marathon. Je suis déjà en tachycardie après dix minutes de course, alors…, soupire Charline en se laissant tomber sur une chaise.

Anna, quant à elle, a pris place sur l'un des transats, assise en tailleur, le regard tourné vers la mer. Elle s'ouvre aussi vite qu'elle se referme, pensé-je. Comme les fleurs qu'elle aime tant.

Sabine... Je pensais que j'avais tourné la page, que cette partie de ma vie était révolue. Il semble que non. On ne peut pas être en colère contre quelqu'un qui vous indiffère. Pourtant, je lui en veux encore. Je sens à présent toute cette rancœur accumulée au fond de mon estomac, comme un plat trop lourd, trop riche, qu'on peine à digérer. J'aurais tant voulu… qu'elle m'aime.

* * *

Maman,

Rien qu'écrire ce mot est étrange... Alors que c'est l'un des mots les plus naturels qui soit. Souvent le premier que prononcent les enfants. J'ignore si ça a été mon cas. À vrai dire, je ne sais presque rien de cette enfance dont je garde si peu de souvenirs. Il n'y a plus personne pour me raconter...

Je ne sais pas pourquoi je me suis mise à écrire une lettre à Sabine. Charline et Anna sont en train de préparer des pizzas pour ce soir, moi, j'avais envie de lire un peu dans ma chambre. Mais au moment de sortir mon livre de ma valise, j'ai aperçu un bloc-notes sur la commode. Sans me poser de questions, j'ai sorti un stylo de mon sac à main, et j'ai commencé à écrire.

... Je me répétais que cela n'avait pas beaucoup d'importance, que je n'avais pas besoin d'un passé pour construire mon présent et mon avenir. Mais la vérité, c'est qu'on a tous besoin de racines. Et ces racines, je ne les ai pas.

J'ai grandi tant bien que mal, dans cet appartement que tu fuyais à la première occasion, comme si ma présence t'indisposait. Mais je n'ai pas demandé à venir au monde, je ne méritais pas d'en être tenue pour responsable. Oui, pendant des années, j'ai pensé que ce devait être ma faute. Que je ne devais pas être assez bien pour toi. Pourtant, je faisais des efforts pour ne pas te contrarier, pour prendre le moins de place possible. Je me disais que si je me comportais bien, peut-être que tu serais plus gentille, peut-être que tu passerais la soirée avec moi et qu'on jouerait à un jeu de société. Oui, pendant toutes ces années, je n'ai jamais cessé d'espérer qu'un jour peut-être tu commencerais à m'aimer.

J'ai deux filles. Carla, qui a quinze ans, et Zoé, qui en a douze. Elles sont belles, intelligentes, généreuses. Je suis très fière d'elles et je les aime infiniment. Mais elles sont à mille lieues de s'en douter. Pour la bonne et simple raison que je ne le leur dis pas, que je ne le manifeste pas. Tout ça parce que tu ne m'as jamais montré l'exemple...

Je ne me souviens pas que tu m'aies prise ne serait-ce qu'une seule fois dans tes bras. Quand j'avais peur la nuit, après avoir fait un cauchemar, je me contentais de serrer mon ours en peluche très fort.

J'ai grandi sans câlins et je t'en veux tellement ! Oh, pas pour moi, mais pour Carla et Zoé. À cause de toi, elles n'ont pas été élevées par une mère aimante. Je me persuadais que leur montrer de l'affection n'était pas l'essentiel, que ce qui comptait le plus, c'était de les pousser à se surpasser. Heureusement que leur père était là...

Aujourd'hui, je suis loin d'elles. Ça me fait mal d'être une si mauvaise mère alors que je m'étais promis de ne pas devenir comme toi... J'ai levé la main sur Carla et j'ignore si je serai un jour capable de me le pardonner. Elle me déteste sûrement. Comment le lui reprocher ?...

Je ne sais pas pourquoi je t'écris tout ça. Je ne sais même pas où tu habites, ni même si tu vis encore...

Est-ce que tu penses à moi parfois ? Est-ce que tu as des regrets ? Ou continues-tu à dire que tu n'as pas d'enfant ? Oui, je ne dormais pas toujours lorsque tu ramenais des hommes à l'appartement. De quoi avais-tu vraiment honte ? De moi ou de toi ? Je ne le saurai probablement jamais.

En ce qui me concerne, j'aime mes filles, je n'ai aucun doute là-dessus. Et je veux apprendre à le faire correctement. Tu verras, Sabine, je finirai par être une meilleure mère que toi. Je te le jure. Parce qu'elles le méritent. Et moi aussi...

Les larmes me brouillent la vue, si bien que je ne parviens plus à distinguer les lignes du bloc-notes. Je remets le capuchon du stylo et détache la feuille sur laquelle je viens d'écrire. J'ai une furieuse envie d'en faire une boule et de la jeter à la poubelle. C'est d'ailleurs ce que je commence à faire avant de me raviser. Non, pour aller de l'avant, je dois garder en mémoire ces émotions. Alors je défroisse la lettre que je viens de chiffonner et la plie en quatre. Peut-être qu'un jour je la lui enverrai...

31

Anna

Je regarde Charline remuer la sauce tomate dans la casserole avec une cuillère en bois, en prélever une petite quantité et la goûter après avoir soufflé dessus pour ne pas se brûler. Ensuite, elle ajoute du sel, du poivre et quelques feuilles de basilic.

La cuisine, ce n'est pas si différent de l'art floral. Moi aussi je prends du recul : j'observe ma composition avant de rajouter un peu de feuillage ou de repositionner une fleur.

— Où as-tu appris à cuisiner ? je lui demande, rompant le silence qui s'est installé.

Elle sursaute. Comme si elle avait oublié ma présence tellement elle était absorbée par ses préparations.

— J'ai fait une école hôtelière. Mais au fond, j'ai appris en regardant ma mère et mon grand-père. C'est lui le premier cordon-bleu de la famille. Il aimait la faire autant que la faire aimer. Je me souviens que, petite, je devais avoir cinq ans à peine, il me faisait monter sur un tabouret pour que je puisse observer ses gestes. Il me parlait des légumes avec passion, m'expliquant l'importance des saisons. Crois-moi qu'avec lui il n'était pas question de manger une salade de tomates au mois de décembre. Il me montrait comment marier les saveurs, comment relever un plat, une sauce en y ajoutant des herbes ou des aromates. Il aimait particulièrement les baies roses qu'il concassait sur une rondelle de fromage de chèvre déposée sur une tranche de pain de campagne toasté. Quant à ma mère, elle était plutôt pâtissière dans l'âme. Au grand dam de son père qui trouvait cet art culinaire beaucoup trop strict. Il aimait ajouter des ingrédients au gré de ses envies, il adorait l'approximation des dosages… Autant te dire qu'il ratait toutes ses pâtes à choux.

— J'aimerais beaucoup savoir cuisiner comme toi. Moi, je ne sais faire que des pâtes. C'est ce que ma mère préparait, la plupart du temps. J'ai grandi dans une famille nombreuse, on n'avait pas beaucoup d'argent. Mais je m'étais dit que j'essaierais d'apprendre pour Suzanne. Je voulais éviter qu'elle ne connaisse que les petits pots tout prêts.

— Je peux te montrer, si tu veux ? Beaucoup de gens pensent que c'est difficile de faire de bons plats, mais en réalité, il existe des centaines de recettes simples et délicieuses. Mon grand-père citait souvent cette phrase de Pierre Perret : « Pour bien cuisiner, il faut de bons ingrédients, un palais, du cœur et des amis. »

— Tu l'aimais beaucoup, on dirait.

— Oui. C'était l'homme de ma vie. Il est mort l'année dernière. Je l'ai supplié pendant des années de coucher par écrit ses meilleures recettes. Il n'a jamais voulu. « La cuisine, ça ne se fige pas, ma petite

Charline, ça vit, ça évolue. Je ne fais jamais le même bœuf bourguignon, c'est ça qui est magique et qu'il faut préserver. Appuie-toi sur ton instinct, tes envies, ça vaudra tous les livres de recettes du monde ! »

— Je crois que si je m'appuie uniquement sur mon instinct, tout risque d'être carbonisé et immangeable.

Charline rit.

— Oh tu sais, moi aussi j'ai jeté le contenu de plusieurs casseroles après m'être un peu trop laissée aller à la créativité, me dit-elle. C'est comme ça qu'on apprend. Tu es prête pour ta première leçon ? La pâte à pizza. Rien de plus simple et c'est l'idéal en cas de flémingite culinaire aiguë. La pizza, c'est une infinité de possibilités, de la plus classique à la plus élaborée.

Je l'écoute attentivement me présenter les ingrédients, me parler de l'importance de choisir la bonne farine, puis je la regarde mélanger la préparation dans un saladier avant de commencer à pétrir la pâte. Ses gestes sont réguliers et précis. Petit à petit, une boule homogène se forme.

— Les puristes te diront de ne jamais mettre d'huile d'olive dans une pâte à pizza, et ils auront raison. Mais j'ai appris à ne pas suivre leurs conseils, m'indique-t-elle en ajoutant deux cuillères à soupe du liquide ambré. Tu vas voir, ça apporte du croquant et de la coloration.

Alors qu'elle pousse le saladier vers moi pour m'inviter à malaxer la pâte à mon tour, nous sommes interrompues par les jappements d'Hippo, qui surgit de la terrasse et se précipite ventre à terre entre les jambes de sa maîtresse. Il couine et tremble comme une feuille.

— J'en connais un qui vient de croiser un chat ! lance Charline.

— Un chat ?

— Oui, Hippo a une peur bleue des chats. Je sais, ce n'est pas très courant pour un chien. Présente-lui un énorme molosse, il remuera la queue, mais amène-lui un chaton et il détalera comme un lapin.

Elle s'essuie les mains sur un torchon et s'écarte du plan de travail, Hippo toujours collé à elle.

— C'est qu'il serait capable de me faire tomber ! Bouge de là, mon chien, que j'aille voir le spécimen sanguinaire qui t'a fichu la frousse.

Je suis Charline sur la terrasse. Hippo est à plat ventre derrière nous et observe la scène à bonne distance. Nous nous taisons quelques instants, mais n'entendons rien de particulier.

— Ne me dis pas que tu as eu peur de ton ombre, cette fois-ci ? lance Charline, amusée, à un Hippo qui n'en mène toujours pas large.

Soudain, je l'entends. Un miaulement. Assez faible.

— Je crois que ça vient de là, dis-je en me dirigeant vers les transats.

J'avance en silence de quelques pas, puis m'arrête. Un autre miaulement. Cette fois-ci plus net. Je me baisse, mais ne vois rien. Je tends l'oreille. Un nouveau miaulement. Il semble provenir d'au-dessus de ma tête. Je m'approche du parasol fermé pour en soulever un pan de tissu. Coincé entre les baleines, un minuscule chaton tente tant bien que mal de garder l'équilibre pour ne pas tomber.

— C'est un chaton, dis-je à Charline. Et je ne sais pas qui de lui ou d'Hippo a eu le plus peur, mais je parierais bien sur une égalité.

J'allonge le bras, le plus lentement possible, pour ne pas effrayer le petit animal.

— N'aie pas peur, je ne vais pas te faire de mal. Là, tout doux.

Puis je me mets à fredonner. Comme je le faisais avec Suzanne pour la calmer. J'attrape la petite boule de poils qui va aussitôt se réfugier dans mon cou, plantant ses griffes dans mon bras au passage.

Derrière moi, j'entends Hippo couiner et je devine qu'il est reparti se réfugier quelque part, dans un endroit plus sûr. Aidée par Charline, je décroche le chaton de mon cou. Vu sa taille, il ne doit pas avoir plus de quelques semaines. Il est tout gris avec de grands yeux bleus.

— Tu crois qu'il est perdu ? je demande à Charline.

— Je ne sais pas. Mais il ne semble pas très bien nourri. Ça m'étonnerait que sa mère soit dans les parages.

Je le caresse et il arrête tout de suite de miauler pour ronronner bruyamment.

— On peut peut-être lui donner un peu de lait ?

— Non, sur sauveunchaton.com, ils disent que le lait de vache peut le rendre malade, me répond Charline, les yeux rivés sur l'écran de son téléphone. Il faudrait du lait maternisé pour chaton. Il y a un vétérinaire pas très loin d'ici. On y va ? propose-t-elle. De toute façon, il faut attendre que la pâte à pizza lève.

32

Charline

J'observe Anna du coin de l'œil dans la boutique pour animaux que nous a conseillée le vétérinaire. Son visage habituellement fermé est éclairé d'un sourire. Elle tient dans ses bras le chaton, qui s'est avéré être une femelle, pendant qu'elle cherche du regard les boîtes de lait maternisé adapté à son âge. Elle a posé beaucoup de questions quand nous étions au cabinet tout à l'heure, je crois que je ne l'avais jamais autant entendue parler.

— Ah voilà, j'ai trouvé ! dit-elle en attrapant une boîte. On devrait peut-être lui prendre un petit collier aussi ? Comme ça, on pourrait inscrire un numéro de téléphone au cas où… elle se perdrait.

— Oui, c'est une bonne idée.

— Regarde, celui-là a un médaillon qu'on peut faire graver à son nom.

— Son nom ?

— Oui…, répond-elle d'une voix hésitante, il lui faut bien un nom. On ne va pas l'appeler « le petit chat » éternellement. Qu'est-ce que tu penses de… Taxi ?

— Taxi ?

— Il y avait une fille qui s'appelait comme ça dans un des vieux films que j'ai regardés avec Valentin. J'avais trouvé que c'était original et joli.

— Pour être original, ça l'est. Taxi, ça lui va bien, je trouve. Ça veut dire que tu veux la garder ?

— Je crois que oui. Il va bien falloir que je rentre chez moi un jour ou l'autre et, je ne sais pas, je me dis que ce sera peut-être moins dur si je ne suis pas toute seule.

— Alors bienvenue à Taxi parmi nous ! m'exclamé-je. Est-ce que tu crois qu'on peut trouver des anxiolytiques dans ce magasin ?

— Des anxiolytiques ? Mais pour qui ?

— Pour Hippo ! Il ne va plus oser sortir de sous mon lit avec Taxi dans les parages, dis-je en riant.

33

Valérie

Je suis tirée du sommeil par une alléchante odeur de pizza. Je me redresse brusquement, je ne me suis même pas aperçue que je m'étais endormie. À croire que l'écriture de cette lettre m'a épuisée.

— Tu t'es bien reposée ? me demande Charline lorsque je rejoins les filles dans le salon. Tu arrives pile à l'heure pour la dégustation, les pizzas sont toutes chaudes.

— Je ne fais jamais de sieste d'habitude.

— C'est justement à ça que servent les vacances, à se détendre, me dit Charline.

J'attrape les assiettes dans le placard et la suis sur la terrasse. Pendant que je dresse la table, elle découpe les pizzas.

— Où est Anna ? je demande, n'apercevant pas la jeune fille.

— Oh, elle doit sûrement jouer avec Taxi.

— Elle joue avec Taxi ? Aurais-je dormi si longtemps qu'Anna a eu le temps d'avoir un nouvel enfant qu'elle a prénommé Taxi ?

Charline éclate de rire.

— Non, Taxi est un petit chaton que nous avons trouvé sur la terrasse. Enfin, c'est Hippo qui l'a découvert pour être tout à fait exacte. Le pauvre a failli en faire une crise cardiaque, il a une peur bleue des chats. On est allées chez un vétérinaire tout à l'heure, j'ai voulu te prévenir, mais tu dormais si profondément que je n'ai pas eu le cœur de te réveiller. C'est fou, le pouvoir que peuvent avoir les animaux. Tu verrais Anna, elle n'a pas cessé de sourire depuis qu'elle l'a recueilli.

— Des nouvelles de…

— Pas à ma connaissance, non. Tu crois que notre coup de fil n'a servi à rien ?

— Je ne sais pas. Mais je refuse de penser que…

— Ça sent la pizza jusque dans ma chambre, nous interrompt Anna. J'ai une faim de loup !

Je ris à mon tour.

— J'ai dit quelque chose de drôle ? demande Anna.

— Non, rien. Absolument rien. Si tu veux tout savoir, moi aussi je meurs de faim. Charline, je crois que nous allons faire honneur à tes pizzas.

— Ah, mais il n'était pas question qu'il en aille autrement, réplique-t-elle.

Je goûte un morceau de pâte parfumée et croustillante et soupire d'aise. Je ne sais pas si c'est l'air de la mer, ou la présence des filles, mais je ne me suis pas sentie aussi bien depuis des mois. Comme si mon stock de cuillères venait tout à coup d'être réapprovisionné.

34

Anna

Je me demande quelle heure il peut bien être. Allongée dans mon lit je n'ose pas bouger. Taxi est blottie dans mon cou et dort à poings fermés. La chaleur de son petit corps irradie dans tout le haut du mien. Les souvenirs que déclenche cette sensation me donnent envie de pleurer. Il n'y a pas une grande différence entre la capacité d'abandon d'un nouveau-né et celle d'un animal. Cette confiance absolue en l'autre… Mais cela finit par disparaître, le jour où naît cette petite part de réserve, de méfiance, de peur aussi, qui fait que l'on ne se laisse plus complètement aller dans les bras de quelqu'un.

Je sèche mes larmes d'un revers de main et me décide à me lever. Comme toujours, c'est Charline, la responsable. Les effluves en provenance de la cuisine font gargouiller mon estomac. Avec toute la délicatesse possible, j'attrape Taxi et la dépose sur mon oreiller. Elle ouvre les yeux quelques secondes, bâille à s'en décrocher la mâchoire avant de se rouler de nouveau en une minuscule boule grise et duveteuse.

— Déjà en pleine préparation ? dis-je à Charline qui s'affaire derrière les fourneaux.

— Oui, je suis debout depuis 5 heures du matin. J'en avais assez de me retourner dans mon lit, alors j'ai fini par renoncer. C'est fou, j'ai beau être épuisée quand je me couche, impossible de trouver le sommeil. Est-ce que tu veux des gaufres ? J'en ai préparé pour le petit déjeuner.

C'est donc ça qui sent si bon. Charline a les yeux cernés et mauvaise mine. Est-ce sa maladie qui s'aggrave ?

— J'en veux bien une, oui. Et Valérie, elle dort encore ?

— Non, elle est partie promener Hippo. Je n'en avais pas la force ce matin.

Elle dépose une assiette devant moi contenant une belle gaufre légèrement caramélisée sur laquelle fond un morceau de beurre.

— Et toi, tu ne manges pas ?

— Je n'ai pas très faim. Je suis un peu barbouillée.

— Tu devrais peut-être…

— Comment va Taxi ? m'interrompt-elle comme si elle savait ce que je m'apprêtais à lui dire.

— Elle a ronronné près de mon oreille toute la nuit. C'était… réconfortant.

— Je suis contente pour toi. Je pense que ce petit chaton ne pourrait espérer meilleure maîtresse que toi pour prendre soin de lui.

— C'est gentil.

Charline remplit mon verre de jus d'orange, puis s'assoit face à moi avant d'ouvrir l'un des magazines qu'elle a emportés avec elle. Je coupe un morceau de gaufre et commence à l'entamer lorsque retentit la sonnette de l'entrée.

— Valérie ? Tu as oublié les clés ? crie Charline. Bizarre, la baie vitrée est ouverte, pourtant. Ça t'ennuie d'aller voir ? me demande-t-elle.

De la transpiration perle sur ses tempes, elle ne semble pas au mieux de sa forme.

— Bien sûr.

Je repose ma fourchette et me lève pour aller ouvrir la porte.

— Bonjour, Anna.

Je fais quelques pas en arrière, totalement déstabilisée. Que fait-il là ? Comment a-t-il… ? Il me regarde et c'est comme si je le voyais pour la première fois. Ses cheveux ont légèrement poussé. Il m'adresse un sourire qui fait naître une fossette sur sa joue gauche. Je le taquinais souvent à ce propos. Je sens l'odeur de son parfum, celui que je lui ai offert pour notre anniversaire. Et sans crier gare, je le revois dans notre appartement, berçant Suzanne les nuits où elle pleurait sans cesse, pour que je puisse dormir quelques heures et récupérer un peu. Je l'entends rire avec elle lorsqu'il l'embrassait bruyamment sur le ventre…

Puis je pense aux quelques jours qui ont suivi la mort de notre fille. À son silence. Et à ce mot qu'il a laissé quand il est parti. Je l'aime autant que je lui en veux. J'ai envie de lui hurler de s'en aller autant que de me blottir dans ses bras…

— Je suis tellement désolé, Anna, je te demande pardon. Je n'aurais pas dû partir, mais c'était au-dessus de mes forces de te voir dans cet état… De te sentir t'éloigner de moi un peu plus chaque jour. Et Suzanne…

Tu lui ressembles tellement… Je suis désolé, j'ai été lâche et con. La vérité, c'est que sans toi, c'était encore plus difficile. Alors, je suis rentré chez nous, mais tu n'étais plus là. J'ai essayé de t'appeler des centaines de fois, je t'ai laissé des messages. J'ai supplié tes parents de me dire où tu te trouvais, ils n'ont rien voulu savoir. En même temps je les comprends. À leur place je crois que je me serais cassé la gueule. Est-ce que tu réussiras à me pardonner ? Je t'aime, je te jure que je t'aime comme un fou. À partir de maintenant, je serai là pour te prendre dans mes bras la nuit, pour te consoler si jamais tu pleures… Je sais que je t'avais déjà fait cette promesse et que je n'ai pas été à la hauteur, mais…

D'habitude aussi peu bavard que moi, Valentin a fait ce long discours d'une traite. Je le regarde et, au fond de ses yeux, je lis toute sa douleur. La même que la mienne.

C'est comme une digue qui cède.

— Valentin ! m'écrié-je avant de combler l'espace qui nous sépare et de me jeter dans ses bras.

Je pleure en m'accrochant à son tee-shirt. Je pleure à en perdre le souffle.

— Suzanne… Notre fille… C'est si… dur.

Il me serre contre lui. Fort. Très fort. Comme s'il craignait que mes jambes me lâchent et que je m'écroule au sol. Nous n'avions encore jamais parlé de sa mort. J'étais… j'étais renfermée sur moi-même, incapable d'exprimer la moindre émotion.

Valentin enfouit sa tête dans mon cou et je sens son corps se tendre. Il pleure, lui aussi.

— Je t'aime, Anna, me murmure-t-il dans un souffle.

— Je t'aime aussi, Valentin.

— Notre petite fille me manque tellement, sanglote-t-il après quelques instants. Si seulement la vie n'avait pas décidé de nous l'enlever.

Oui, si seulement…

On reste ainsi plusieurs minutes. Cela faisait si longtemps que je n'avais pas senti son corps contre le mien. Quand je m'écarte enfin de lui, j'aperçois Valérie – que je n'ai pas entendue rentrer de sa balade avec Hippo –, dans la cuisine avec Charline. Toutes deux se dépêchent de détourner le regard et de se plonger dans la lecture du magazine ouvert par Charline tout à l'heure.

— L'une de vous deux est Valérie, j'imagine ? demande Valentin.

Surprise, je lève les yeux vers lui. Comment peut-il savoir… ?

— Oui, c'est moi, répond Valérie. Anna, tu vas sans doute m'en vouloir… Je sais que ma fille m'aurait tuée si j'avais fouillé dans son téléphone. Mais, quand tu nous as dit que tu avais mis ton portable en mode avion, on a aussitôt pensé que Valentin avait peut-être cherché à te joindre et que… Enfin bref, il fallait qu'on regarde. Alors, oui, on a fouillé – tu avais fait ton code plusieurs fois devant moi. Quand on a déverrouillé ton portable, on a vu tous les appels en absence, tous les messages… et on a appelé Valentin pour lui indiquer où tu te trouvais, au cas où il voudrait venir te parler… Tu nous détestes ? s'inquiète-t-elle. Je te jure que nos intentions n'étaient pas mauvaises…

— On a fait ça uniquement pour ton bien, on te le jure. Foi d'Harry Potter, ajoute Charline.

Je les regarde toutes les deux, puis sans dire un mot, je m'avance vers elles pour les prendre dans mes bras.

— Merci. Vous êtes les meilleures choses qui me soient arrivées depuis Suzanne.

35

Valérie

— Avoue que tu as failli pleurer quand tu les as vus s'enlacer ? me demande Charline.

Nous sommes seules sur la terrasse, Anna et Valentin sont partis se promener sur la plage, main dans la main.

— Je ne vois pas du tout de quoi tu parles. Je souffre d'allergies depuis que je suis toute petite. C'est sans doute à cause de Taxi.

Charline rit. Je ne lui trouve pas très bonne mine ce matin. Elle a le teint cireux et les traits tirés. Il faudrait sans doute qu'elle voie un médecin.

— Tu crois que ça va aller pour eux ? m'interroge-t-elle.

— Vu les étoiles qu'Anna avait dans les yeux, je pense que oui.

— Je suis soulagée qu'elle ne nous en veuille pas d'avoir fouillé dans son portable. Ma mère a lu mon journal intime une fois. J'étais furieuse contre elle. Elle croyait que j'étais victime de harcèlement et que je n'osais rien lui dire. En fait, j'étais juste un peu mal dans ma peau, comme beaucoup d'adolescentes. J'avais plus de poitrine que mes copines et je n'assumais pas ce corps qui faisait beaucoup trop femme à mon goût. J'avais beau savoir que ma mère s'inquiétait pour moi, après ça, je ne lui ai pas adressé la parole pendant des jours et des jours.

— Moi, je crois que j'aurais pu laisser traîner mon journal intime ouvert sur la table du salon que ça n'aurait rien changé. Sabine n'y aurait sans doute même pas jeté un œil.

— Sabine, c'est elle dont tu parlais quand on cassait les assiettes ?

— Oui, c'est ma mère. Je devais avoir sept ou huit ans quand elle m'a demandé de l'appeler par son prénom. Elle trouvait que « Maman », ça la vieillissait trop.

— Tu ne parles pas souvent d'elle.

— C'est parce qu'il n'y a pas grand-chose à dire. Elle m'a eue très jeune. Au début, avec mon père, on a vécu chez mes grands-parents. Je crois qu'on y était heureux, enfin moi, je l'étais. Mais ma mère voulait vivre en ville ; les champs, la nature, le bon air, ce n'était pas son truc. Alors, après le décès de ma grand-mère, elle a convaincu mon père de déménager et de prendre un appartement en centre-ville. Il est parti quelques mois après. Si Sabine n'était pas faite pour la vie à la campagne, lui n'était pas fait pour être père. Ça l'a anéantie. Elle était folle amoureuse de lui. Elle m'en a toujours tenue pour responsable.

— Tu te fais peut-être des idées…

— Non, elle me l'a dit elle-même des années plus tard, un soir où elle était rentrée saoule après une énième déception amoureuse. Elle m'a lancé que j'avais gâché sa vie. Que si je n'étais pas venue au monde, mon père serait encore là. J'ai essayé de mettre ça sur le compte de l'alcool, me persuadant qu'elle ne pensait pas ce qu'elle disait. Mais elle ne s'est jamais excusée pour ses propos. Pire, elle a paru soulagée, comme si m'avoir dit la vérité l'avait libérée d'un poids. Par la suite, je ne l'ai plus vue beaucoup. Elle sortait tout le temps, sans me dire si elle allait rentrer ou non. À sa décharge, le frigo et les placards étaient toujours pleins. J'étais seule, je ne recevais aucune affection, mais je ne risquais pas de mourir de faim. J'ai dû apprendre très tôt à me débrouiller toute seule.

— Oh, Valérie…

— Je lui ai écrit, tu sais. À ma mère, je lui ai écrit hier. J'ignore ce qui m'a pris. Le bloc-notes était là… C'est à cause de cette thérapie par la casse. Je pensais que j'avais tourné la page, que Sabine m'était indifférente, mais force est de constater que ce n'est pas le cas. Je ressens de la colère, beaucoup de colère contre elle. Elle m'a fait payer le prix fort pour quelque chose dont je n'étais pas responsable.

— Tu es toujours en contact avec elle ?

— Non. Plus depuis des années. Quand j'ai eu dix-huit ans et que j'ai commencé à travailler, je suis partie. J'ai loué un petit studio, les fins de mois étaient difficiles, mais c'était toujours mieux que de rester chez elle. Ce qui est drôle quand on y pense, c'est qu'elle m'avait rabâché toute mon enfance que je n'arriverais à rien et que je finirais caissière. Et c'est vrai, j'ai commencé derrière une caisse, pour aujourd'hui diriger un supermarché. Enfin… si je suis capable de retravailler un jour.

— Peut-être qu'elle a cherché à te joindre, comme Valentin avec Anna.

— Je ne crois pas. Quand Carla est née, je lui ai envoyé un faire-part. Je ne sais pas trop pourquoi. Devenir mère m'avait remuée… Ne pas avoir la mienne à mes côtés m'était soudain plus difficile à accepter. Elle ne m'a jamais répondu.

— Je suis désolée pour toi. Moi qui ai toujours été proche de la mienne, j'imagine combien ça a dû être dur. Est-ce que tu voudras encore un peu de thé glacé ? Je vais aller en refaire, déclare-t-elle en se levant.

Alors qu'elle attrape la carafe et commence à se diriger vers la maison, je la vois tanguer, puis perdre l'équilibre. J'ai à peine le temps de bondir de ma chaise pour l'empêcher de s'écrouler.

— Ouh là, j'ai dû me lever trop vite, tente-t-elle de se justifier alors que je l'aide à se rasseoir.

— Charline… Il faut que tu ailles voir un médecin. Je n'aurais pas dû te proposer ce séjour, c'était irresponsable de ma part. Je ne supporterai pas que ton état s'aggrave à cause de moi. On fait nos valises et je vous ramène.

— Non ! s'écrie Charline. Je ne veux pas rentrer. Pas pour l'instant. Et puis, on ne peut pas faire ça à Anna, ça lui gâcherait ses retrouvailles avec Valentin. Je vais aller m'allonger et essayer de dormir un peu, la nuit a sans doute été trop courte, ça ira mieux ensuite, tu verras.

— Que t'ont dit les médecins par rapport à la greffe ? Ils sont en train de chercher un donneur ? Sauf si tu t'es décidée à prévenir tes parents ?

— Il n'en est pas question, réplique-t-elle d'un ton sec. Hier, j'ai reçu un mail m'annonçant qu'ils viennent d'arriver à Cuba. Ma mère a toujours rêvé de visiter ce pays. Non, je ne leur dirai rien. Quant à la greffe… techniquement, comme je n'ai pas encore pris rendez-vous pour discuter du sujet, ils ne cherchent rien du tout…

— Tu n'as pas pris rendez-vous ? Mais, le plus vite ils commenceront à chercher un donneur, le mieux…

— Je crève de trouille ! Voilà, tu es contente ? C'est dit. Je crève de trouille. Le traitement, la greffe, l'hospitalisation, tout ça m'angoisse énormément. Je ne suis pas prête à affronter cette nouvelle épreuve. Moi, j'ai juste envie de retourner en cuisine et de préparer des pâtisseries pour mes clients. Tu imagines si je suis obligée d'arrêter de travailler pendant des semaines, voire des mois ?

— Ce qui est sûr, c'est que si tu ne fais rien, la pâtisserie ne fermera pas seulement pour quelques semaines, mais définitivement. Je comprends que tu aies la trouille. Quand j'ai pris ma voiture pour venir au Jardin des Cybèles, j'étais morte de peur, moi aussi. Tout abandonner sans prévenir personne a été la chose la plus difficile qu'il m'ait été donné de faire. Je n'ai peut-être pas un cancer, mais crois-moi, je sais ce que c'est d'avoir la trouille. Et si j'ai réussi à me surpasser, toi aussi, tu le peux. Je ne connais personne qui mérite de s'en sortir plus que toi, alors promets-moi que tu vas prendre rendez-vous avec le médecin ?

Je la vois hésiter. Je m'apprête à dégainer les menaces lorsqu'elle me déclare soudain :

— D'accord, je vais prendre rendez-vous, mais à condition que tu fasses quelque chose pour moi en échange.

— Quoi ?

— Passer un coup de fil chez toi. Parler à tes filles.

36

Anna

Valentin serre fort mes doigts entre les siens. Il ne m'a pas lâchée depuis que nous avons quitté la maison pour aller marcher sur la plage. C'est comme si je redécouvrais cette sensation, alors que je ne compte plus les fois où nous nous sommes baladés ainsi, main dans la main.

Mon cœur bat plus vite depuis qu'il est arrivé. En fait, tout me paraît plus intense en sa présence. Le soleil brille plus fort, la mer est plus bleue, le sable sous nos pieds, un peu plus chaud.

Au bord de l'eau, des enfants jouent à se faire surprendre par les vagues. Leurs rires accompagnent nos pas.

Valentin est là.

— Pourquoi est-ce que tu avais éteint ton portable ? me demande-t-il soudain.

— Parce que tu n'appelais pas. C'était trop dur de voir que mon téléphone ne sonnait pas. En mettant le mode avion, j'avais l'impression de moins ressentir ton silence. Et je pouvais continuer à regarder les photos de Suzanne…

Ma voix se brise.

— Notre fille, elle était si belle.

Il resserre l'étreinte de sa main sur la mienne.

— Moi, je n'arrive pas à regarder des photos. Parce que ça va me donner envie de la prendre dans mes bras ou de l'entendre rire, et je sais que c'est impossible. J'aurais tellement voulu la sauver, si tu savais. Je m'en suis voulu à mort pendant des semaines de ne pas m'être réveillé, de ne pas être allé vérifier que tout allait bien. Qui sait, peut-être que j'aurais pu faire quelque chose.

— Donc tu… tu ne considères pas que tout est ma faute ?

— Quoi ? Pourquoi est-ce que je penserais ça ?

— C'est ce que tu insinuais dans le mot que tu m'as laissé.

— Mais pas du tout ! Quand j'ai écrit que c'était trop dur, je parlais de la mort de Suzanne et du fait de te voir souffrir sans rien pouvoir faire. Jamais je n'ai pensé que tu y étais pour quelque chose. Tu as cru que je t'en voulais ? Quel con !

— Moi aussi, je me suis demandé des centaines de fois pourquoi je ne m'étais pas réveillée, pourquoi est-ce que je n'étais pas allée la voir. Je me sentais responsable, alors je trouvais ça logique que tu m'en veuilles. La vérité, c'est que ni toi ni moi ne pouvions empêcher quoi que ce soit. Je le sais maintenant.

— La vie est vraiment une pourriture.

Il s'arrête pour me prendre dans ses bras.

— Est-ce que tu réussiras un jour à me pardonner de ne pas avoir été à la hauteur, Anna ?

— Je t'en ai beaucoup voulu, c'est vrai. J'étais en colère contre toi, contre moi-même, contre la terre entière. Mais j'étais surtout très malheureuse, parce que je croyais que tu me détestais pour ce qui est arrivé à notre fille. Maintenant, je sais que ce n'était pas le cas. Et tu es là, à présent. C'est tout ce qui compte.

Nous nous asseyons à même le sable, il pose son bras sur mes épaules et j'incline ma tête contre la sienne. Je regarde trois enfants qui jouent devant nous à en ensevelir un quatrième à l'aide de petites pelles rouges en plastique. « Il faut plus de sable ! Plus de sable ! leur crie celui qui est censé jouer la momie. Je peux encore bouger tous mes orteils. »

— Si je te dis quelque chose, est-ce que tu me promets de ne pas me prendre pour un monstre ?

— Un monstre, toi ? Jamais je…

— Valentin, s'il te plaît, je l'interromps, promets-moi.

Il me fixe et son sourcil droit se plisse, comme chaque fois qu'il cherche à comprendre quelque chose.

— Je te le promets.

— Je… J'ai envie d'avoir un autre enfant. Pas dans quelques années, ni quelques mois. Non, maintenant. J'y pense tout le temps, j'en rêve la nuit. Je me sens coupable vis-à-vis de Suzanne, mais c'est plus fort que moi.

Je n'ose pas me tourner vers Valentin, de peur de lire du dégoût dans son regard. Alors je continue à regarder droit devant moi. À présent, seule la tête de l'enfant enseveli dépasse du sable, et les autres entament une sorte de danse autour de lui, brandissant leur pelle en signe de victoire.

— Un autre enfant ? À ton service ! me crie Valentin avant de m'allonger sur le sable. Tout de suite, si tu veux.

Valentin m'embrasse dans le cou et j'éclate de rire.

— Mais non, pas ici, voyons. Il y a des enfants qui nous observent.

En effet, tous trois ont arrêté de danser et nous dévisagent d'un air perplexe. Valentin se redresse.

— Dommage, il paraît que c'est sympa de faire ça sur une plage, plaisante-t-il.

Les enfants reprennent leur jeu.

— Alors, tu ne penses pas que je suis une personne horrible ?

— Mais non, pas du tout. Tu étais une mère extraordinaire pour Suzanne, ça me semble logique que tu aies envie d'un autre enfant. Tu m'as toujours dit que tu en voulais au moins quatre.

— Oui, mais, c'est comme si… On pourrait penser que je cherche à remplacer Suzanne.

— C'est le cas ?

— Non !

— Alors, affaire réglée ! lance-t-il avec un sourire. Bon, quand est-ce qu'on essaie de le faire, ce bébé ? Parce qu'il est presque midi, et il se trouve que j'ai un petit créneau de libre avant de t'inviter au restaurant.

— Mais… Charline et Valérie, je ne peux pas… Qu'est-ce qu'elles vont dire ?

— Elles comprendront, je crois.

Sans me laisser le temps de protester, Valentin me soulève du sol en plaçant un bras sous mes jambes et l'autre sous mes bras. Je pousse un cri avant de m'accrocher à son cou.

— Tu m'as manqué, Anna. Accorde-moi quelques heures pour te montrer à quel point.

37

Charline

Une truffe humide suivie d'un museau poilu se glisse sous ma main. Pas moyen de se reposer cinq minutes sans être embêtée par un chien pot de colle.

— Hippo, laisse-moi tranquille, je maugrée en ouvrant les yeux malgré tout.

J'attrape mon téléphone, il est 12 h 30. Cela fait plus d'une heure que je suis allongée. J'ai dû m'assoupir sans m'en rendre compte. Encore deux appels en absence de Béatrice, assortis d'un message que je ne prends même pas la peine d'écouter. De toute façon, je sais ce qu'elle veut me dire. Que je dois prendre rendez-vous le plus vite possible avec l'hématologue qu'elle m'a recommandé, qu'il est important de ne pas laisser mon état se dégrader, que les chances de guérison sont bonnes si l'on prend les choses en main à temps… Je me demande si elle agit ainsi avec toutes les personnes à qui elle diagnostique une leucémie, ou si j'ai droit à un traitement de faveur.

Je me sens tout aussi fatiguée qu'avant ma sieste, mais je me force quand même à me lever pour aller préparer le repas.

— J'espère que tu n'as pas trop faim, me dit Valérie lorsqu'elle m'aperçoit. J'ai voulu cuisiner, mais pour une raison qui m'échappe, mon cake est sorti du four cramé sur le dessus, mais cru à l'intérieur… Du coup, je te propose une salade de tomates à la tomate, du bon pain qui, rassure-toi, vient de la boulangerie, et un gros morceau de beaufort qui m'a fait de l'œil chez le fromager.

— J'adore la salade de tomates à la tomate, c'est ma préférée. Merci de t'être occupée du repas, dis-je tout en me baissant pour caresser Taxi qui se frotte contre mes jambes, je ne pensais pas que j'allais m'endormir comme ça. Où est Anna ?

— Elle n'est pas encore rentrée, me répond Valérie en mettant la table sur la terrasse. Je pense qu'il est inutile de l'attendre.

— Ah, le sexe me manque, soupiré-je en me laissant tomber sur une chaise. Bah quoi ? je poursuis devant l'expression choquée de Valérie. Une partie de jambes en l'air endiablée, ça fait toujours du bien. Et à l'heure qu'il est, Anna ne doit pas être loin du septième ciel. Si ça se trouve, c'est même son deuxième aller-retour.

— Encore une chose qui me fait culpabiliser…, lance Valérie d'une voix un peu gênée. Comme je te l'ai dit, ces derniers temps, ma libido n'est pas vraiment au beau fixe.

— Et pourquoi tu devrais t'en vouloir ?

— Parce que je suis mariée et qu'on est donc deux à subir ça. Je ne compte plus le nombre de fois où j'ai repoussé Arnaud parce que j'étais trop fatiguée ou trop stressée. Si encore j'étais célibataire, mon absence de libido ne dérangerait que moi. Mais là, ça rejaillit aussi sur lui. Il ne m'a jamais fait aucune réflexion, mais j'ai bien vu que cela commençait à lui peser. J'ai même hésité à me forcer quelques fois, c'est dire. Tout ça parce que j'ai entendu Sabine dire à maintes reprises à ses copines au téléphone qu'il n'y a qu'une seule chose qui retient les hommes.

— C'est des conneries ! je rétorque aussitôt. Sans vouloir manquer de respect à ta mère, bien sûr. Il y a la nourriture aussi. Et malgré ça, mon ex-futur mari va épouser mon ex-meilleure amie. J'en déduis donc qu'en plus d'être nulle au lit, je dois être une bien piètre cuisinière.

— Pour le lit, je ne peux pas me prononcer, mais pour la cuisine je m'inscris en faux, rétorque Valérie en riant.

Je mords dans un morceau de beaufort, affiné juste comme il faut, et bois une gorgée de vin avant de lever mon verre.

— À la libido !

38

Valérie

Allongée sur un transat, je somnole à moitié en lisant un livre. La chaleur et surtout le vin que nous avons bu ce midi n'aident pas à me tenir éveillée. Charline est vraiment une femme incroyable. Elle parvient à garder le sens de l'humour malgré toutes les épreuves qu'elle traverse depuis quelques mois. La vie est vraiment moche parfois. Pourquoi s'acharne-t-elle sur une personne aussi adorable alors qu'elle laisse tranquilles plusieurs de mes collègues, qui, eux, mériteraient amplement de subir un petit coup du sort ? C'est étrange de se sentir aussi à l'aise avec quelqu'un que l'on ne connaît pas tant que ça. Mais, avec Charline, tout semble simple, sa bonne humeur et sa gentillesse sont comme des appels à la confidence.

Avant ce séjour, je n'avais parlé à personne de la disparition de ma libido. Encore une autre injustice : déjà qu'on n'a pas le moral, on ne peut même plus compter sur le sexe pour se faire un peu de bien.

À côté de moi, Charline ronflote, un bras sur le ventre, l'autre pendant mollement dans le vide. Alors que j'essaie une nouvelle fois de me remettre dans ma lecture, j'aperçois Anna et Valentin, main dans la main, se diriger vers la maison. De ce que je peux en voir, Anna a les joues rosies et les cheveux en bataille d'une jeune fille comblée.

— Charline… Anna est de retour.

Je n'ai pourtant pas parlé fort, mais Charline se réveille en sursaut.

— Hein ? Quoi ?

— C'est Anna, regarde, elle rentre.

Nous fixons toutes les deux les amoureux en train de monter les quelques marches qui mènent à la terrasse.

— On commençait à s'inquiéter ! lance Charline à Anna qui semble gênée.

— Mais non, Charline te fait marcher. C'est à cause de tout le vin qu'elle a bu ce midi.

— Parle pour toi ! réplique-t-elle. Vous avez passé du bon temps ? Enfin, je veux dire, c'était bien ? Non, je ne veux pas savoir si c'était bien, juste si vous en avez bien profité.

Elle éclate de rire.

— C'est foutu, je ne m'en sortirai pas, poursuit-elle. Bref, vous m'avez comprise.

Anna s'assoit.

— Est-ce que ça vous ennuie si Valentin et moi on vous laisse seules ? Il a proposé de louer une chambre dans un hôtel pas très loin d'ici…

— Moi aussi, je veux des parties de sexe endiablées ! s'écrie Charline tout en levant les bras au ciel.

Anna rougit jusqu'à la racine de ses cheveux. Même Valentin semble ne plus savoir où se mettre.

— Et après ça, tu vas encore nous faire croire que tu n'as pas l'esprit mal placé ! Bien sûr que ça ne nous ennuie pas, je réponds à Anna. C'est normal que tu aies envie de profiter de Valentin. Vous avez du temps à rattraper.

— Est-ce que vous accepteriez de vous occuper de Taxi ? Ce serait compliqué de l'emmener là-bas… mais je la récupérerai demain soir, promis.

— Mais oui, ne t'en fais pas, on va prendre soin de ton petit minou, je la rassure.

— Et c'est moi qu'on traite d'obsédée ! s'esclaffe Charline. Vous feriez mieux de vous enfuir vite, ça va mal finir, cette histoire. Deux personnes ici présentes sont bien trop en manque.

* * *

— Tu crois qu'Anna nous a vraiment pardonné pour le téléphone ? me demande Charline.

À peine a-t-elle pris le temps de rassembler quelques affaires et de faire une caresse à Taxi qu'elle est repartie avec Valentin. L'amour que l'on devine entre eux fait chaud au cœur.

— À moi, oui… Mais, en ce qui te concerne… rien n'est moins sûr, la taquiné-je. Ils étaient mignons, tous les deux, non ?

— Beaucoup trop.

— Je suis vraiment heureuse pour elle. C'est fou comme je me suis attachée à cette gamine.

— Et c'est grâce à toi qu'elle a retrouvé le sourire. Comme quoi, tu sais y faire, me lance Charline avec un clin d'œil.

— Ce n'est pas pareil. Avec Anna, c'est… presque naturel.

— Rien n'empêche que ça le devienne avec tes filles. Tu te mets trop la pression avec elles, Valérie. Ouvre-leur juste ton cœur, sois toi-même et arrête de te poser autant de questions. Au fond, les enfants n'attendent pas que leurs parents soient parfaits, ça leur filerait des complexes. Non, ils ont simplement besoin qu'on soit sincères avec eux. Comme tu l'es avec Anna. Et puisqu'on en parle…

— Je n'ai pas oublié ma promesse. Je vais les appeler. Laisse-moi encore un peu de temps, pour préparer ce que je vais leur dire.

— Mouais… À part ça, il va falloir trouver de quoi nous occuper maintenant qu'Anna n'est plus là. Oh, je sais ! s'écrie-t-elle soudain. Et si on jouait à Action ou Vérité ?

— Action ou Vérité ?

— Oui, on y jouait tout le temps avec Sandrine quand on était ado. Tu vas me dire qu'on n'a plus l'âge…

— Tout à fait.

— Mais ça peut être drôle quand même ! D'autant qu'on peut maintenant légalement accompagner le jeu d'un gros pichet de punch ! s'enthousiasme-t-elle.

Elle se lève et je devine à sa posture qu'elle a des difficultés à garder l'équilibre. Mais elle serre les dents et regarde droit devant elle.

— Alors, partante ?

Si c'est le seul moyen de gagner du temps…

— Va pour un Action ou Vérité !

39

Charline

Alors que je prépare le punch – je savais en faisant les courses que je trouverais à utiliser cette bouteille de rhum – et une petite planche apéritive en accompagnement – il n'est jamais trop tôt pour quelques rondelles de saucisson et cubes de fromage –, je repense à tous ces après-midi passés à jouer à Action ou Vérité avec Sandrine. C'est comme ça que j'ai appris qu'elle volait souvent de l'argent dans le portefeuille de sa mère. Déjà à l'époque, elle aimait s'approprier ce qui ne lui appartenait pas. J'aurais dû me méfier.

Sur un plateau, je dépose le pichet rempli de glaçons, la planche ainsi que deux verres, puis je rejoins Valérie sur la terrasse.

— Charline ? Tu sais qu'il n'est même pas encore 16 heures ?

— Oui, et alors ?

— Le saucisson…

— Ça se mange sans faim, à n'importe quelle heure, je suis bien d'accord, j'ajoute. Et encore, je me suis retenue de préparer des mini-sandwichs aux œufs. Crois-en mon expérience, ce jeu ouvre l'appétit. Dans une heure à peine, tu me supplieras de te cuisiner une assiette de pommes de terre sautées bien croustillantes.

— Mes souvenirs en la matière sont lointains. La dernière fois que j'y ai joué, je devais avoir dix ans et c'était dans la cour de l'école. Je me souviens qu'un garçon qui s'appelait Jean-François m'avait demandé de faire la roue. Je portais une jupe, évidemment. Mais je n'ai pas voulu me déballonner, résultat : tout le monde a vu ma petite culotte. J'en ai pleuré pendant trois jours.

— C'est pour ça que c'est essentiel de n'y jouer qu'avec des amis en qui on a confiance. Sinon, bonjour les déconvenues.

Je m'assois sur le transat, remplis nos verres de punch, et en bois une gorgée.

— Hum, délicieux. Alors, qui commence ?

— C'est toi qui as voulu jouer à ce jeu, alors je dirais… toi ! me répond Valérie en riant. Action ou Vérité ?

— C'est de bonne guerre. Je vais dire… Vérité.

— O.K. Laisse-moi réfléchir… Quelle est ta chanson inavouable ?

— Ma chanson inavouable ? Tu as l'opportunité de me poser toutes les questions indiscrètes qui te passent par la tête, et toi tu veux connaître ma chanson inavouable ?

Je ne peux m'empêcher de rire.

— C'est un tour de chauffe, se défend Valérie. Je ne vais pas te demander tout de suite avec quelle star tu aurais envie de coucher.

— Sans hésiter, James Franco !

— Tu triches ! Ah, j'ai compris, en fait, tu essaies de détourner mon attention de ta chanson inavouable. Mais on ne me la fait pas, à moi. Alors, cette chanson ?

— U moublra, grommelé-je.

— Hein ? Articule, je n'ai rien compris.

— *Tu m'oublieras*, la version de Larusso. Voilà, t'es contente ? *Nananadoudounadouwi et nonoyeah*, je chante avec conviction. Il n'y a pas mieux pour te mettre de bonne humeur le matin, sous la douche. Bon, allez, à mon tour. Action ou Vérité ?

— J'hésite, j'hésite… Mais je crois que je vais choisir… Action, lâche-t-elle avec la même envie qu'un crabe de finir en bâtonnet de surimi.

— Action… Alors, alors… Ça y est, je sais ! Tu dois faire la roue sur la plage !

— Faire la roue, mais…

— Tttt tttt pas de « mais ». Quand on joue à Action ou Vérité, il n'y a pas d'échappatoire possible. Si tu ne me crois pas, tu peux consulter le règlement de ce jeu, détenu par tout bon huissier de justice.

— D'accord, je vais le faire. Mais si jamais je me brise le cou, sache que tu auras la mort de mes cervicales sur la conscience, me lance Valérie en se levant.

Je la regarde descendre les marches de la terrasse qui mènent à la plage. Elle fait quelques pas, sans doute à la recherche du meilleur endroit pour réaliser son exploit sportif, lève les bras, puis tend sa jambe droite avant de s'élancer… et de retomber aussi sec, avec la souplesse et la grâce d'un crapaud. Alors qu'elle est à quatre pattes, la tête dans le sable, je l'entends rire. Un rire franc et communicatif, si bien que je l'imite avant de la rejoindre.

— C'est moi ou mes jambes ont à peine quitté le sol ? réussit-elle à me demander.

— C'est bien ce qui m'a semblé. Au moins, aucun risque que quelqu'un ait vu ta culotte, cette fois. Mon plus grand regret restera à jamais de ne pas avoir immortalisé cet instant avec mon téléphone.

Ma remarque relance son fou rire et déclenche le mien.

Nous mettons plusieurs minutes à retrouver notre calme. Heureusement, il n'y a pas grand monde sur la plage aujourd'hui, mais les quelques personnes présentes se sont retournées à plusieurs reprises pour observer les deux hystériques en train de se marrer comme des baleines sur le sable.

— À mon tour maintenant, dit Valérie. Action ou Vérité ?

— Comme tu as eu le courage de choisir Action, je vais suivre ton exemple. Je crains le pire…

— Je propose que nous restions dans le même registre. Tu vas devoir… attends que je réfléchisse… tu vas faire le poirier contre l'un des murs de la maison.

— Faire le poirier ? Mais je ne sais pas faire le poirier ! m'exclamé-je.

— Dois-je te rappeler l'existence du règlement machin chose disponible chez tout bon huissier qui se respecte ?

— Non, non, pas besoin. Tu veux un poirier, tu vas l'avoir.

Des tas de gens savent faire le poirier, je me motive mentalement. Il n'y a pas de raison que je n'y arrive pas. Il suffit de prendre assez d'élan, et hop ! l'affaire est dans le sac.

Je choisis l'endroit qui me paraît le plus accueillant et je commence un exercice de visualisation. J'ai entendu parler de cette technique l'autre jour à la radio. Il paraît que quand tu imagines quelque chose que tu dois faire, tu parviens plus facilement à le réaliser.

Message reçu.

Je me vois poser les mains par terre, je sens ma première jambe s'élever en l'air, puis l'autre. Mes deux pieds s'appuient contre le mur, en parfait équilibre.

Visualisation, O.K. Passons à la réalisation.

Je lève mes bras et, d'un mouvement que j'imagine gracieux, je me jette vers l'avant et pose mes deux mains au sol. C'est normalement à ce moment-là que je suis censée lever mon bassin et monter mes jambes. Normalement.

Sauf qu'il doit y avoir erreur sur l'impulsion. Ou alors un oubli dans l'équation : pour que mes pieds atterrissent en haut du mur, je dois d'abord réussir à élever une autre partie de mon corps – et pas des moindres. Mes fesses !

Bref, alors que ma jambe gauche se lève à peine, ma jambe droite, qui se sent d'un coup bien seule, ploie, et je me retrouve à genoux, les mains néanmoins toujours admirablement bien placées par rapport au mur.

Visualisation : 1 – Réalisation : 0.

Quand je me redresse – prête à affronter les sarcasmes de celle qui a fait un saut de crapaud en lieu et place d'une roue –, Valérie blêmit aussitôt. Je comprends à son regard que j'ai une tête à faire peur.

— Je suis désolée, Charline. Je n'aurais jamais dû te demander de faire le poirier. C'était irresponsable de ma part, vu la situation…

— S'il te plaît, non. Aide-moi à faire comme s'il n'y avait pas de maladie. Juste pour aujourd'hui.

Elle me regarde quelques instants, puis me sourit et enchaîne.

— C'est à qui de jouer ?

40

Valérie

Est-ce qu'il serait possible de demander à la fanfare qui joue près de mon oreille d'arrêter tout ce boucan ? J'ouvre vaguement un œil pour constater qu'il n'y a aucun tambour à l'horizon. J'en déduis donc qu'ils se trouvent tous dans mon crâne et que le deuxième pichet de punch n'était pas une bonne idée.

Le troisième encore moins.

Et comme Taxi est lovée au creux de mon coude, sans doute depuis des heures, j'ai le bras tout ankylosé.

Je me retourne et constate que Charline dort à poings fermés à côté de moi, dans mon lit, et que nous nous sommes toutes les deux couchées tout habillées. La soirée de la veille me revient par bribes, un mélange d'alcool, de rires et de confidences. L'une des meilleures de ma vie, je crois.

Comme elle me l'a demandé, nous n'avons pas du tout parlé de sa leucémie. Je sens qu'elle aimerait prolonger indéfiniment cette trêve, et continuer à faire comme si de rien n'était.

Je tente de me redresser sans bruit. Je sais que Charline a des difficultés à dormir, donc je ne voudrais pas la réveiller. Même si avec tout le rhum qu'on a bu, pas sûr qu'un coup de canon la sortirait de son sommeil. Taxi bâille, étire ses petites pattes et émet un drôle de miaulement, avant de se rapprocher de Charline et de se coller contre elle. En voilà une qui n'est pas malheureuse. Le pauvre Hippo doit se terrer à l'autre bout de la maison pour échapper à cette terrifiante boule de poils sanguinaire.

Une fois sortie de la chambre, je referme doucement la porte. Les gargouillis de mon estomac me guident vers la cuisine où je trouve de quoi me faire un petit déjeuner, ou plutôt un déjeuner vu qu'il n'est pas loin de midi. J'en profite pour avaler une gélule de paracétamol, extirpée de mon sac à main, avec un peu de jus d'orange.

Je ne peux pas les appeler avec ce mal de crâne.

* * *

Je sais qu'il le faut, que je suis restée silencieuse bien trop longtemps. Pourtant, cela fait une bonne quinzaine de minutes que j'ai mon téléphone en main et que je n'arrive pas à me lancer. Je crois que, tout comme Charline, j'ai la trouille.

Charline… qui va devoir affronter un cancer. Alors que moi, j'ai seulement à passer un coup de fil. Comment pourrais-je continuer à la pousser à aller voir son hématologue si je ne suis même pas capable d'appeler mon mari et mes enfants ?

Je déverrouille mon écran, cherche le raccourci du numéro d'Arnaud et appuie sur « Appeler ». Ma jambe droite tremble de manière incontrôlable. J'ai envie de pleurer avant même d'entendre le son de sa voix.

— Oui ?

Plus efficace que toutes les aspirines du monde, son ton glacial me fait dessaouler en une seconde.

— Arnaud, c'est moi…

— C'est ce que je vois.

— Tu m'en veux… Oui, bien sûr que tu m'en veux. Comment pourrait-il en être autrement ? je murmure plus pour moi-même que pour lui. Je suis désolée, Arnaud. Je sais que je suis partie un peu… brutalement, mais je te jure que je n'avais pas le choix, il fallait…

— On a toujours le choix, Valérie, me coupe-t-il froidement.

— C'est facile pour toi de dire ça ! Tu as eu une enfance heureuse, avec des parents aimants et présents, tu as fait les études que tu voulais, tu t'épanouis dans un travail qui a du sens, tu as la paternité dans le sang… et les filles t'adorent ! Alors oui, peut-être que toi, tu as toujours eu le choix, mais tout le monde n'a pas cette chance. Moi, je ne l'avais pas. C'était partir ou me foutre en l'air. Tu crois que c'est facile de se rendre compte qu'on est incapable d'aimer ses propres enfants correctement ? Tu crois que c'est facile de ne jamais se sentir à la hauteur, d'avoir toujours l'impression de dire ou de faire ce qu'il ne faut pas ? Non, bien sûr. Toi, tu es parfait. Tu ne doutes jamais, tu ne fais jamais d'erreur ! crié-je, les joues barbouillées de larmes.

— Tu es injuste, là…

Oui, peut-être. Sûrement même. Mais tant pis. Je dois crever l'abcès. Alors je poursuis et lâche ce que j'ai au fond du ventre depuis bien trop longtemps.

— Je t'avais dit que je ne serais pas une bonne mère, que c'était pour ça que je ne voulais pas d'enfants. Je ne voulais pas courir le risque d'être comme Sabine. Mais toi, toi, tu n'en as pas tenu compte.

— Tu es en train de me dire que tu regrettes d'avoir eu Carla et Zoé ? réplique-t-il d'un ton sec.

— Non ! Jamais je ne dirai ça, je me défends aussitôt. Elles sont ce que j'ai de plus cher au monde, je les aime du plus profond de mon être.

— Quel est le problème, alors ?

— Ça ne suffit pas ! Voilà le problème ! J'ai beau les aimer, je ne sais pas comment le leur dire, je ne sais pas comment faire. Toi, tu n'as qu'à ouvrir les bras pour qu'elles s'y précipitent. Ce n'est pas si facile pour moi. Je ne sais pas ouvrir les bras. Parce que je n'ai pas connu ça, parce que j'ai peur qu'elles me rejettent… Tu comprends ça ? J'ai giflé notre fille, Arnaud, tu te rends compte ? J'ai giflé notre fille, sangloté-je. Et ce n'était pas un geste irréfléchi, je l'ai regardée et je l'ai giflée. Alors que je ne suis pas capable de lui dire que je l'aime…

J'éloigne le téléphone quelques instants de mon oreille pour reprendre mon souffle. Et pour prendre conscience que je me sens allégée d'un poids.

— Après ça, j'ai eu envie de crever, tellement j'avais honte. Je me détestais. Sur la route pour aller au boulot, j'étais à deux doigts de m'encastrer dans un arbre. Alors, non, je n'avais pas le choix, il fallait que je parte, que je m'éloigne, que je prenne le temps de digérer tout ça, de faire le tri dans mes émotions. Je sais que j'aurais dû t'appeler avant, que j'aurais dû t'expliquer… J'ai pensé à toi tous les jours, même si tu en doutes. Mais c'était trop dur, trop lourd, il fallait… Je ne pouvais pas faire autrement. Il y avait urgence.

— Est-ce que tu veux parler aux filles ? me demande-t-il au bout de quelques instants, d'une voix qui me semble radoucie, ou alors c'est mon cerveau qui prend ses désirs pour des réalités.

Les battements de mon cœur s'accélèrent, mes mains se mettent à trembler au même rythme que ma jambe droite.

— Oui, je réponds dans un souffle.

Je l'entends poser son téléphone. Où sont-elles à cette heure-ci ? Nous sommes samedi. Carla est probablement dans sa chambre, ses écouteurs dans les oreilles, en train d'écouter une chanson que tous les jeunes adorent sans que je comprenne pourquoi, tout en discutant avec ses copines sur Snapchat. S'il ne pleut pas, Zoé doit être dans le jardin, occupée à arracher des mauvaises herbes ou à planter de nouveaux bulbes qu'elle aura convaincu son père d'acheter à la jardinerie. Elle se passionne pour l'horticulture. Il faudrait que je lui présente Anna.

— Allô, maman ? C'est toi ?

La petite voix de Zoé. Mes larmes coulent de plus belle. Mon espiègle, ma joyeuse, ma fille qui s'émerveille de tout, d'un rien – un papillon, une coccinelle, une chenille sur un arbre, une feuille de papier qui s'envole…

— Oui, c'est moi. Tu vas bien ?

Je me sens tellement maladroite, et j'ai honte de ne pas réussir à lui dire immédiatement que je l'aime et qu'elle me manque. Mais les mots restent bloqués dans ma gorge. Ils hurlent dans ma tête, mais ils ne sortent pas.

— Ça va. Oh, tu sais pas quoi ? Papa, il a dit que je pourrais peut-être avoir un petit chat. Ce serait trop cool. Tu seras d'accord, hein ?

Un petit chat. Avec une litière. Qu'il faudra nettoyer. Je m'apprête à lui dire non, qu'un animal, c'est beaucoup de contraintes, et qu'on en a déjà parlé, puis je pense à Taxi et à la joie d'Anna. Et je me dis qu'il est plus que temps de commencer à ouvrir les bras.

— Pourquoi pas ? Il y a un refuge pas très loin de mon travail, on ira y jeter un œil.

— C'est vrai ? s'enthousiasme Zoé. Carla était sûre que tu allais dire non. Je te promets que je m'en occuperai. Je ferai même les trucs qui sentent pas bon. Dis, tu reviens quand, maman ? Tu es bientôt guérie ?

À vrai dire, je n'en avais encore aucune idée en me réveillant ce matin. Mais la réponse me paraît à présent évidente.

— Dans quelques jours. Ce ne sera plus long.

— Tu sais, me dit-elle tout bas, l'autre soir, j'ai entendu papa pleurer. Il dit rien, mais il est triste depuis que tu es partie. Mais moi, je savais que tu allais revenir !

— Moi aussi, je suis triste et je suis désolée d'avoir dû vous laisser… Tu me manques, et je voulais aussi te dire que… je t'aime très fort.

Ça ne devrait pas être si difficile d'avouer à ses enfants qu'on les aime. Ça devrait être aussi naturel que de respirer.

— Moi aussi, je t'aime, maman ! me lance Zoé. Y a Carla qui descend, tu veux lui parler ? À bientôt, maman ! lance-t-elle avant que je puisse répondre. Carla ! C'est maman au téléphone ! crie-t-elle sans prendre la peine d'éloigner le combiné. Et tu sais quoi ? Elle a dit qu'elle nous emmènerait dans un refuge pour un chaton. Tu vois, elle a pas dit non...

— Bonjour, maman.

Carla. Ma grande fille, ma rebelle, ma sensible, ma gourmande capable d'engloutir un kilo de fraises recouvertes de chantilly. Elle qui est si observatrice, et qui étudie toujours les gens avant de s'approcher d'eux. Celle qui a fait de moi une maman, même si je n'en ai pas les qualités.

— Carla... Je suis désolée pour... la gifle. Je n'aurais pas dû. Je m'en veux d'avoir réagi comme ça. J'étais épuisée et en colère, mais ça n'excuse rien. Il faut qu'on parle, toi et moi. Je voudrais essayer de t'expliquer... J'espère que tu me pardonneras, Carla. Je... je t'aime.

Voilà c'est sorti. Plus facilement que je ne l'aurais cru. Carla ne dit rien. Pourtant, je devine son émotion. Pour elle non plus, il n'a jamais été simple de verbaliser ce qu'elle ressent.

— Tu rentres bientôt ? finit-elle par me demander d'une voix mal assurée, presque timide.

— Oui. Très bientôt. Je te le promets. Je vous laisse. Fais un bisou à papa pour moi.

Je raccroche et reste un certain temps à contempler l'écran noir du portable. Ce n'est qu'un premier pas, mais c'est un bon début. Paradoxalement, cet appel m'a autant redonné de l'énergie qu'il m'a exténuée.

Mais c'est une bonne fatigue, pas de celles qui consomment des petites cuillères.

J'espère que Catherine sera fière de moi. En tout cas, moi je le suis.

41

Charline

J'ouvre un œil et le referme aussi sec, dans une vaine tentative de faire disparaître d'un coup de paupière magique ma gueule de bois. Pourquoi est-ce qu'on ne pense jamais au réveil du lendemain avant de boire une petite gorgée de punch ? Bon d'accord, beaucoup de petites gorgées de punch… C'était chouette, cette soirée. Je n'avais pas autant ri depuis longtemps. Valérie est une vraie belle rencontre. J'espère que l'on restera en contact une fois qu'elle sera rentrée chez elle. Nous ne vivons pas très loin l'une de l'autre, mais une centaine de kilomètres peuvent en paraître des milliers quand le quotidien a repris sa place.

J'entends Hippo japper à la porte de la chambre. Je m'étonne qu'il n'ait pas déjà fourré son museau sous mon coude, mais je comprends assez vite pourquoi. Et ce « pourquoi » se prénomme Taxi.

— Tu ne vas pas avoir peur des chats toute ta vie ! Viens, mon chien ! Il est grand temps de traiter le mal par le mal.

Je me force à ouvrir les yeux même si mon crâne menace d'exploser.

— Allez, Hippo, je l'encourage. Viens me faire un bisou, viens.

Sur le pas de la porte, Hippo frétille de l'arrière-train presque autant que de la queue. Il aboie, puis gémit, hésitant sur la suite à donner à ma requête. Je continue à l'encourager pour qu'il s'approche du lit. Taxi, quant à elle, est bien réveillée et se tient droite sur ses petites pattes, bien plus intriguée qu'effrayée par cet autre animal poilu. Faisant preuve d'un courage indéniable, Hippo rase le mur pour venir jusqu'à moi en quête de ses caresses du matin. Les deux sont dans la même pièce, c'est déjà un net progrès.

— Tu es réveillée ? me demande Valérie en apparaissant à son tour sur le pas de la porte de la chambre… qui – je ne m'en aperçois que maintenant – n'est en réalité pas la mienne.

— Tu sais pourquoi j'ai dormi ici ? Et tout habillée ?

— Je me suis posé la même question tout à l'heure. Mieux vaut ne pas chercher à comprendre, si tu veux mon avis. Il est presque 15 heures, tu dois avoir faim.

— 15 heures ! m'écrié-je en me levant du lit d'un seul coup.

Toute la pièce se met alors à tourner si vite que je suis prise d'une violente nausée et suis contrainte de me rallonger.

— Charline ? Ça ne va pas ?

— Je crois que je vais… vomir…, dis-je en réprimant un haut-le-cœur, la main plaquée sur ma bouche.

— Je vais te chercher une bassine, ne bouge pas.

Recommandation superflue, le moindre mouvement transforme la chambre en un grand huit de fête foraine. Je ferme les yeux, inspire et expire le plus calmement possible. Si bien que quand Valérie revient avec une bassine dans les mains, je me sens déjà un peu mieux.

— Charline…

— J'ai mauvaise mine, c'est ça ?

— Pire…

— À ce point-là ?

— Je suis désolée…

— Je sais ce que tu vas me dire, qu'il faut que je prenne rendez-vous avec le médecin, que je ne dois pas perdre de temps, mais…

— J'ai appelé Arnaud et les filles. Il y a une heure. J'ai tenu ma promesse.

— Comment ça s'est passé ?

— Arnaud est en colère, je m'y attendais. Je lui ai écrit un petit mot avant de partir et l'ai laissé sans nouvelles depuis. Je me demande comment il a fait pour ne pas me raccrocher au nez. Et les filles… J'ai autorisé Zoé à avoir un chaton, et j'ai présenté mes excuses à Carla.

— Je suis heureuse pour toi. Tu vas voir, tout va s'arranger maintenant que tu as fait ce premier pas.

— Je ne sais pas s'ils réussiront à me pardonner… Je ne sais même pas si j'y parviendrai moi-même…

— Sois sincère avec eux et tout ira bien.

— Je crois que ta mère a réussi à te transmettre son optimisme à toute épreuve. Elle peut être fière de toi.

— M'en parle pas ! Des fois, je me fatigue toute seule. Le pessimisme, c'est plus reposant, j'en suis sûre.

Je ris. Et c'est l'équivalent de dix cloches d'église qui se mettent à résonner sous mon crâne.

— Je sais ce que tu vas me dire, je reprends, lorsque la symphonie pastorale en cuite majeure s'est apaisée. Je vais prendre rendez-vous. Mais… est-ce que je peux te demander une faveur ? Tu accepterais de venir avec moi ? Je devine que tu vas bientôt rentrer chez toi, mais si tu pouvais m'accompagner… Je n'ai jamais eu aussi peur de toute ma vie, Valérie.

Elle me prend la main.

— Bien sûr. Je ne te laisserai pas sans m'être assurée que tu as vu un médecin.

C'est le moment choisi par Taxi pour miauler, ce qui a pour effet de faire détaler Hippo de la pièce, ventre à terre.

— La réconciliation canino-féline, je crois que ce n'est pas encore pour tout de suite.

42

Anna

Valentin est reparti. Je l'ai accompagné à la gare et je suis demeurée longtemps sur le quai après le départ de son train. Je sais qu'il aurait voulu rester, mais il devait retourner travailler. Ce n'est pas grave, on a profité de chaque seconde qu'on a passée ensemble.

C'était comme si tous ces mois de séparation avaient été effacés. On a beaucoup parlé de Suzanne. J'en avais besoin. Encore plus depuis que l'envie d'avoir un autre enfant s'est installée au creux de mon ventre. J'ai peur de l'oublier, on a eu si peu de temps avec elle.

Et puis, on s'est aimés. Avec passion. Comme si l'on voulait rattraper toutes ces nuits perdues. Mes mains n'avaient pas oublié le chemin de sa peau, les siennes non plus. J'ai eu besoin qu'il me serre fort dans ses bras, presque à m'en faire mal.

Il m'a demandé pardon. Une fois, deux fois, des dizaines de fois.

Je lui ai raconté le Jardin des Cybèles. Ma rencontre avec Charline et Valérie. Je ne les remercierai jamais assez pour ce qu'elles ont fait pour moi. Je ne venais pas y chercher grand-chose, pourtant, j'y ai trouvé bien plus que je n'aurais cru.

* * *

La fin d'après-midi est déjà bien avancée quand le taxi me dépose devant la maison en bord de plage.

Les filles sont sur la terrasse.

— Revoilà la plus belle, m'accueille Charline.

Elle semble fatiguée et a les yeux cernés.

— Tu as passé un bon moment avec ton Valentin ? me demande Valérie.

Je rougis malgré moi, ce qui fait rire Charline.

— Je crois que nous avons la réponse, dit-elle. Est-ce que je crève de jalousie ? Rien qu'un tout petit peu.

Je m'assois sur le rebord d'un transat.

— Taxi ne vous a pas trop ennuyées ?

— Demande plutôt à Hippo. Il est à deux pattes de la pelade.

— Je suis désolée…

— Mais non, ne t'excuse pas, je plaisante. Il y a du progrès. Il est maintenant capable de se trouver dans la même pièce qu'elle.

— Oui, enfin, si elle ne miaule pas, intervient Valérie.

— C'est vrai. Valentin n'a pas pu rester plus longtemps ? me demande Charline.

— Non, il travaille demain. Il n'a pas réussi à changer son planning. Mais on ne sera pas séparés longtemps. Je vais bientôt rentrer chez moi…

Je n'ose pas les regarder. Ça me fait de la peine de les quitter. Je sais qu'elles vont me manquer.

— Mais c'est super ! s'enthousiasme Valérie. Je suis tellement contente pour toi, Anna.

— Oui. Même si j'ai un peu peur. Cet appartement, je ne sais pas si je réussirai à oublier…

— Tu ne seras pas toute seule, Valentin sera là. Et puis, il n'est pas question d'oublier, juste de faire un pas en avant. Tu lui as parlé de ton désir d'avoir un autre enfant ?

— Euh… oui. Ça l'a rendu heureux. Il voulait même le faire tout de suite, sur la plage, dis-je en souriant avant de rougir de nouveau.

— Aaaaah, moi aussi je veux faire des bébés sur la plage ! se lamente Charline. Dis, à tout hasard, il n'aurait pas un frère un tout petit peu plus vieux, ton Valentin ?

— Non, il a seulement une sœur de mon âge.

— Voilà qui complique les choses, en effet. Dommage.

— Quand envisages-tu de quitter le Jardin des Cybèles ? me demande Valérie.

— Peut-être après-demain. Quand j'en aurai parlé à Catherine. Je la vois le matin.

— Si vite ? répond aussitôt Charline. Pardon, c'est un peu déplacé comme réaction. C'est juste que… toi, puis Valérie dans la foulée… Bref, je vais me sentir un peu seule. Mais, on s'en fiche. Si vous partez, c'est que vous vous sentez mieux, et c'était l'objectif, non ? D'ailleurs, on devrait fêter ça, dit-elle en se levant tant bien que mal. Je vais aller chercher quelque chose à boire pour… pour trinquer.

Elle s'engouffre dans la maison. Je regarde Valérie, je me sens mal à l'aise.

— Elle est contente pour toi, ne t'inquiète pas. Ça fait simplement beaucoup d'annonces de départ, aujourd'hui.

— Donc, toi aussi… ?

— Oui. Très bientôt. J'ai appelé mon mari et mes filles cet après-midi. C'était un premier pas. Et c'est le plus difficile, à ce qu'on dit. Pour moi aussi, il est temps de rentrer, de retrouver ma famille. Et de commencer à écrire une nouvelle page.

— Un verre de blanc, ça vous va ? nous propose Charline, qui est de retour, avec trois verres et une bouteille dans les mains. Ça aurait été mieux de trinquer avec du champagne, mais je n'en ai pas acheté…

Elle a les yeux rougis.

43

Valérie

C'est étrange de se retrouver au Jardin des Cybèles après ces quelques jours passés avec Charline et Anna au bord de la mer. J'ai le sentiment de ne plus être à ma place ici, comme si quelque chose avait changé. Comme si le moment était venu pour moi de partir et d'avancer.

Le trajet de retour d'hier a été très silencieux. Nous étions chacune perdue dans nos pensées. Si notre départ prochain marquait pour Anna et moi le début de quelque chose, je devine que Charline le voyait plutôt comme une fin. C'est fou, quand on y pense, de s'attacher aussi vite à certaines personnes, au point d'avoir le sentiment qu'elles nous sont devenues indispensables en seulement quelques semaines.

J'ai peiné à trouver le sommeil cette nuit. Je me suis retournée dans mon lit jusqu'à une heure avancée. Je me suis repassé les images de cette parenthèse, les assiettes cassées, mes débuts de nageuse, la berceuse fredonnée par Anna, la découverte de Taxi, l'arrivée surprise de Valentin, nos piètres exploits gymniques à Charline et à moi. Et bien sûr, les mots d'Arnaud, sa colère, l'enthousiasme de Zoé à l'idée d'avoir un petit chaton, la distance de Carla…

Je m'étonne encore d'avoir réussi à tenir le coup face à toutes ces émotions concentrées en si peu de temps. Il y a encore deux mois, rien que m'habiller le matin avalait les trois quarts de mon énergie en stock, je n'arrivais pas à me concentrer plus d'un quart d'heure devant un film, ni à lire plus de cinq pages sans m'endormir. Aujourd'hui, je me sens mieux. Plus optimiste peut-être, sûrement grâce à Charline. Je suis soulagée qu'elle se soit résolue à prendre rendez-vous avec une hématologue, qui le lui a donné dès ce soir.

Je n'ai pas croisé Anna ce matin durant l'atelier peinture. Sur ce plan-là, en revanche, pas de miracle. Je ne passerai pas en CE1, c'est certain. Pourtant, je m'applique. Mais il faut parfois se rendre à l'évidence, je n'ai aucun sens artistique. Non pas que ça m'ennuie mais, quand j'y réfléchis, je ne trouve aucune activité manuelle pour laquelle j'aurais un tant soit peu de talent. Je ne sais pas dessiner, mais je ne sais pas non plus cuisiner ou pâtisser, ni faire de la couture ou du tricot, je ne joue d'aucun instrument de musique. Ça ne m'avait jamais vraiment interpellée, mais ce temps passé au Jardin des Cybèles et ma rencontre avec Charline et Anna ont mis le doigt sur ce vide que je ressens à présent presque cruellement. J'ai le sentiment qu'il faut que je trouve quelque chose, une activité dans laquelle je pourrais m'épanouir. Un temps que je prendrais pour moi.

Gamine, je me souviens que je rêvais de faire de la gymnastique. C'était après avoir vu un téléfilm sur Nadia Comaneci. L'histoire de la jeune fille m'a fascinée et j'ai visionné des dizaines de fois ses passages sur la poutre. Mais les cours avaient lieu le samedi et Sabine a toujours refusé de m'y emmener. C'était trop loin pour que j'y aille toute seule. Alors, je faisais semblant. Je marchais sur une ligne imaginaire tout en faisant de petits sauts, les bras à l'équerre.

Sabine me répétait sans cesse que je n'arriverais à rien, alors je l'ai crue. Je n'ai jamais songé à faire des études, je n'ai jamais rêvé d'exercer un métier en particulier. Au fond, j'ai toujours eu une estime de moi au ras des pâquerettes. Je n'étais pas suffisamment intelligente. Tout juste assez jolie pour espérer me marier un jour.

Quel gâchis ! Il aura fallu que je gifle ma fille, que je sois sur le point d'encastrer ma voiture dans un arbre, que je m'enfuie loin de tout et de tous ceux que j'aime, pour comprendre qu'il était temps que j'arrête de me dévaloriser et que je prenne soin de moi.

* * *

Anna est dans le jardin, assise sur un banc, sa valise à côté d'elle et Taxi sur ses genoux.

— Alors, ça y est, tu t'en vas ? je lui demande en prenant place près d'elle.

— Oui. J'ai parlé avec Catherine et elle est d'accord. Elle dit que j'ai commencé à faire mon deuil.

Elle essuie une larme qui roule sur sa joue.

— Pourquoi tu pleures ? C'est plutôt positif, non ?

— Oui, peut-être. Je ne sais pas. C'est juste que… Faire mon deuil, j'ai l'impression que ça veut dire avancer sans me retourner et finir par oublier.

— Moi, je crois que ça veut surtout dire cicatriser. Tu aimais Suzanne, jamais tu ne l'oublieras. Mais oui, avec le temps, penser à elle te fera moins mal. Et c'est tant mieux. Ceux qui sont partis ne doivent pas emporter ceux qui restent avec eux. C'est ma grand-mère qui m'a dit ça, un jour. Je lui avais demandé si elle était triste que mon grand-père soit mort. Je n'ai pas beaucoup de souvenirs d'elle, j'étais petite quand elle est décédée. Pourtant, c'est drôle, je me souviens parfaitement de cette phrase et du moment où elle l'a prononcée. J'étais couchée dans mon lit et elle me lisait une histoire.

— C'est un joli souvenir. Et… une jolie formule.

— Penses-y quand tu auras le sentiment d'oublier Suzanne, dis-je en caressant Taxi qui ronronne aussi fort qu'un petit moteur.

— J'ai peur, tu sais. D'avoir un autre enfant et… que ça recommence. Que je le perde de nouveau.

— Je ne suis pas une experte en la matière, mais il me semble que le syndrome de la mort subite est plutôt rare. Donc sois tranquille, le risque que tu revives la même chose est minime.

— C'est ce qu'ont dit les médecins après la mort de Suzanne. Mais je ne vais pas réussir à faire autrement, je le sais. Je vais avoir peur tous les jours que le bébé ne se réveille pas.

Je voudrais trouver quelque chose à lui répondre, mais rien ne me vient. Parce que je la comprends.

Certaines peurs ont beau être irrationnelles, ça ne les empêche pas d'envahir notre existence. Alors, je ne dis rien, je lui prends juste la main.

— Tiens, je crois que ton chauffeur est là, lui indiqué-je en apercevant Valentin à l'entrée des grilles de l'établissement. Il va être l'heure de nous dire au revoir.

Anna se tourne vers moi et me prend dans ses bras. Moi qui suis d'habitude mal à l'aise quand il s'agit de donner des marques d'affection, je me surprends à la serrer.

— Merci pour tout, Valérie. Merci d'être venue t'asseoir avec moi au réfectoire, merci de m'avoir écoutée et… d'avoir parlé de Suzanne au présent. Et surtout, merci d'avoir appelé Valentin.

— De rien, Anna. C'est moi qui te remercie. Grâce à toi, j'ai compris que j'étais capable d'aimer les gens et de le leur montrer. Ce que je vais te dire va probablement te paraître étrange, mais j'aurais voulu avoir été élevée par quelqu'un comme toi. Tu es une mère formidable, Anna. Tu l'as été pour Suzanne et tu le seras pour tous tes autres enfants. Et je te souhaite d'en avoir une ribambelle !

— Oh, merci. Ça me touche beaucoup.

— File rejoindre ton amoureux avant que Taxi se noie dans nos larmes.

Elle se lève et attrape la poignée de sa valise.

— Au revoir, Valérie.

— Une dernière chose, Anna, lui dis-je avant qu'elle ne soit hors de portée. J'ai enregistré mon numéro dans ton répertoire, alors donne-moi de tes nouvelles.

Et j'espère qu'un jour, je pourrai te présenter mes filles. Zoé adore planter des fleurs.

Elle m'adresse un grand sourire, puis se dirige, cette fois sans se retourner, vers la sortie. Valentin l'accueille avec un baiser passionné, puis place un bras autour de ses épaules avant de me faire un signe de la main.

Bonne chance, Anna. Je te souhaite tout le bonheur du monde. Tu le mérites.

* * *

Je ne suis pas en avance pour ma séance avec Catherine, mais elle n'est pas encore là. Debout dans la pièce, j'observe chaque élément du mobilier, chaque tableau. Tout est tel que je l'ai laissé. Si étrange que ça puisse paraître, c'est la première pensée qui m'est venue quand je suis entrée dans son bureau. Comme si j'étais partie quatre ans, et non quatre jours, et que je m'attendais à un changement de décor.

— Veuillez m'excuser, Valérie, je suis en retard. Une urgence à régler dans le cadre d'une admission. Asseyez-vous.

— Pas de problème, comme vous le savez, je ne croule pas sous les rendez-vous, répliqué-je en prenant place sur l'un des fauteuils.

— Alors ces quelques jours de permission ? C'était comme vous l'espériez ? Ça vous a fait du bien ?

— C'était à la fois intense et reposant.

— Une combinaison peu banale, en effet.

— J'ai nagé. Juste sur quelques mètres, ce n'était pas grand-chose, mais j'ai nagé. Ma mère n'a jamais trouvé utile de me faire prendre des leçons de natation, ni de m'emmener à la piscine, alors je n'ai jamais appris. Et en vieillissant, je me suis dit que c'était trop tard, que j'avais manqué le coche. J'en avais honte. Tout le monde sait nager, c'est comme marcher ou faire du vélo. Quoique je ne puisse pas non plus me vanter de briller sur ce plan-là…

— Vous avez dit « ma mère ».

— Euh, oui…

— Habituellement vous l'appelez Sabine. Jamais vous ne parlez d'elle comme de votre maman. Pourquoi ce changement ?

— Sans doute parce que je lui ai écrit une lettre.

Catherine ne dit rien, elle se contente de me regarder. Je sais qu'elle attend que je poursuive.

— Ce n'était pas prévu. J'ai vu ce bloc-notes sur le bureau dans la chambre que j'occupais, et soudain, c'est presque devenu une urgence vitale. Avec Anna et Charline, on venait de briser des tas d'assiettes. La thérapie par la casse, vous connaissez ? Ça doit être une cousine de la théorie des petites cuillères. Et j'étais en colère. Alors, j'ai couché sur le papier tout ce que je ressentais et à quel point je lui en voulais de ne pas m'avoir donné d'affection quand j'étais enfant.

— Ça vous a fait du bien ?

— Je crois, oui. Garder ça en moi m'empêchait d'aller de l'avant depuis toutes ces années. Vous savez, un peu comme il faut attendre d'avoir le ventre vide, d'avoir digéré notre repas, pour être capable de manger de nouveau. Parce que sinon, les aliments ne peuvent pas passer, ils n'ont pas la place suffisante.

Catherine me sourit.

— Une théorie du trop-plein émotionnel, en quelque sorte. Je vais l'ajouter à mon stock de théories, et promis, je vous en attribuerai le crédit. Qu'allez-vous faire de cet espace disponible ?

— À vrai dire, j'ai déjà fait quelque chose… J'ai passé un coup de fil à Arnaud et j'ai parlé à Carla et Zoé. J'ai réussi à leur dire que je les aimais et que je regrettais de ne pas être la mère qu'elles méritent d'avoir. Vous auriez été fière de moi.

— La seule chose qui compte, Valérie, c'est que vous soyez fière de vous-même. L'êtes-vous ?

— Oui, mais en y réfléchissant, je ne sais pas si j'ai vraiment des raisons de l'être. Dire à ses enfants qu'on les aime n'est pas un exploit, c'est quelque chose de normal.

— Ne soyez pas trop dure avec vous-même. Et croyez-moi, c'est loin d'être aussi naturel et simple que vous le pensez d'exprimer ses émotions. Bien au contraire. Beaucoup de gens ont du mal à le faire. Je vois régulièrement des patients qui viennent de perdre un parent et qui se demandent s'ils ont été aimés. S'ils se posent la question, c'est qu'on ne le leur a jamais dit. Alors, vous pouvez être fière de vous, vraiment. C'est un grand pas en avant. Et même un pas vers la sortie, je me trompe ? me demande-t-elle.

— Oui, peut-être… Vous pensez que…

— Avec toutes ces belles théories dans vos bagages, oui, je crois que vous êtes prête, plaisante-t-elle. Je ne devrais pas dire ça, mais vous allez me manquer, Valérie. Sans qu'on sache pourquoi, il y a des patients avec lesquels le contact est plus facile.

— Vous resterez ma psy préférée, je vous le promets.

— J'y compte bien. Une dernière question avant de terminer la séance. Cette lettre, que vous avez écrite à votre mère, avez-vous réfléchi à ce que vous allez en faire ?

— La garder ou la déchirer, vous voulez dire ?

— Ou l'envoyer… C'est une possibilité tout aussi valable que celles que vous venez de citer.

— L'envoyer ? Mais, comment je ferais ça ? Je ne sais même pas si elle habite toujours à notre ancienne adresse, si ça se trouve elle a déménagé des dizaines de fois ! Elle est peut-être même partie à l'étranger, qui sait. Elle n'arrêtait pas de dire qu'un jour elle irait à Los Angeles pour y faire carrière. Une carrière de quoi, je crois qu'elle-même n'en avait aucune idée.

Je m'arrête, essoufflée, presque paniquée, et prise de palpitations.

— Valérie, Valérie, ce n'était qu'une question. Vous n'êtes pas obligée de prendre une décision tout de suite. Laissez-vous le temps d'y penser.

— Vous feriez quoi à ma place ? Non, bien sûr, vous n'allez pas me le dire.

Catherine me sourit et se lève.

— Peu importe le choix que vous ferez, ce sera le bon. Et au cas où vous décidiez de partir avant notre prochaine séance, je vous souhaite plein de bonnes choses. Je sais que vous en doutez encore, mais vos filles ont de la chance de vous avoir. Il n'est jamais facile d'accepter de se regarder en face, de faire preuve de lucidité sur soi, de se remettre en question. Pourtant, c'est ce que vous avez fait. Et c'était pour elles.

Elle me tend sa main, que je serre. L'espace d'un instant, j'ai envie de lui faire la bise, mais je me retiens. Je ne suis pas certaine qu'elle apprécierait.

Venir au Jardin des Cybèles, parler de tout ça, me livrer sans retenue n'a pas été évident, c'est vrai. Parfois, après certaines séances, j'ai même eu l'impression de me sentir encore plus mal qu'à mon arrivée. Un passage nécessaire sans doute pour faire s'écrouler l'édifice et tout reconstruire, une brique après l'autre.

Alors que je m'apprête à quitter son bureau, je me retourne.

— Catherine… est-ce que vous permettez que je vous demande quelque chose… quelque chose qui n'a rien à voir avec ma thérapie ?

— Bien entendu, me répond-elle avec un sourire.

— Imaginons que vous ayez la possibilité de venir en aide à quelqu'un sur un sujet important, vraiment très important, mais que cette personne ne veuille pas que vous vous mêliez de ses affaires et qu'elle vous l'ait dit sans ambiguïté… est-ce que vous iriez contre sa volonté ?

— Ce que je ferais n'a pas grande importance. Ce qui compte, c'est votre façon de voir les choses…

— J'aurais dû me douter que vous me répondriez ça.

— Encore une confirmation que nous sommes sans doute arrivées au bout du chemin. Mais si ça peut vous aider, je crois que votre question, en réalité, en appelle une autre : pensez-vous qu'on soit dans l'obligation d'intervenir si on en a la possibilité ? À mon avis, c'est en creusant dans cette direction que vous trouverez la réponse.

— Merci beaucoup, je n'abuse pas plus de votre temps et vais méditer là-dessus. Je crois que ça m'aurait plu de faire votre métier, vous savez.

— Il n'est jamais trop tard, Valérie.

Depuis plusieurs jours, je retourne la question dans tous les sens : est-ce que je fais bien de ne pas appeler les parents de Charline pour les prévenir ? Je suis sûre qu'il ne serait pas très compliqué de trouver leur numéro de téléphone pour les joindre. Ils seront peut-être compatibles. Si ça permettait à Charline de guérir… Oui, mais elle ne veut pas les avertir, elle a été très claire à ce sujet. Je peux comprendre sa position même si j'agirais sans doute différemment à sa place. Et, au contraire d'Anna, je sais que Charline ne me pardonnerait jamais cette intrusion dans sa vie privée. Elle le verrait comme une trahison, et je n'ai aucune envie de la blesser. Même si ça réduit ses chances de trouver un donneur…

44

Charline

Je rêvais d'une bonne salade de tomates gorgées de soleil, accompagnée d'une boule de burrata bien crémeuse. L'envie ne m'a pas quittée de la matinée. Sauf que je n'avais pas de burrata au réfrigérateur. Grave erreur. *Toujours avoir de la burrata au frais, Charline, toujours.*

C'est pour ça que je me suis rendue au supermarché. Si j'avais choisi de me préparer n'importe quoi d'autre – des bruschettas au pesto, une salade de melon et de pastèque, ou même un taboulé de chou-fleur, par exemple –, je n'aurais pas eu besoin de faire des courses, car j'avais tous les ingrédients à disposition. Et je ne serais pas tombée sur Josselin et Sandrine poussant leur Caddie.

Je ne les ai pas revus ensemble depuis le matin où je les ai surpris. C'est d'abord elle que j'ai aperçue. Elle était en train de sélectionner avec soin une botte de poireaux – *des poireaux ? Mais Josselin déteste les poireaux, comme à peu près tous les légumes verts, d'ailleurs* – puis lui, de retour du rayon laitages, avec plusieurs sortes de crèmes desserts dans les mains. J'ai tout juste eu le temps de m'engouffrer dans la première allée sur ma droite avant de me retrouver nez à nez avec eux et que l'on joue un remake de *Rencontres du troisième type* au rayon primeurs. J'avais le souffle court, une furieuse envie de pleurer, et plus aucun appétit. Je n'avais qu'un désir : rentrer chez moi, me mettre en boule sous ma couette malgré les trente-cinq degrés ambiants et attendre que la journée se termine. Le tout sans même pouvoir compter sur l'amour inconditionnel d'Hippo, présentement chez Josselin et Sandrine pour leur semaine de garde partagée.

Je suis restée une bonne demi-heure, plantée là, dans l'allée outillage, à comparer les différentes sortes de culots des ampoules – gros culot à vis E27, petit culot à vis E14, culot GU5.3 ou encore culot à baïonnette, mon préféré –, avant de trouver le courage de quitter le supermarché sans demander mon reste.

Évidemment, je savais qu'il y avait des risques que je tombe sur eux dans la rue un jour. Mais je n'étais pas prête à les croiser aujourd'hui, dans mon supermarché, entre les salades et les carottes, alors que j'ai des cernes de panda et que je porte un vieux short délavé informe que je suis tentée de jeter à chaque début d'été, mais qui reste finalement dans mon tiroir parce qu'il est bien confortable.

Le pire dans tout ça, c'est que ce n'était pas à moi de me sentir gênée et de quitter les lieux. Je n'ai rien fait de mal, après tout. Ce sont eux qui auraient dû renoncer à leurs poireaux et à leurs crèmes desserts. Mais j'ai préféré tourner les talons pour nous épargner à tous d'avoir à nous saluer de loin d'un vague hochement de tête, sourire figé en option.

À présent, assise dans mon petit jardin, une assiette de tomates – sans burrata – sur les genoux, je me sens ridicule et en colère contre moi-même.

Mon téléphone vibre. Un appel de ma mère. C'est comme si elle avait une sorte de sixième sens, car elle tombe toujours à un moment où j'ai besoin que l'on me réconforte ou que l'on me change les idées.

— Allô, maman. Comment ça va ? Vous êtes où ?

— Coucou, ma chérie ! On est à Salto de Agua, au Mexique.

— Au Mexique ? Mais je vous croyais à Cuba ?

— On y était, mais ton père en a eu marre des Cubains. Alors, on a pris un bateau et hop ! nous voilà sur les routes du Mexique.

— Et les Mexicains trouvent plus grâce à ses yeux que les Cubains ? demandé-je en riant.

— Tu connais ton père… Là, il s'est pris de passion pour les cascades. Il faut dire que celles d'Agua Azul sont à couper le souffle. La couleur de l'eau est incroyable. Nous sommes restés plusieurs heures à les contempler hier. Du coup, ton père s'est mis en tête d'aller voir toutes celles du pays ! Heureusement que nous ne sommes pas pressés. Et toi, ma chérie, tout va bien ? Tu régales toujours autant tes clients avec tes pâtisseries ?

— C'est la routine, ici. J'ai pris quelques jours de vacances avec deux copines. C'était super, je suis regonflée à bloc pour au moins un an.

Comme ça, si d'aventure quelqu'un lui apprenait que le salon de thé est fermé, je pourrais toujours lui rappeler que je lui avais parlé de ces quelques jours de vacances.

— Tant mieux. Tu as bien raison de profiter un peu de la vie. Bon, il va falloir que je te laisse, ton père dit qu'on va encore arriver après le coucher du soleil. Je l'ai obligé à faire un détour pour avoir un peu de réseau et pouvoir t'appeler.

— Oui, bien sûr, vas-y. Fais une bise à papa pour moi.

Je raccroche. Ils ont vraiment l'air heureux, avec leur camping-car, à voyager de pays en pays au gré de leurs envies – ou des lubies de mon père. Ils l'ont bien mérité.

* * *

À moitié assoupie à cause de la chaleur du soleil qui tape fort aujourd'hui, je sursaute au bruit de la sonnette de l'entrée. L'espace d'un instant, je pense à Josselin et Sandrine. Si ça se trouve, ils m'ont vue ce matin et ont décidé de m'apporter un poireau de réconciliation[1]. Je chasse cette idée farfelue, mais néanmoins horrifiante, de ma tête pour aller ouvrir.

— Bonjour, Charline, je ne te dérange pas ?

Devant moi se tient Anna.

— Non, bien sûr que tu ne me déranges pas. Je t'en prie, entre. Tu veux boire quelque chose ?

— Je suis désolée, je ne peux pas rester. Valentin m'attend dans la voiture… Je voulais juste venir te dire au revoir. Je rentre chez moi.

---

1. On ne pense jamais assez à offrir des poireaux de réconciliation…

— Ah, mais c'est formidable ! Je suis vraiment très heureuse pour toi.

— Oui. J'ai un peu peur, mais je crois que c'est la bonne décision. Je n'ignore pas que si je suis encore là, c'est grâce à toi. L'autre jour, sur la plage, quand j'ai failli… Merci. Pour ce que tu m'as dit. C'était… Ça m'a fait beaucoup de bien.

Sans réfléchir, je m'avance et la serre dans mes bras.

— Tu es une fille incroyable, Anna. Tu mérites d'être heureuse.

— Merci. J'espère… qu'on se reverra ?

Je perçois beaucoup d'incertitude dans sa question. Et je devine qu'Anna ne redoute pas que le temps et la distance ne finissent par nous éloigner. Non, son inquiétude est liée à ma maladie, et au fait de savoir si dans un mois, un an, je serai toujours en vie. Je voudrais balayer ses craintes d'un revers de main, accompagné d'un « Arrête tes conneries, bien sûr qu'on va se revoir ! ». Mais, la vérité, c'est que je ne peux rien lui promettre.

Alors, je me contente de la serrer un peu plus fort.

— Prends soin de toi, Anna, dis-je avant de m'écarter.

— Toi aussi.

Elle s'éloigne de quelques pas, puis se retourne pour me faire un signe de la main. Un instant, je pense qu'elle va ajouter quelque chose, mais elle se contente de m'adresser un sourire, aussi timide que fugace, à son image.

* * *

Quand l'heure du rendez-vous chez l'hématologue approche, je suis tentée d'appeler pour annuler, sauf que Valérie débarque à son tour chez moi.

— Tu m'as demandé de t'accompagner à ton rendez-vous, je t'y accompagne, me dit-elle lorsque je lui ouvre la porte.

— Oui, enfin, l'idée, c'était de se retrouver là-bas, pas que tu viennes me chercher.

— Et que tu en profites pour te défiler ? Dois-je te rappeler que j'ai deux enfants ? J'ai beau ne pas être la plus intuitive des mères, on ne me la fait pas, à moi.

— Anna est passée me voir tout à l'heure, dis-je pour détourner l'attention. Pour m'annoncer qu'elle rentrait chez elle.

— Oui, je l'ai vue aussi, avant son départ. Elle qui est si menue a pourtant pris beaucoup de place dans nos vies. J'espère que ça va aller pour elle, qu'elle n'aura pas à revivre la même épreuve.

— Tu crois que ça peut arriver deux fois, un drame pareil ?

— Je ne sais pas. J'ai essayé de la rassurer à ce sujet tout à l'heure, mais comme les causes de la mort subite du nourrisson sont encore inconnues, on ne peut être sûr de rien… Et tu sais toi-même que la vie peut se montrer très cruelle quand elle l'a décidé. Mais j'espère de toutes mes forces que ça n'arrivera pas. C'est pas le tout, mais il ne faut pas qu'on tarde, enchaîne-t-elle soudain. On va finir par être en retard.

Valérie me laisse à peine le temps d'attraper mon sac à main, avant de prendre mon bras et de me guider vers sa voiture.

— Je suis certaine que tout va bien aller pour toi aussi, tu vas voir.

* * *

La salle d'attente est assez austère. Personne ne s'est jamais dit que ça pourrait être sympa de mettre de la couleur sur les murs ou d'ajouter un peu de décoration ? L'endroit est suffisamment angoissant comme ça… Une salle d'attente peinte en rose bonbon, avec des sièges turquoise, des poufs, quelques photos en noir et blanc sur les murs, des bougies, et bien sûr deux ou trois petites coupelles de trucs à grignoter, voilà qui changerait un peu !

Mais non. Les murs sont blancs et les sièges, en plastique gris. Il n'y a même pas de revues datant des années 2000 à disposition[1], il paraît que c'est interdit par les règles d'hygiène.

— Madame Pujol ?

Ève Dumond est apparemment une hématologue de renom. C'est en tout cas ce que m'en a dit mon médecin. J'ai devant moi une très belle femme, maquillée avec soin, perchée sur des talons aiguilles de dix centimètres malgré sa grande taille. Loin de l'image que renvoie sa salle d'attente et sa spécialité. À quoi est-ce que je m'attendais ? À une femme desséchée, rabougrie, poilue avec des verrues sur les joues[2] ?

— Asseyez-vous, nous indique-t-elle après avoir refermé la porte de son bureau.

---

1. *Comment ça ? Nicole Kidman et Tom Cruise divorcent ?*

2. Toute ressemblance avec une personne existant ou ayant existé…

Habituellement, les médecins affichent sur leurs murs toutes sortes d'images en rapport avec leur activité : l'anatomie d'un cœur, la découpe d'un globe oculaire, ou celle d'un poumon. Mais on ne trouve rien de tel chez le docteur Dumond. Seulement des images de fleurs. Le cancer du sang ne se représente pas en lui-même, il n'a d'existence que par les personnes qu'il atteint. Et, pas sûr que ce soit très vendeur d'afficher des photos de gens rongés de l'intérieur par cette saloperie.

— Votre médecin traitant m'a transmis votre dossier il y a plusieurs jours. J'ai bien cru que vous ne viendriez jamais me voir.

— Pour être tout à fait honnête avec vous, ça m'a effleuré l'esprit.

— J'imagine qu'on vous a dit qu'avec cette maladie, le facteur temps est essentiel. Plus on agit vite, et plus on augmente les chances de guérison. Les résultats de votre myélogramme montrent une leucémie aiguë. C'est une pathologie que nous connaissons bien et pour laquelle nous avons des solutions thérapeutiques efficaces. Le taux de guérison complète sans récidive avoisine les 50 %. Vous êtes jeune, on peut raisonnablement espérer…

— … que je vais faire partie des 50 % qui guérissent ? j'interviens. Il faut que vous sachiez que je n'ai pas beaucoup de chance dans la vie. J'ai dû faire quelque chose de moche, de très moche dans une vie antérieure, que je paie aujourd'hui. Si une punaise est tombée au sol, vous pouvez être certaine que je vais me l'enfoncer dans le genou en la cherchant.

— Vous êtes fille unique, je crois ? enchaîne-t-elle, imperturbable.

— Oui.

— Ce n'est pas grave, les chances de compatibilité sont aussi très bonnes avec les ascendants. Vos parents ont déjà pris rendez-vous pour faire les examens ?

— Je ne les ai pas prévenus que j'étais malade. Et il est hors de question que je le fasse. Ils sont partis en voyage depuis quelques mois pour réaliser le rêve de leur vie, faire un tour du monde en camping-car. À l'heure où l'on parle, ils sont au Mexique, en train de s'émerveiller devant les eaux turquoise d'une cascade. Si je le leur disais, ils abandonneraient tout sur-le-champ et ne me quitteraient plus d'une semelle. Je refuse de leur infliger ça. Donc je n'ai ni frère ni sœur, et appeler mes parents n'est pas envisageable. Quelle est la suite du programme dans ces circonstances ?

— Je ne suis pas sûre de comprendre… Vous refusez de faire appel à vos parents parce que vous ne voulez pas interrompre leurs vacances au Mexique ?

— Vous avez parfaitement compris. Et ce ne sont pas de simples vacances. C'est l'aboutissement de toute une vie de travail. Ils préparent ce voyage depuis des années. Je les connais, s'ils doivent rentrer parce que je suis malade, jamais ils ne repartiront. Ça peut paraître con, mais c'est ma décision. Et tant pis si…

— … si on ne trouve pas de donneur compatible ?

— Oui, tant pis. Mon père n'est plus tout jeune, il approche les soixante-dix ans et je sais que c'est sa seule chance de réaliser son rêve.

Valérie me prend la main et la serre un bref instant dans la sienne avant de la relâcher. Les mâchoires de l'hématologue se crispent.

— Soixante-dix ans, vous dites ? Et votre mère, quel âge a-t-elle ?

— Elle a deux ans de moins que papa. Pourquoi ?

— J'aurais dû commencer par vous poser cette question. Il se trouve qu'il faut avoir moins de soixante ans pour être donneur. Au-delà de cet âge, les greffons ne sont plus assez riches en cellules souches, et les chances de réussite de la greffe ne sont plus optimales.

— Eh bien, voilà qui règle la question. Quelles options me reste-t-il ?

Ève Dumond me regarde d'un air dubitatif. Je devine à son expression qu'elle ne comprend pas pourquoi je semble si soulagée de cette nouvelle. Mais en bonne professionnelle, elle enchaîne :

— Nous allons interroger le fichier international des donneurs de moelle osseuse et espérer y trouver quelqu'un disposant d'un taux de compatibilité suffisant pour que nous puissions envisager une greffe. Le processus peut être très long… Dans tous les cas, il vous faut débuter au plus vite une chimiothérapie pour détruire toutes les cellules cancéreuses.

Je devine qu'elle a envie d'ajouter : « Le temps vous est compté, madame Pujol. » Mais elle n'en fait rien.

— Donc, pour le donneur, on attend ?

— Oui. Je vais transmettre tous les éléments biologiques en notre possession, et dès que j'obtiens une réponse, je vous appelle. Dans l'intervalle, reposez-vous le plus possible avant le début de la chimiothérapie. Est-ce que vous avez des douleurs, des nausées ?

— Non. Juste des vertiges.

— Je vais vous prescrire quelque chose qui devrait vous soulager.

Elle pianote sur son ordinateur, puis imprime une feuille, qu'elle me tend.

— Il faut garder espoir, s'il existe un donneur compatible, nous le trouverons.

Au fond de ses yeux, je vois bien qu'elle n'y croit pas elle-même.

45

Valérie

Charline est restée silencieuse depuis que nous sommes sorties du bureau de l'hématologue. Elle semble loin, perdue dans ses pensées. Et moi, je n'ose rien dire non plus. Je réfléchis. Peut-être qu'il est possible de tenter autre chose. Peut-être…

— Ça te dit qu'on aille s'asseoir quelque part ? J'ai besoin d'un remontant. J'ai repéré un restaurant en venant. Avec un peu de chance, c'est déjà ouvert.

— Un restaurant ? Tu ne parles pas plutôt d'un bar ?

— Si tu me trouves un bar qui sert des coupes de glace arrosées de chantilly, je suis preneuse. Mais, à mon avis, on aura plus de chances dans un restaurant, même à cette heure-ci.

— Quand tu parlais d'un remontant, je pensais à un double whisky sans glace… J'aurais dû me douter que pour toi la chantilly remonte bien mieux le moral, plaisanté-je.

Nous nous apprêtons à sortir quand je m'aperçois que j'ai oublié mes lunettes de soleil, probablement dans la salle d'attente.

Je tourne les talons et plante Charline au milieu du hall de l'hôpital, en lui demandant de m'attendre à la sortie. Je ne peux m'empêcher de penser que cet oubli est un signe. Je me précipite vers les ascenseurs, avec l'espoir qu'elle ne me suive pas. Un coup d'œil par-dessus mon épaule me rassure, elle vient de franchir les portes vitrées.

Mes lunettes sont en effet là où je les ai posées en arrivant tout à l'heure. Tandis que je les ramasse et les range dans mon sac à main, l'hématologue ouvre la porte de son bureau pour raccompagner un patient aux yeux rougis, à qui elle a dû annoncer une pénible nouvelle. Je me demande comment elle réussit à ne pas s'écrouler à la fin de la journée, à ne pas se considérer comme un oiseau de mauvais augure.

— Madame Dumond ? je l'interpelle. Est-ce que vous auriez quelques minutes ? J'aimerais vous parler.

Elle me dévisage.

— Je suis l'amie de Charline Pujol.

Sans dire un mot, l'hématologue recule de quelques pas et me fait signe d'entrer dans son bureau.

— C'est gentil, merci. Ça ne prendra pas longtemps. J'aimerais savoir quelles sont les chances de Charline de trouver un donneur ?

— Quand on s'éloigne du cercle familial restreint, les chances sont assez minces. De l'ordre de un sur un million…

— Une chance sur un million, vous dites ? Comment fait-on pour savoir si on est compatible ?

— On réalise une prise de sang… Mais il faut faire partie du registre des donneurs. Et pour s'y inscrire, il faut avoir entre dix-huit et trente-cinq ans… Je ne sais pas quel est votre âge, mais…

— En effet, j'ai quelques années de plus. En quoi est-ce que cela empêche quoi que ce soit ? Vous me faites une prise de sang, vous vérifiez si je suis compatible, et voilà. Si j'en crois les statistiques, je ne le serai probablement pas, et vous aurez fait une prise de sang pour rien, la belle affaire. Mais si jamais la chance joue pour une fois en faveur de Charline, alors mon don pourra la sauver. Alors oublions cette histoire de registre, non ?

— Votre détermination est touchante. Mais, il y a des lois et ces lois sont faites…

— … pour être transgressées quand elles sont stupides ! On ne parle pas ici de blesser ou de causer du tort à quelqu'un, on essaie juste de regarder si une personne peut en sauver une autre. Si je ne suis pas compatible, on n'en parle plus, et si je le suis, vous n'aurez qu'à dire qu'un donneur a été trouvé sur le registre. Qu'est-ce que vous risquez ?

— Lui dire qu'un donneur a été trouvé sur le registre ?

— Oui. Si jamais… Je ne veux pas qu'elle sache que c'est moi.

— Pardon, mais je ne vous suis pas.

— Je ne veux pas qu'elle me soit redevable ni qu'elle reste amie avec moi uniquement parce que, par le plus grand des miracles, j'aurais été sa chance sur un million. Je voudrais qu'elle se sente libre de me faire des reproches, de se disputer avec moi sans se sentir coupable… Je ne veux pas risquer de fausser notre amitié. Ce genre de don, ça peut tout changer entre les gens, non ?

— Vous me demandez donc de tester votre compatibilité en dehors de tout cadre légal et, si jamais le résultat se révélait positif, de mentir sur l'origine du donneur ?

— Je sais que cela peut sembler délirant mais, même si je n'ai qu'une chance sur un million de pouvoir sauver Charline, je veux la saisir. Je lui dois bien ça. Quand je l'ai rencontrée, j'étais perdue. Et si je remonte la pente aujourd'hui, je sais que c'est en partie grâce à elle. Qui sait, c'est peut-être le destin qui m'a conduite à pousser la porte de sa pâtisserie ? Et vous ne voudriez pas contrarier le destin, n'est-ce pas, docteure ?

— Je suis médecin, alors le destin…

— S'il vous plaît. Laissez-moi essayer… Une chance sur un million, ça reste une chance.

Elle me regarde sans ciller pendant un long moment. Puis elle sort une feuille de papier sur laquelle elle griffonne quelques lignes avant de me la tendre.

— Mme Pujol a beaucoup de chance d'avoir une amie comme vous.

* * *

Quand je sors de l'hôpital, je retrouve Charline assise sur un banc en train de siroter un énorme milk-shake.

— Tu m'excuseras, mais j'ai cru que j'allais me dessécher sur place ! Tu en as mis du temps.

— En fait, je n'avais pas oublié mes lunettes sur un siège de la salle d'attente, mais sur le bureau de ton hématologue. Il a donc fallu que j'attende qu'elle termine son rendez-vous. Je me voyais mal frapper à sa porte et interrompre sa consultation alors qu'elle venait peut-être d'annoncer à un type qu'il ne lui restait plus que quarante-huit heures à vivre, pour lui demander, la bouche en cœur, si par hasard je n'avais pas oublié mes lunettes de soleil !

Charline rit aux éclats.

— J'en ai pris un pour toi aussi, me dit-elle en me tendant un milk-shake. Il doit avoir un peu fondu, désolée.

Je me saisis du gobelet en plastique et prends place à côté d'elle sur le banc avant d'aspirer une bonne quantité de liquide glacé à la paille, de l'avaler cul sec… et de le regretter immédiatement. J'ai l'impression que mon crâne va imploser tellement la décharge de froid est douloureuse.

— Ouais, moi aussi ça m'a fait ça à la première gorgée, plaisante Charline. Ça fait aussi partie du plaisir, non ? Comme de se brûler les doigts en mangeant des marrons chauds l'hiver.

— À chaque fois, j'oublie, dis-je après avoir récupéré un peu.

— Valérie ? Je voulais que tu saches… Merci de m'avoir accompagnée aujourd'hui.

— Je n'ai pas servi à grand-chose.

— Si. Tu étais là, et c'est tout ce dont j'avais besoin. Mes parents sont loin, mon ex-meilleure amie s'envoie en l'air avec le mec que j'étais censée épouser – et elle réussit en plus à ce qu'il mange des poireaux alors qu'il déteste ça – et je suis fille unique… Bref, tu es probablement la personne dont je suis la plus proche aujourd'hui. Alors merci.

— C'était la moindre des choses que je pouvais faire avant de…

Je laisse ma phrase en suspens.

— Avant de rentrer chez toi, c'est ça ? Ça y est, tu pars, toi aussi ?

— Oui. J'ai fait le tour de ce que j'avais à comprendre ici. Maintenant, il me reste à arranger les choses avec mes filles. Et ça, je ne peux pas le faire au Jardin des Cybèles.

— Tu pars quand ?

— Je ne sais pas trop. Peut-être demain. Ou après-demain.

— Tu vas me manquer, Valérie, me dit Charline d'une voix mal assurée qui laisse transparaître son émotion. Je ne pensais pas qu'on pouvait s'attacher aussi vite à quelqu'un.

— On s'appellera ! Et puis, je viendrai fêter avec toi ta guérison. Parce que tu vas t'en sortir, j'en suis certaine ! Et il est hors de question que je loupe le meilleur moment de l'histoire.

Charline ne dit rien. Elle et moi savons combien ma dernière phrase est pleine d'incertitudes.

— On trinque ? me propose-t-elle en levant son gobelet. Au Jardin des Cybèles ?

— Au donneur compatible qui attend sagement chez lui qu'on l'appelle pour une ponction de moelle ! je réplique en rapprochant mon gobelet du sien.

Puis nous aspirons toutes les deux une grosse gorgée de milk-shake, avant de l'avaler cul sec.

Et de le regretter immédiatement.

46

Valérie

Je suis arrivée au Jardin des Cybèles avec le moral aux abonnés absents et une estime de moi en dessous du niveau de la mer. Je me souviens des premiers jours que j'ai passés à me demander ce que je faisais là et à regarder le plafond de ma chambre pendant des heures, pour finir par compter les dalles – vingt-sept – encore et encore. Je me sentais vide, sans aucune énergie. Rien que me lever le matin me semblait insurmontable. Je me repassais sans cesse le film de ce qui s'était passé dans notre cuisine, mon emportement, et cette gifle qui avait tout fait basculer.

Même si je le regretterai toute ma vie, c'est probablement ce geste qui m'a sauvée.

Après ça, j'ai eu envie de mourir.

Après ça, j'ai hésité à me foutre en l'air en fonçant dans un arbre.

J'ai eu peur. Pour moi, de moi. Et j'ai eu honte aussi. Tellement honte. De ne pas être capable d'être une bonne mère pour mes enfants.

Tout cela me paraît loin à présent. Alors que ça s'est passé il n'y a que quelques semaines. Grâce à mes séances de thérapie avec Catherine, j'ai l'impression de m'être délestée d'un poids que je portais sur mes épaules depuis bien trop longtemps. J'ai l'impression d'avoir compris certaines choses, de m'en être pardonné d'autres, même si tout n'est pas réglé. J'ignore si Arnaud sera capable de m'excuser un jour d'être partie comme ça, sans crier gare, en ne lui laissant qu'un petit mot sur la table de la cuisine en guise d'explication. Hier matin, quand je lui ai envoyé un message pour lui dire que je rentrais aujourd'hui, j'ai reçu un simple « O.K. » pour toute réponse. Je mérite sans doute qu'il se montre si distant avec moi.

Pourtant, si c'était à refaire, je le referais sans hésiter. Le Jardin des Cybèles a été ma bouée de secours, celle à laquelle je me suis accrochée pour ne pas me noyer.

Et puis, il y a eu Anna et Charline. Des rencontres que je n'attendais pas. Des femmes auxquelles je me suis attachée, qui m'ont redonné confiance dans ma capacité à aimer. À présent qu'elles sont entrées dans ma vie, j'espère qu'elles n'en sortiront pas. Même si je reste lucide : le quotidien, la distance finissent souvent par éloigner les gens.

Je suis allée dire au revoir à Charline ce matin, avec un gros sachet de viennoiseries, espérant ensevelir sa peine sous des miettes de pâte feuilletée. Même si elle a fait en sorte de ne pas le montrer, je l'ai trouvée très fatiguée, et même détachée. Comme si elle considérait que son sort était scellé, et qu'elle l'avait accepté.

Quand je l'ai quittée, j'ai longuement observé le sparadrap encore collé au pli de mon coude, priant – bien que je n'aie jamais vraiment cru en Dieu – pour être cette fameuse chance sur un million.

* * *

Ma valise à la main, j'avance sans me retourner vers le portail, tout en essayant de retenir mes larmes. Si venir ici a été la chose la plus difficile dans ma vie, en repartir n'est finalement pas si simple. Il règne entre les murs une sorte de langueur rassurante. Les heures semblent s'écouler plus lentement. J'ai eu du temps pour m'asseoir, faire le point sur ma vie, réfléchir, et, par moments, ne penser à rien. Tout sera différent une fois rentrée à la maison, et j'ignore si les quelques petites cuillères regagnées seront en nombre suffisant.

Arrivée au niveau de la grille, je ralentis le pas. L'espace d'un instant, j'hésite. J'ai pourtant franchi cette sortie des dizaines de fois, mais toujours en prévoyant de revenir. Tout est différent aujourd'hui. Quand je serai sur le trottoir, il n'y aura plus de retour en arrière possible. Il faudra lâcher la bouée et nager coûte que coûte, même si la rive paraît loin, ou si la mer est agitée.

Je respire profondément et tente de dominer la peur qui monte en moi. Je pense à Anna. Je pense à Charline. Et je me sens plus forte. Il est temps de dire au revoir.

J'avance d'un pas, puis de deux, et je décide que mon départ n'est pas une fin, plutôt un commencement. Je ne peux m'empêcher de sourire et de penser à Catherine.

— Maman ! s'écrie une voix que je reconnaîtrais entre mille.

Je vacille et manque de perdre l'équilibre. Ma petite fille. Ma Zoé. C'est elle qui court vers moi. Sa sœur et leur père sur ses talons. Mais comment… ?

— Maman ! répète-t-elle alors qu'elle arrive à ma hauteur. Tu sais quoi ? On a pris le TGV ! Et c'était trop cool. J'ai pas arrêté de regarder dehors, mais je pouvais presque rien voir tellement ça allait vite.

— Ce n'était qu'un train, lui assène sa sœur en levant les yeux au ciel, agacée comme toujours par l'enthousiasme permanent de sa cadette.

J'avais eu beau y réfléchir, j'étais incapable de prévoir comment allaient se passer les retrouvailles avec mes filles, ni ce que j'allais ressentir en les revoyant. J'avais échafaudé mille scénarios. Sauf celui-là.

J'interroge Arnaud du regard.

— Quand je leur ai dit hier que tu rentrais aujourd'hui, elles ont insisté pour venir te faire la surprise, m'explique-t-il. J'ai donc réservé des billets de train. Comme ça, nous effectuerons le trajet de retour en voiture ensemble.

Elles ont insisté pour venir me faire une surprise… Moi qui les ai laissées sans la moindre explication. Je les contemple, muette d'émotion. Elles sont si belles. Ma Carla. Ma Zoé. Et c'est soudain une gigantesque vague d'amour qui me submerge. Une vague toute-puissante. Encore plus forte que celle que j'avais ressentie le jour de leur naissance. Alors, j'accomplis ce que j'aurais voulu être capable de réaliser depuis des années : je m'avance vers elles et les prend dans mes bras. Je les serre fort, pour sentir leur cœur battre contre le mien, pour m'enivrer de leur odeur.

— Pourquoi est-ce que tu pleures, maman ? me demande Zoé. Tu es encore malade ?

— Je pleure parce que je suis heureuse de vous voir. Parce que vous m'avez tellement manqué. Je regrette tant de choses, si vous saviez. Tant de choses. Mais je vous fais la promesse que tout va aller mieux. Carla, ma chérie, dis-je en fixant ma grande fille, jamais je n'aurais dû… J'espère que tu pourras me pardonner.

— Je regrette d'avoir dit que je préférerais que tu sois morte, murmure-t-elle. Je ne le pensais pas. Est-ce que c'est à cause de moi que tu es partie ? me demande-t-elle avec hésitation. Parce que j'ai été méchante…

Elle ne me regarde pas, mais je vois des larmes poindre au coin de ses paupières.

— Mais non, bien sûr que non ! Comment as-tu pu croire que c'était ta faute ? Vous n'y êtes pour rien ni l'une ni l'autre. C'est moi et rien que moi. J'avais des choses à régler, à comprendre. Oh, mes princesses, si vous saviez comme je vous aime. Je regrette de ne pas vous l'avoir dit. Toutes ces années gâchées à me sentir maladroite, à ne pas savoir comment vous montrer que vous êtes ce que j'ai de plus cher au monde… Je donnerais n'importe quoi pour effacer le passé, n'importe quoi.

Je sanglote.

— Pleure pas, maman, sinon je vais pleurer aussi, me dit Zoé. Au fait, dans le train, j'ai réfléchi : mon chaton, est-ce que je pourrais l'appeler Luna ? C'est joli, Luna, non ? Comme dans *Harry Potter*.

— Oui, bien sûr, c'est un très joli nom, lui dis-je avec un sourire, tentant de sécher mes larmes.

Carla, elle, se serre un peu plus contre moi et me glisse au creux de l'oreille, sans doute pour ne pas risquer d'être entendue par son père ou sa sœur :

— Moi aussi je t'aime très fort, maman.

* * *

Nous sommes montés tous les quatre dans ma voiture. C'était à la fois étrange et parfaitement naturel d'être ainsi tous réunis. Zoé m'a raconté tout ce qu'elle avait fait ces dernières semaines de manière décousue, mais avec beaucoup d'entrain, et je lui ai parlé d'Hippo, le demi-frère de Potame, et de sa peur panique des chats. Quant à Carla, elle m'a détaillé les notes qu'elle avait eues à ses dernières évaluations et à combien s'élevaient ses moyennes dans les différentes matières. Après tout, nous n'avions pas d'autres sujets de discussion avant mon séjour au Jardin des Cybèles. Même si j'en étais consciente, j'ai pris de plein fouet ce manque de lien avec mon aînée. Et j'ai eu honte de ne rien savoir de la vie de Carla, d'être même incapable de lui poser la moindre question. Puis, je me suis souvenue du motif de notre dispute ce matin-là dans notre cuisine, du concert auquel elle voulait assister. C'était un début. Je lui ai demandé si elle y était allée finalement. « Oui », m'a-t-elle répondu timidement, son père lui en avait donné l'autorisation. Et elle s'est mise à me raconter, s'animant peu à peu, l'ambiance de la salle, le groupe, les morceaux qu'ils avaient chantés – je n'en connaissais évidemment aucun –, les chorégraphies, puis l'attente à la fin du concert dans l'espoir d'avoir un autographe. Elle a même été jusqu'à me montrer les photos de la soirée sur son téléphone portable, les yeux encore pleins d'étoiles. Elle en avait des dizaines. J'ai regardé le défilé d'images où elle apparaissait aux côtés du groupe, de sa copine, mais aussi de la mère qui les avait accompagnées. Et je me suis fait la promesse d'être moi aussi sur les photos la prochaine fois.

À la plus grande joie de Zoé, nous nous sommes arrêtés dans un fast-food pour déjeuner. Arnaud n'était pas très bavard, mais je voyais à son regard qu'il était soulagé de me voir rentrer à la maison. Ça aussi, c'était un début.

Quand nous avons repris la route, j'ai demandé à mon mari de conduire : toutes ces émotions m'avaient épuisée. Au détour d'une rue, alors que nous approchions de notre maison, je lui ai demandé de s'arrêter quelques secondes.

Il me restait quelque chose d'important à faire. Je suis sortie de la voiture, j'ai fouillé dans mon sac à main à la recherche de l'enveloppe que j'avais préparée, et j'ai posté la lettre que j'avais écrite à ma mère.

47

Charline

Je plonge une cuillère dans le bac de la sorbetière afin de goûter ma nouvelle création. Je soupire d'aise. Cette crème glacée à la fleur d'oranger est un délice. Elle accompagnera à la perfection mes tuiles aux amandes.

Je sais que la consigne était de se reposer, mais j'en avais assez de tourner en rond chez moi. À quoi bon, puisque les chances de trouver un donneur compatible sont infimes et que ça peut prendre des mois ? Je ne vais pas attendre de mourir chez moi, sans rien faire. J'ai donc rouvert ma pâtisserie, pour le plus grand plaisir de mes clients, et pour le mien. Cuisiner, c'est la seule chose qui me fasse vibrer, alors tant pis si ça doit accélérer une issue qui me semble de toute façon inéluctable.

Je suis derrière le comptoir, en train de regarnir le plateau de cookies, muffins et autres donuts du jour, lorsque la petite cloche de la porte d'entrée m'annonce l'arrivée d'un nouveau client. Je lève la tête. Une femme que je ne connais pas vient d'entrer. Pourtant, je devine instantanément où elle va aller s'asseoir. Au moment de choisir une place, elle se recroqueville sur elle-même, regarde partout, à la limite de la panique alors que peu de tables sont occupées. Elle hésite, fait quelques pas de côté, avant de finir par choisir une table. Celle la plus proche de la porte.

C'était comme une évidence. Je ne sais pas ce qui l'y a amenée mais, j'en suis certaine, cette femme vient du Jardin des Cybèles.

— Bonjour, moi, c'est Charline. Est-ce que quelque chose vous ferait plaisir ? demandé-je à l'inconnue.

Elle sursaute, comme si elle ne m'avait pas vue arriver, puis elle me regarde, apeurée. Valérie et toutes les autres avant elle paraissaient perdues, voire éteintes pour certaines. En revanche, c'est la première fois que j'accueille ici quelqu'un d'aussi effrayé.

— Pardon, je ne voulais pas vous faire peur, je lui déclare aussitôt en m'asseyant en face d'elle. Vous n'avez rien à craindre ici. Sauf éventuellement de devenir accro à ma crème glacée à la fleur d'oranger. Je viens d'en préparer et, sans me vanter, c'est la meilleure glace que j'aie mangée ces derniers mois. Ça vous tenterait d'y goûter ? Il me faut un regard neuf et objectif.

La femme me sourit. C'est léger et furtif, mais je prends ça pour un oui. Je retourne en cuisine pour lui préparer une assiette gourmande en me demandant ce qui peut la terroriser à ce point. Il me reste un cookie aux noix de pécan que j'ajoute à l'assiette. On n'a jamais trop de douceurs.

Mon téléphone vibre dans ma poche alors que je suis en train de remplir un grand verre de citronnade. En découvrant le nom de la personne qui m'appelle, je décroche aussitôt.

— Allô, oui ?

— Madame Pujol ? C'est Ève Dumond. Vous êtes chez vous ?

— Non… Non. Je suis… Je travaille, en fait. Je sais que vous m'avez conseillé de me ménager au maximum, mais je refuse de mourir à petit feu. Même s'il ne me reste pas beaucoup de temps, je veux le passer à créer des glaces et à les faire goûter à toutes les personnes qui pousseront la porte de ma pâtisserie. Vous comprenez ?

— Nous avons trouvé un donneur, madame Pujol.

— Quoi ? Qu'est-ce que vous venez de dire ? Mais je croyais que ça prendrait…

— … plusieurs mois, voire des années ? C'est ce qui se passe habituellement en effet, mais vous avez eu beaucoup de chance, madame Pujol.

Pendant un instant, je pense qu'il s'agit sûrement d'une blague. Avant de me convaincre que, venant d'un médecin, ce serait tout de même de très mauvais goût. Un donneur ? Mais comment ? Et pourquoi moi ?

— Madame Pujol, vous êtes toujours là ?

— Oui, oui. Je suis juste… un peu choquée. Je ne m'y attendais pas du tout.

— Pour être honnête, moi non plus. Mais pourtant, je vous assure qu'il n'y a aucun doute, nous avons trouvé un donneur compatible. Ce n'est pas très rationnel ce que je vais vous dire, mais il faut croire que vous avez une bonne étoile.

— Une bonne étoile ? Si c'est le cas, je peux vous affirmer qu'elle a attendu trente ans pour se manifester, je ne peux m'empêcher de répliquer.

— Vous savez ce qu'on dit, vous connaissez l'expression « La roue finit toujours par tourner ». Un petit conseil, ne vous posez pas trop de questions, et savourez cette bonne nouvelle. Vous allez vous en sortir, madame Pujol. J'en suis certaine.

Il faut que je m'assoie. Je regarde tout autour de moi, mais comme il n'y a pas de chaise dans ma cuisine, je me laisse tomber sur le sol. *Je vais m'en sortir, je vais m'en sortir*, les mots tournent en boucle dans ma tête. Moi qui croyais n'avoir plus que quelques mois, moi qui avais commencé à écrire une lettre à mes parents pour leur expliquer, me demandant s'ils réussiraient à me pardonner de les avoir ainsi tenus à l'écart. *Je vais m'en sortir…*

Je repense au toast porté par Valérie avec son milkshake, à sa grimace de douleur après en avoir bu une trop grosse gorgée. Puis j'explose de rire. Jamais je n'aurais dû douter de la puissance magique d'un milkshake banane, chocolat, coco.

Jamais.

DEUX ANS PLUS TARD…

48

Valérie

Au volant de ma voiture, je trépigne d'impatience. À croire qu'en ce dernier week-end de juin, tout le monde s'est donné le mot pour partir au bord de la mer. Je n'ai pas revu Charline et Anna depuis mon départ du Jardin des Cybèles. Nous nous sommes parlé au téléphone, beaucoup, mais nous n'avons pas réussi à nous voir. L'une d'entre nous avait toujours un empêchement. Déjà deux ans… Pourtant, j'ai l'impression que cette virée au bord de la mer date de bien plus longtemps, tant je me sens différente aujourd'hui. Ça va être étrange de me retrouver dans cette maison sur la plage. J'ai appelé pour la réserver dès que j'ai reçu le faire-part, heureuse qu'elle soit disponible. Plus que quelques minutes et je serai enfin arrivée à destination. J'en profite pour passer un coup de fil à Carla qui, pour la première fois, a la maison pour elle seule le temps d'un week-end.

— Oui, je vais bien et non, je n'ai pas encore mis le feu à la maison, me lance-t-elle sans même me dire bonjour après avoir décroché.

Je pense à ce temps béni où n'existaient que les téléphones filaires à touches, sans l'affichage de l'interlocuteur…

— Ton père et Zoé sont déjà partis ?

— Il y a une heure. Et il était temps, crois-moi ! Je n'en pouvais plus d'entendre Zoé chanter cette chanson débile. Heureusement qu'il y a quelqu'un dans cette famille qui a de bons goûts musicaux.

Pour son anniversaire, Zoé a reçu deux places de concert pour aller voir sa chanteuse préférée du moment, Eva Queen, ce qui n'a pas manqué de faire réagir sa sœur, à qui il faudrait parfois rappeler qu'il y a deux ans, elle était fan d'un groupe qu'elle méprise aujourd'hui. Il était prévu que j'aille avec Zoé à ce concert, mais l'invitation d'Anna a chamboulé mes plans, c'est donc Arnaud qui se sacrifie.

Devant cette soudaine mais arrangeante désertion parentale, Carla nous a suppliés de la laisser à la maison. Elle a préparé tout un discours sur l'importance de l'émancipation, arguant qu'elle allait bientôt avoir dix-huit ans et qu'elle était donc capable de vivre seule si elle le décidait… Elle y a mis tout son cœur et sa détermination. J'étais réticente à l'idée qu'elle se retrouve sans personne avec elle la nuit, problème qu'elle a aussitôt résolu en proposant à Alice et Lilia, ses deux meilleures copines, de venir dormir à la maison. « Promis, on ne fera rien d'autre que commander des pizzas et regarder des séries sur Netflix », m'a-t-elle dit.

Et parler de Johan, ai-je failli ajouter… Johan, fils de nos nouveaux voisins, vingt ans, mignon selon moi, carrément frais avec un cul de l'espace, selon Carla… Pour une fois, c'était à moi, et non à son père qu'elle avait parlé de son *crush*. Il faut dire qu'Arnaud est à deux doigts de militer pour le retour de la ceinture de chasteté depuis que sa fille aînée chérie s'intéresse de manière appuyée à la gent masculine. Je suis heureuse et fière d'avoir réussi, petit à petit, à créer une intimité avec ma fille. Ça n'a pas été facile, et il a fallu que je continue à me faire aider par une thérapeute, mais le résultat est là. Nous avons aujourd'hui un lien mère-fille. Et j'ai cessé d'en vouloir à Sabine. Elle n'a jamais répondu à ma lettre – je ne sais d'ailleurs même pas si elle l'a reçue –, mais l'avoir écrite m'a permis de me réconcilier avec mon passé. Peut-être qu'un jour j'essaierai de la retrouver. Ou pas.

— Alice et Lilia arrivent à quelle heure ?

— Je ne sais pas. La mère d'Alice l'a forcée à aller faire des trucs relous avec elle, et Lilia a un match de hand. Tu as pensé à laisser des sous pour les pizzas ?

— Oui. J'ai mis cinquante euros sur la table de la cuisine en partant.

— Trop stylé, merci ! Bon, faut que je te laisse, je dois me rincer les cheveux. À plus, m'man !

Je n'ai même pas le temps de lui rappeler de bien penser à fermer tous les volets ce soir ainsi que la porte d'entrée, qu'elle a déjà raccroché. Ma petite fille plus si petite que j'apprends encore à connaître.

* * *

Charline est déjà en train de s'affairer en cuisine quand je dépose mes bagages dans l'entrée. J'entends les casseroles qui s'entrechoquent. La connaissant, elle a sans doute dû nous préparer un festin pour douze.

— Valérie ? C'est toi ?

— J'aimerais voir ta tête si je te répondais non, plaisanté-je en la rejoignant. Tu as changé de couleur de cheveux ?

— Oui, ça m'a pris comme ça en regardant un film la semaine dernière. Je n'en pouvais plus de ma tignasse post-chimiothérapie. Comment tu me trouves ?

— Superbe !

Elle me sourit. Elle est radieuse dans sa robe turquoise à fleurs.

— Merci. Je suis tellement contente d'être ici.

— Oui, moi aussi. Mais, c'est étrange, tout est exactement pareil que la dernière fois, et pourtant, il s'est passé tellement de choses depuis…

— C'est pour ça que je nous ai préparé trois litres de piña colada. On a beaucoup de choses à fêter. À commencer par la naissance de Rémi et Sacha. C'est incroyable, non, qu'Anna ait eu des jumeaux ? Il me tarde de les voir.

Je repense à ce texto envoyé par Anna il y a un peu moins d'un an. Il n'y avait rien d'écrit, juste une photo en noir et blanc sur laquelle on distinguait deux petits êtres en formation.

49

Anna

Je referme le plus doucement possible la porte de la chambre du gîte que nous avons loué pour l'occasion. Valérie avait proposé que nous séjournions dans la maison au bord de la plage, mais je ne me voyais pas leur imposer, à elle et Charline, les nuits encore trop souvent chaotiques de Rémi et Sacha.

Au salon, Valentin est à moitié assoupi sur le canapé. Je m'assois et d'un geste presque automatique, il lève son bras gauche pour que je puisse me nicher contre lui.

— Ça y est, ils se sont endormis ? me demande-t-il tout en réprimant un bâillement.

— Oui, enfin. Il a fallu que je leur chante au moins vingt fois la chanson du petit escargot, mais ils ont fini par rendre les armes. On devrait avoir au moins une heure de répit.

— Une heure ? Madame est bien optimiste. Je mise sur un maximum de quarante-cinq minutes.

Depuis leur naissance, c'est vrai que les jumeaux n'ont pas fait du sommeil leur priorité. À l'aube de leur premier anniversaire, je ne sais pas où ils puisent toute leur énergie en dormant à peine quelques heures la nuit et encore moins le jour.

— Tu regrettes ? je ne peux m'empêcher d'interroger Valentin.

— Regretter quoi ? D'avoir deux merveilleux fils en pleine santé ? Tu sais ce qu'on dit, on dormira quand on sera vieux.

Je me souviens dans les moindres détails du jour où nous avons appris que nous allions avoir des jumeaux. J'étais très angoissée par la première échographie, incapable de m'enlever de la tête que le cœur du bébé ne battrait pas. Après le décès de Suzanne, je n'étais pas sûre de pouvoir supporter une nouvelle perte. Lorsque le gynécologue avait posé la sonde sur mon ventre, j'étais convaincue qu'il allait nous annoncer une mauvaise nouvelle. Il n'a rien dit pendant de longues secondes, concentré sur son écran, bougeant l'appareil d'avant en arrière. C'était trop pour moi, j'avais fondu en larmes.

— Je me doute qu'être enceinte de jumeaux peut être angoissant, mais ne vous inquiétez pas, ce sont des grossesses que l'on sait très bien accompagner aujourd'hui.

— Pardon ? Des jumeaux ?

— Oui… Je pensais que vous pleuriez parce que vous aviez vu les deux fœtus…

— Il y en a deux ? Et ils vont bien ? ai-je interrogé, incrédule.

Il a alors monté le son et nous les avons entendus… Les battements de cœur bien distincts de nos deux bébés.

— Tout semble aller pour le mieux. Ce sont deux fœtus bien vigoureux.

Des jumeaux… Pas un, mais deux enfants… Il m'a fallu un moment pour que l'information se fixe dans ma tête. Nous allions avoir deux enfants.

C'est une fois rentrés dans notre appartement que la peur s'est installée. Irrationnelle. Et si je les perdais tous les deux ? Et s'il se reproduisait la même chose qu'avec Suzanne ? Est-ce que c'était une bonne idée, cette grossesse ? J'ai beaucoup pleuré ce soir-là, et même hésité, rien qu'un instant, sur la décision à prendre. Comme il me l'a promis, Valentin n'a pas failli, il n'a pas fui devant ma peine. Il m'a rassurée, me répétant que ça se passerait bien, qu'après avoir perdu Suzanne nous avions encore plus d'amour à donner, que deux bébés c'était l'idéal pour combler le manque…

Il m'a fallu du temps pour atténuer mes angoisses. Du temps et beaucoup d'échanges avec les médecins, toujours disponibles pour répondre à mes questions et tenter de me tranquilliser.

Malgré tout, je n'ai pas souhaité connaître le sexe des bébés. Ce n'est donc qu'en les mettant au monde que j'ai découvert que c'étaient des garçons, balayant aussitôt la peur que j'avais gardée pour moi, celle de les comparer à Suzanne.

Comme pour m'aider à ne pas penser au pire, Rémi et Sacha ne m'ont pas offert de nuits complètes avant leur dixième mois, m'obligeant à me lever pour les nourrir ou les bercer jusqu'à quatre fois par nuit.

Même s'ils vont bientôt avoir un an, et que le risque qu'il leur arrive la même chose qu'à Suzanne est maintenant très faible, je continue d'avoir peur de les retrouver inertes dans leur lit un matin. Catherine m'avait dit que l'on ne se remet jamais complètement de la perte d'un enfant, mais qu'on apprend à faire avec, un jour après l'autre.

— À quelle heure dois-tu rejoindre Charline et Valérie ? me demande Valentin, me tirant de mes pensées.

— Je leur ai dit que je les rejoindrais vers 16 heures. Il va falloir que j'y aille. Tu es sûr que ça ira pour toi ?

— Mais oui, ne t'inquiète pas. Va les retrouver et surtout prends ton temps. Mes fils et moi, on a prévu de faire des tas de trucs entre hommes, comme décapsuler des bières avec nos dents et ingurgiter des tonnes de chips recouvertes de cheddar fondu.

Je ris. Il faut que je me sauve avant qu'ils se réveillent, sinon, je ne vais pas avoir le courage de les quitter. C'est la toute première fois que je vais passer une soirée sans eux.

50

Charline

— Qu'est-ce qui te fait marrer ? me demande Valérie alors que je lutte pour ne pas céder à un fou rire.

Nous sommes sur la terrasse, bien installées sur nos transats, un verre de piña colada à la main.

— Rien, rien. Je viens juste d'avoir un flash de toi en train d'essayer de faire la roue sur le sable.

— Je savais que c'était une mauvaise idée de revenir ici.

— On aurait vraiment dit un crapaud.

— Tu peux parler, ton poirier n'était guère mieux !

— J'étais malade, dois-je te le rappeler ? On ne peut pas faire le poirier quand on est malade, c'est tout.

— Donc, là tout de suite, puisque tu n'es plus malade, si je te mets au défi de faire le poirier sur le mur, tu t'exécutes ?

— Je pourrais sans problème, oui, sans problème. Bon, il se trouve que là, tout de suite, je n'ai pas la bonne tenue, mais crois-moi que si je n'étais pas en robe… !

Valérie éclate de rire à son tour.

— On n'a pas encore trinqué à ça ?

— À quoi ? Aux figures de gymnastique ratées ? rétorque Valérie.

— Aux figures de gymnastique ratées ! m'écrié-je en lui tendant mon verre.

C'est au moins le quatrième toast que nous portons depuis que nous sommes arrivées.

— Bon, sinon, raconte-moi, comment ça se passe la fac de psycho ?

— Tous les étudiants sont plus jeunes que moi, me répond Valérie. Mais à part ça, c'est vraiment génial. Je prends un plaisir fou à apprendre.

— C'est quelque chose qui t'avait toujours attirée ?

— Je n'avais jamais imaginé être capable de faire des études, à vrai dire. À force d'entendre que j'étais bonne à rien et que je finirais caissière… Tu connais l'histoire. Non, c'est suite aux séances avec Catherine. Je me suis dit que ça m'aurait plu de faire ce métier. Nous avons échangé quelques mails dans les semaines qui ont suivi mon départ et elle m'a redit par écrit que j'aurais fait une bonne psy. Je ne savais pas trop quoi faire de ma vie, mais j'étais au moins sûre d'une chose : je ne voulais plus jamais travailler en supermarché. Toute cette pression, ces objectifs, cette gestion du personnel, ça m'avait trop atteinte. Je ne voulais plus y laisser la moindre petite cuillère. Le jour où j'ai signé ma rupture conventionnelle, je me suis sentie libérée d'un poids, ça m'a confortée dans l'idée que j'avais pris la bonne décision.

— Je t'admire, Valérie. Tout plaquer pour reprendre des études… Franchement, c'est très courageux.

— Courageux ou suicidaire, l'avenir nous le dira. Aux études de psycho ?

— Aux études de psycho ! je réponds en choquant mon verre contre le sien.

— Et toi, comment ça va avec ton Florian ?

— Ça va plutôt bien. On prend notre temps. Il a un fils, comme tu le sais, alors on réfléchit à ce qu'on fait pour ne pas risquer de le perturber plus qu'il ne l'est déjà par la mort de sa maman.

J'ai rencontré Florian dans les couloirs de l'hôpital. Après le protocole de chimiothérapie, j'étais de nouveau hospitalisée en prévision cette fois de ma greffe de moelle, pendant que lui rendait tous les jours visite à son fils qui se remettait d'une péritonite sévère. Nous nous sommes croisés à plusieurs reprises à la cafétéria avant qu'il finisse par me proposer de prendre un café avec lui. Il avait choisi d'accompagner nos arabicas de deux muffins sans saveur dont j'avais été incapable d'avaler plus d'une bouchée. Comme il ne semblait pas voir le problème, je l'avais invité à la pâtisserie déguster des muffins dignes de ce nom. Il avait promis de venir en riant, et avait tenu parole.

— En parlant d'amoureux, tu ne devineras jamais qui m'a rendu visite la semaine dernière ? je lance à Valérie. Josselin ! Figure-toi que Sandrine et lui ont décidé de divorcer.

— Mais ils ne venaient pas de se marier ?

— Si ! Mais dix-huit mois plus tard, voilà qu'il n'en peut plus, le pauvre. Apparemment, elle est tyrannique et elle essaie de le faire changer. Je le savais, moi, qu'il n'aimait pas les poireaux !

— Tu ne vas pas le plaindre quand même ? Et puis d'abord, pourquoi est-ce qu'il est venu te dire ça ?

— Je crois qu'il avait envie qu'on se redonne une chance, lui et moi.

— Et… c'est ce que tu comptes faire ?

— Non. Quand je l'ai vu devant moi, ça ne m'a fait ni chaud ni froid. J'ai compris que j'avais vraiment tourné la page. Je lui ai dit « Bonjour, Josselin » et « Au revoir, Josselin », tout ça en moins de cinq minutes… Aux ex-amants qui divorcent ?

— À l'amour !

Nous trinquons une nouvelle fois, puis un silence s'installe. Je devine que nous pensons toutes les deux au chemin parcouru depuis deux ans. Je pense à Florian et à son petit bonhomme, et je me dis que c'est peut-être ma mère qui avait raison : à toutes choses malheur est bon.

— Au fait ? Je ne t'ai jamais remerciée d'avoir forcé la main à mon hématologue pour qu'elle teste ta compatibilité.

Valérie, qui venait de boire une gorgée, s'étouffe à moitié avant de tourner la tête vers moi.

— Comment… C'est elle qui te l'a dit ?

— Non. C'est toi qui viens juste de le faire. J'avais des doutes, par rapport à plusieurs petites phrases entendues à l'hôpital. Pourquoi est-ce que tu ne me l'as pas dit ?

— Parce qu'il n'y avait qu'une chance sur un million… Parce que nous sommes amies et que je ne voulais pas que ça change, si jamais le résultat était positif. Je ne voulais pas que tu aies l'impression de me devoir quoi que ce soit. Je voulais qu'on puisse s'engueuler si jamais on devait le faire. J'ai prié pour être compatible, tu sais. Même si les chances étaient quasi inexistantes, j'ai espéré jusqu'au bout…

Je lui souris.

— Il faut croire que j'ai eu de la chance pour une fois. Et comme tu n'es pas ma donneuse – je me demande si mon sauveur avait une passion pour les salsifis, j'ai toujours détesté ça et maintenant j'en mangerais midi et soir –, ça veut dire qu'on peut en effet s'engueuler sans culpabilité. Aux amies qui s'engueulent ?

— Aux amies qui s'engueulent ! approuve Valérie avant de prendre ma main et de la serrer dans la sienne.

Discrètement, j'essuie les larmes qui pointent au coin de mes paupières. Elle s'est fait tester pour moi et aurait gardé le secret jusqu'au bout si elle avait été ma chance sur un million. C'est peut-être pour ça que la roue a tourné ? Parce qu'une femme que je connaissais depuis à peine quelques semaines était prête à tout pour ne pas mettre en péril notre amitié. C'est sans doute la chose la plus généreuse que quelqu'un ait faite pour moi.

— Coucou.

Nous nous retournons d'un bloc. Anna se tient au bord de la terrasse, avec cette timidité qui la caractérise toujours, bien qu'elle soit physiquement transformée. Tout en elle trahit le bonheur d'avoir porté et donné de nouveau la vie : les courbes de son corps, son visage, ses yeux qui brillent.

— Ah, te voilà ! Nous t'attendions pour porter un toast ! Sers-toi un verre, j'ai préparé de la piña colada.

Anna s'avance, prend un verre, et s'installe sur le troisième transat.

— Merci d'avoir accepté d'être les marraines de Rémi et Sacha, nous dit-elle. C'était important pour moi. Sans vous…

— Tout ça, c'est derrière nous, lui dit Valérie. Profitons simplement d'être toutes les trois.

— Oh, oh, j'ai une idée ! Et si on jouait à Action ou Vérité ? Après tout, tu n'as pas assisté au spectacle de notre Valérie faisant la roue, Anna. Il est urgent de remédier à cela.

Valérie attrape une poignée de noix de cajou qu'elle jette sur moi. Puis elle brandit son verre et propose un nouveau toast :

— À la vie ?

À la vie.

REMERCIEMENTS

Pour ceux qui me lisent depuis le tout début, les personnages de Valérie et d'Anna sont sans doute familiers. Et pour cause, ce sont les premiers que j'ai créés, il y a plusieurs années maintenant, pour ce premier roman que je souhaitais écrire par-dessus tout.

Et puis, le hasard des choses et un concours d'écriture ont fait que le roman que j'avais commencé s'est transformé en nouvelle, et que cette nouvelle, « Trois Femmes », a remporté le premier prix. À l'époque cependant, aux côtés de Valérie et d'Anna, il n'y avait pas de Charline, mais une Nanette, âgée de soixante-dix ans.

Je m'étais promis qu'un jour j'irais au bout de cette première idée de roman mais, lorsque j'ai décidé de le faire, le personnage de Nanette s'est effacé. J'avais envie de rendre hommage à toutes celles et ceux sur qui la vie s'acharne alors qu'ils ou elles ne le méritent pas, c'est ainsi que le personnage de Charline est né.

C'est une sensation étrange d'être allée au bout de cette toute première histoire, imaginée en 2013. Parce qu'à l'époque, jamais je n'aurais pensé que j'en serais là où j'en suis aujourd'hui.

Merci à Fleuve Éditions de rendre cette aventure aussi belle. Merci à Hanna, Thomas, Julie, Anne-Sophie, Marion, Willy, Alexandra, Laurence, Émeline (même si c'était de loin pour ce roman-là), Estelle, Maryannick pour votre enthousiasme, votre professionnalisme, votre bonne humeur, votre disponibilité. Merci à Anne-Marie pour l'organisation des déplacements aux petits oignons. Et bien sûr, merci à Florian Lafani pour ta confiance et ta bienveillance. Chaque jour, je me dis que je suis chanceuse d'avoir un jour croisé ta route.

Merci aux équipes de Pocket et plus largement à tous ceux qui, chez Univers Poche, œuvrent pour que romans, brochés ou poches, aient la meilleure vie possible.

Merci aux équipes de représentants de si bien défendre mes titres et de me permettre de les voir partout où des livres se vendent. Non, je ne vérifie pas chaque fois que je vais quelque part que mes romans s'y trouvent... Enfin... De toute façon, vous n'avez aucune preuve ;-)

Merci à toute la team Librinova, ce roman a une saveur particulière parce que vous êtes les premières à avoir accordé du crédit à cette histoire, à avoir été touchées par les personnages de Valérie et d'Anna, même si à l'époque elles n'évoluaient que dans une nouvelle. Merci d'avoir cru en moi. Merci d'être là.

Un immense merci à tous ceux qui me lisent, depuis le tout début ou plus récemment, merci de m'envoyer autant de messages, de venir me rencontrer sur les salons, de me dire avec tant d'enthousiasme que vous adorez lire mes histoires (mais aussi m'écouter chanter sur Instagram, grimée en celle que nous ne nommerons pas au risque qu'elle prenne la grosse tête ;-)).

Si aujourd'hui je me sens romancière, c'est parce que vous êtes là.

Merci à ma famille, à mes enfants, à mes ami(e)s de me soutenir dans ce projet un peu fou de l'écriture et de ne pas me faire hospitaliser quand je leur raconte, paniquée, que je viens de sauver l'un de mes personnages de la noyade.

Et comme toujours à la fin, merci à l'homme de ma vie d'en faire partie.

Composition et mise en pages
Nord Compo à Villeneuve-d'Ascq

Imprimé en France par CPI
en mars 2023
N° d'impression : 3051643

Pocket – 92 avenue de France, 75013 PARIS

S33230/01